그리움은
뒤에서 온다

그리움은 뒤에서 온다

초판 1쇄 인쇄 | 2011. 9. 05.
초판 1쇄 발행 | 2011. 9. 15.

지은이 | 문순태
발행인 | 황인욱
발행처 | 圖書出版 오래

주 소 | 서울특별시 용산구 한강로2가 156-13
이메일 | orebook@naver. com
전 화 | (02)797-8786~7, 070-4109-9966
팩 스 | (02)797-9911
홈페이지 | www. orebook. com
출판신고번호 | 제302-2010-000029호

ISBN 978-89-94707-42-6

그리움은
뒤에서 온다

문순태 지음

圖書出版 오래

그리움은 뒤에서 온다

　나이가 들다보니, 앞을 바라보기보다는 자꾸만 뒤돌아보는 버릇이 있다. 지난 세월에 대한 아쉬움과 미련 때문이리라. 숨가쁘게 살아오는 동안 무엇인가 소중한 것들을 잃어버렸거나 두고 온 것만 같다. 잊어버렸거나 소홀했던 것, 무관심했던 것, 함부로 버렸던 것, 상처를 주었던 것들이 새록새록 생각나면서, 부끄러움과 자책감에 얼굴이 화끈거리고 오목가슴이 싸하게 아려온다. 그 아쉬움과 미련 속에 그리움이 켜켜이 쌓여 있음을 절감한다. 그래서 희망은 눈앞에 있고 그리움은 등 뒤에 있는 것인지도 모르겠다.

　누구인가는 앞을 보고 사는 사람은 용기가 있고 옆을 보고 사는 사람은 마음이 착하고 뒤를 돌아보며 사는 사람은 정이 많다고 했다. 나도 젊었을 때는 앞만 보고 살아왔다. 전쟁 같은 생존경쟁 속에서 만용을 부리며 사는 동안 남을 배려하는 대신 이기심에 매몰되기도 했다. 지금까지의 내 삶은 용기가

있었을지는 몰라도 결코 착하거나 정이 많지는 않았던 것도 사실이다. 그러나 나이가 들면서부터는 용기보다는 착한 것이, 착한 것보다는 정이 더 소중하다는 것을 깨달았다. 그리고 중요한 것은 뒤돌아보는 버릇이 생기면서 지나온 삶에 대한 회한과 성찰이 뒤따랐다. 지금부터라도 나는 정이 많은 사람이고 싶다. 이 나이에 용기는 넘쳐 무엇에 쓸 것이며, 착한 일은 또 얼마나 할 수 있겠는가. 용기와 착함보다는 정 많은 사람이 되고 싶다. 정은 곧 포용과 관용과 측은지심과 사랑이기 때문이다.

인생은 무엇인가. 극작가 손톤 와일더의 말처럼 "인생이란 재깍재깍 시계 소리 듣는 것이고 커피 마시고 싶을 때 커피 마시는 것"인가. 우리는 한평생 무엇을 취하고 무엇을 남기고 가는 것일까. 칠십 평생 살아오면서 깨달은 게 있다면 참 알 수 없는 것이 인생이라는 것이다. 신이 연출하는 인생은 엄숙하고 경건한 필연성 위에 전개되며, 가변성이 많아 예측이 불가능하다. 따라서 삶의 가치를 물리적인 잣대로 재거나 평가할 수 없다. 인생은 특별히 무겁거나 가볍지도 않다. 이 길이 인생의 정도이니 반드시 이 길을 걸어야 한다는 법칙도 없다. 어쩌면 인생이란 백지 위에 자유자재로 자기만의 그림을 그리는 것이거나, 홀로 낯선 곳에서 새로운 길을 만들어가며 걷는 것인지도 모른다.

때로는 인생은 만남의 역사일지도 모른다는 생각을 한다.

우리는 일생동안 많은 사람과 만나서 주고받으며 관계를 통해 완성을 이루어 나가는 것인지도 모른다. 헤어짐은 없다. 헤어진다고 해서 결코 나와 무관한 것이 아니다. 헤어진 사람도 끊임없이 내 인생에 끼어들어 작용을 하기 때문이다.

중요한 것은 살아가는 동안 일상의 작은 매듭에 의미를 부여하고 그 의미를 소중하게 느끼는 일이다. 하루의 짧은 삶 속에서도 새로운 의미를 발견하여 충분히 느끼고 감동하며 사는 것이 중요하다. 그러기에 인생은 길이나 굵기에 가치가 있는 것이 아니라 그 의미와 느낌에 비중이 있다. 이른 봄 가장 빨리 피는 아주 작고 앙증맞은 남보라 빛 코딱지 꽃잎을 통해 우주를 보고 대자연의 신비로움과 법칙을 깨닫는 것처럼 말이다.

내가 생각하는 인생이란 수많은 기억의 축적이다. 시간의 창고 안에 일생의 기억들을 하나하나 쌓아가는 것이 아닌가 싶다. 그 기억 속에는 고통, 슬픔, 행복, 불행, 기쁨, 원망, 감사에 대한 것들이 함께 있다. 나이가 들면 기억창고에 가득 찬 기억들을 하나하나 꺼내 음미해보는 재미가 쏠쏠하다. 나이 들수록 무채색의 유년의 기억들이 더욱 생생하고 아름답다. 오래된 기억일수록 최근의 유채색 기억보다 더 아름답고 소중하게 받아들여진다. 지난날 고통, 슬픔, 외로움이 컸던 기억일수록 소중하게 느껴지는 것은 무엇 까닭일까. 아마 그것은 아픈 기억들도 다 내가 보듬어야 할 내 인생이고 그 아픈 기억들이 결국 나를 성숙시켜준 밑거름이 되었기 때문일 것이다. 어

떤 사람은 인간이 망각의 강을 건너는 존재이기에 불행하지 않다고 했지만 나는 그렇게 생각하지 않는다. 고통스러웠던 기억에 매몰되면 희망을 찾는 데 방해가 된다고 생각하기 때문이리라. 그렇지만 기쁜 기억보다 고통의 기억이 나를 성장시켜준 원동력이 된다는 것을 잊어서는 안 된다.

내가 도시를 떠나 생오지 마을로 들어온 지도 6년째가 된다. 생오지에 와서 두 번째 에세이집을 내놓는다. 여기 〈그리움은 뒤에서 온다〉에 수록된 것들은 대부분 생오지에 들어와 살면서부터 기억창고에서 꺼낸 것들이다. 〈사랑하지 않는 죄〉, 〈그늘 속에서도 꽃은 핀다〉, 〈꿈〉, 〈생오지 가는 길〉에 이은 다섯 번째 에세이집이기도 하다. 소설을 쓰기 위해 시골로 왔는데, 자꾸만 시와 에세이가 쓰고 싶어진다.

책을 내 준 도서출판 '오래' 황인욱 사장께 감사 드린다.

2011년 여름, '생오지'에서 문순태

차 례

그리움은 뒤에서 온다

제 2 부 기다림. 꿈. 사랑

제3부 어제 그리고 내일

그리움은 뒤에서 온다

제4부 나의 자전적 이야기

제5부 그리운 사람들

제1부

나의 어머니 나의 인생

심심하지 않은 일상

산골 마을로 나를 찾아온 지인들이 묻는 첫 마디는 "심심하지 않느냐"이다. 도시에서 쫓기듯 숨가쁘게 살아가는 사람들 입장에서 보면, 깊은 산골에 갇혀 살아가는 내가 더 없이 따분하고 답답하게 보일 수도 있을 것이다. 그때마다 나는 "시시각각 변화하는 자연을 보는 것만으로도 너무 바쁘다."는 말로 대꾸하곤 한다. 기실 시골에 살다보면 여유로움을 즐기기도 어려울 만큼 하루가 순식간에 지나가는 것을 느끼게 된다. 어떨 때는 '시간 속의 시간'에 사는 것 같고 또 어떨 때는 '시간 밖의 시간'에 멈추어 있는 것 같기도 하다. '시간 속의 시간'에서 산다는 것은 찰나의 변화도 놓치지 않고 바쁘게 살아가는 것을 의미하고, '시간 밖의 시간'에서 사는 것은 물 흐르는 대로 바람 부는 대로, 아무 구애됨 없이 유유하게 살아가는 것을 말한다.

가끔 나는 정지된 시간 속에 함몰되어 버린 자신을 발견하기도 한다. 이럴 때, 시간은 목적지를 향해 자연스럽게 흘러가는 것이 아니라, 한 자리에서 끝없는 회전을 되풀이하고 있는 것인지도 모른다. 밤을 새고 나면 아침이 오고, 겨울이 지나면 다시 봄이 오듯, 인생도 자연의 법칙에 따라 엄숙한 순환을 되풀이하는 것인지도 모른다. 되풀이 되는 삶 속에서 우리가 보고 느끼는 변화의 본질은 본디 모습 그대로가 아니겠는가.

"심심하지 않느냐?"는 지인의 물음에 나의 전날 하루 일과를 시간대별로 설명했다. 아침 6시에 일어나서 세수하고 개와 닭 사료를 주고 나서 아침을 먹고 나면 8시 반. 잠시 쉬었다가 9부터 12시까지 작업실에 들어가서 컴퓨터 앞에 앉아 3시간 동안 글을 쓴다. 점심 먹고 뒷산에 갔다 오면 3시. 나를 찾아온 후배와 1시간 동안 담소. (글 쓰는 데 방해가 되기 때문에 오전에는 방문객을 사절하고 있다.) 4시에 재 너머 화순 장에 가서 먹을 거리를 사가지고 돌아오니 어느덧 해가 저문다. 다시 개와 닭 사료를 주고 저녁을 먹고 나면 7시. 한 시간쯤 쉬었다가 인터넷에 들어가 이메일 점검하고 나니 금방 10시가 된다. 텔레비전을 보다가 11시쯤 잠자리에 든다. 어찌 보면 내 하루는 너무도 단조롭고 평범한 일상이다. 그리고 이 같은 일상은 날마다 되풀이된다. 이처럼 되풀이되는 일상에 대해 답답하고 권태롭다고 생각하는 사람들이 있을지 모른다. 그렇지만 내게는 그 일상이 결코 단조롭지만은 않다. 똑같은 산행길이지만, 늘 새로운 모습을 보여주는 자연의 변화 속에서도 새로운 느낌과 엄청난 체험을 하게 된다. 글을 쓰는 것도, 결코 똑같은 내용을 쓰지 않기에 내게는 늘 새롭다. 나를 찾아온 사람도, 이야기하는 내용도 언제나 다르다. 나의 오늘은 결코 어제와 똑같지 않기 때문에 설레는 마음으로 내일이 더욱 기다려지게 마련이다.

대부분의 사람들은 일상을 권태롭게 느낀다. 그래서 변화를

그리움은 뒤에서 온다

위해 일탈을 꿈꾸게 되는 것인지도 모른다. 일탈은 때때로 삶의 충전을 가져올 수 있지만 자칫 삶의 정상궤도에서 멀리 벗어나 예기치 못한 위험에 처할 때가 있다. 일탈을 꿈꾸기보다는 일상의 소중함을 인식하고, 일상 안에서 작은 변화와 새로움을 만들어가는 삶이 더 알차고 평화롭지 않겠는가.

숨가쁘게 살아가는 사람들도 일상의 권태로움을 지겨워하지만 말고 느긋한 여유를 즐길 줄 알아야 한다. 느리게 산다는 것은 목적지만을 보지 않고 과정을 충분히 즐기면서 사는 것이 아니겠는가. 산은 높은 데만 있는 것이 아니고 물은 깊은 데만 있는 것이 아니다(山不在高 水不在深)라는 말이 있다. 그런데도 사람들은 산을 보기 위해 정상만을 오르려 하고 물을 보기 위해서 깊은 물속으로 들어가려고만 한다. 진정한 삶의 의미는 날마다 되풀이 되는 일상 속에 있는지도 모른다. 한 번밖에 살지 못하는 짧은 인생행로에서 어찌 삶이 심심하다고 할 수가 있겠는가.

외갓집 가는 길

문득 외할머니 생각이 나서 차를 몰고 집을 나섰다. 오랫동안 외할머니를 잊고 살아왔는데, 어머님이 세상을 뜬 후로 갑자기 외갓집 사람들이 그리워졌다. 외할머니를 생각하자 고소한 누룽지와 졸깃하고 달콤한 찰밥이 떠올랐다. 외갓집은 우리 마을에서 이십 리쯤 떨어진 지척지간에 있었다. 6·25 전까지만 해도 나는 어머니를 따라 쫄랑대며 자주 외갓집에 갔다. 복사꽃 빛깔 치마에 연둣빛 저고리를 받쳐 입고, 낭자머리에 동백기름 자르르하게 바르고 외갓집 갈 때 어머니의 모습은 세상에서 가장 아름다워 보였다. 어머니는 외갓집에 갈 때마다 외할머니가 좋아하는 것들을 싸가곤 했다. 봄이면 화전, 여름에는 수박, 가을에는 백설기, 겨울에는 수정과를 만들어갔다. 그 시절에는 신작로가 생기기 전이라, 새들이 낭자하게 지저귀는 조붓한 오솔길이며, 들꽃이 화사하게 핀 밭둑길과 강변길을 회똘회똘 따라갔다. 한 여름에는 꼴머슴 무덤의 늙은 소나무 그늘에서 쉬어가곤 했는데, 어머니는 저고리 소맷자락으로 내 얼굴의 땀을 닦아주고 나서, 짚으로 엮어 들고 온 참외를 주먹으로 내리쳐 쪼개 주셨다. 껍질 채 와삭와삭 씹어 먹었던 참외 맛은 아이스크림보다 더 맛이 있었다.

세월의 징검다리를 몇 개 건너뛰어, 소년에서 할아버지가

그리움은 뒤에서 온다

된 나는 지금 자동차로 확 뚫린 그 길을 달리고 있다. 잠시 차를 세우고 주위를 살폈지만 어머니와 함께 쉬곤 했던 '담살이 무덤'(꼴머슴 무덤)도, 목을 축였던 여울물도 흔적을 찾을 수 없다. 한겨울 들판은 을씨년스럽도록 텅 비었고 햇빛마저 구름 뒤에 숨어, 몇십 년 만에 외갓집을 찾아가는 내 마음은 회한의 죄스러움으로 무겁게 가라앉았다. 순간, 황량한 풍경의 모퉁이에서, 서럽도록 궁핍했던 유년의 기억들이 상흔처럼 떠올랐다.

6·25를 만나 한동안 고향을 떠나 걸식하듯 떠돌음했던 우리 가족은 4년 동안 외가에 빌붙어 산 적이 있었다. 그 무렵 나는 외가에 소꼴을 베어주고 밥을 얻어먹곤 했다. 그림자처럼 숨을 죽이고 밥상 앞에 앉은 나는 늘 외삼촌 눈치를 보며 후다닥 밥을 먹어치우고 방에서 뛰쳐나와야만 했다. 조금이라도 늦게 먹으면 "저 자식, 무슨 밥을 저렇게 많이 주었어." 하고 외삼촌이 고함을 쳐댔기 때문이다. 나는 숭늉이 들어오기도 전에 밥을 먹어치우고 부엌에 나가 바가지로 찬물을 들이마셨다. 그때 외할머니께서 살며시 부엌으로 나와, 솥을 열고 누룽지를 한 사발 긁어서 내게 주시곤 했다. 외삼촌 눈에는 언제나 내가 밥을 많이 먹는 것으로 보였겠지만 외할머니는 내가 양이 덜 찬 것으로 생각하셨을 것이다.

그 시절에는 제대로 먹지를 못해, 부황 든 사람들이 많았다. 내 아버지도 한동안 부황이 들어 얼굴이 붓고 누렇게 떠 있었다. 아버지는 외갓집 아침밥상을 보고 부황이 들었다고 했다.

아버지가 외가 사랑방에서 주무시고, 목이 말라 물을 마실 생각으로 얼핏 외가 부엌에 들어갔다가 아침밥상 차리는 것을 보았단다. 김이 모락모락 피어오르는 고소한 쌀밥 냄새에 회가 동한 아버지는 너무도 밥이 먹고 싶어 현기증이 일었다. 비척거리며 집으로 돌아온 아버지는 그 길로 부황에 걸리고 말았다. 흰 쌀밥 냄새 때문에 헛것이 보이고 어지럼증까지 생겼다. 어머니가 외할머니한테 그 이야기를 했더니, 당장 외할머니께서 부황을 가라앉히는 데 직방이라는 찰밥을 쪄서 밥 바구니에 한가득 담아오셨다. 아버지는 찰밥을 드시고 부황을 떨쳐내셨다. 그 때 나도 아버지 옆에 턱을 받치고 앉아 찰밥 몇 덩이를 얻어먹었다.

나는 지금도 밥을 빨리 먹는다. 아내는 내 밥 먹는 속도에 맞추느라 위장병까지 생겼다. 나는 누룽지나 찰밥을 먹을 때마다 외할머니를 생각한다. 외가 마을에 도착한 나는 물레방아 자리에 지은 마을회관 앞에 차를 세우고 마을로 쭈뼛쭈뼛 들어갔다. 외가 쪽 사람들은 모두 고향을 떠나고 이제 아무도 이 마을에 살고 있지 않다. 나는 유년시절 그랬던 것처럼, 슬프고 부끄러운 마음으로 외갓집 대문 앞에 서성였다. 꼴을 베어온 날, 끼니때가 되어 밥을 얻어먹으러 갈 때마다, 성큼 대문 안으로 들어서지 못하고 망설이곤 했던 나를 다시 본 것 같다. 내가 차마 대문 안으로 들어가지 못하고 미적거릴 때마다, 외할머니께서는 내가 올 줄 알고 있었던 것처럼 밖으로 나와

내 손을 잡아끌고 들어가 밥상머리에 앉히곤 하셨다. 내 손을
잡아 끄셨던 외할머니의 그 끈적끈적한 체온이 아직 내 핏줄
속에 남아 있는 것 같다. 외갓집 문밖을 서성이는 오늘, 외할
머니께서 긁어주신 고소한 누룽지 맛이 새삼 그립다.

어머니의 텃밭

농사꾼의 아내였던 어머니는 도시로 나와 살면서부터는 텃밭을 갖는 게 소원이라고 했다. 오죽 텃밭이 갖고 싶었으면 집 안에 있던 화분의 꽃들을 모두 뽑아버리고 고추나 가지 모종을 하셨을까. 오래전의 일이다. 내 소설집 〈고향으로 가는 바람〉 출판기념회가 열렸던 직후, 아내와 외출을 하고 돌아와 보니 어머니는 축하화분을 모두 뽑아 없애고 대신 고추와 가지를 심어놓으셨다. 꽃은 들이나 산에 가면 지천으로 널려 있다면서 흙에는 채소를 심어 먹어야 한다는 것이었다. 어머니는 눈으로 보는 장미 한 송이보다 먹을 수 있는 가지 한 개가 더 소중하다고 하셨다. 그뿐이 아니었다. 슬러브 2층집에 살고 있을 때, 어머니는 마당을 파고 호박을 심어 넝쿨을 2층 베란다로 올렸다. 그해 봄부터 여름까지 우리 집은 온통 호박넝쿨에 뒤덮여 있어 아내의 심기를 흐려놓았었다.

아파트로 이사를 하자 어머니는 노인정 옆 손바닥만한 공터를 혼자 일구어 채소를 가꾸셨다. 풀을 베어 썩히고 퇴비를 만들어 뿌리고 물을 주어가며 상추며 고추, 오이, 가지, 호박, 들깻잎 등을 심어 열심히 가꾸셨다. 어머니 덕분에 노인정 식구들 밥상에는 언제나 신선한 채소가 올랐다.

그리움은 뒤에서 온다

"참말로 흙은 보배 중에 보배다. 헌디 왜 요새 사람들은 흙 귀헌 줄을 모를끄나. 흙 귀헌 줄 모르면 천벌을 받는다."

어머니는 그러면서 죽기 전에 다시 고향으로 돌아가서 텃밭을 가꾸고 싶다는 말을 버릇처럼 되뇌이시곤 했다.

도시로 나오기 전, 어머니는 아침부터 저녁까지 밭에서 사셨다. 내가 도시에서 학교에 다닐 때, 집에 오는 날이면 어머니는 먼저 집 뒤에 있는 텃밭으로 가시곤 했다. 봄부터 가을까지 텃밭에는 먹을 것이 있었다. 텃밭이 있는 한 반찬걱정이 없었다. 내가 집에 가는 날이면 우리 집 밥상은 텃밭에서 수확한 것들로 풍성했다. 특히 내가 좋아하는 가지무침과 돼지고기를 넣은 얼큰한 애호박국이 빠지지 않았다.

고향으로 돌아온 나는 욕심껏 꽤 널찍한 텃밭을 일구었다. 1백 평 남짓한 논에 좋은 흙으로 복토를 하고 퇴비도 듬뿍 뿌렸다. 땅에 검정 비닐을 까는 것도 잊지 않았다. 상추와 쑥갓, 시금치, 들깨 씨앗을 뿌리고, 가지와 고추, 오이, 토마토, 호박 모종도 사다 심었다. 마을 사람들이 한사코 미리 제초제를 뿌린 다음 모종에 복합비료를 주라고 했지만 나는 농약을 쓰지 않았다. 해 뜨기 전에 물을 주었더니 씨앗에서 싹이 움트고 모종은 하루가 다르게 튼실하게 자랐다. 내가 뿌린 씨앗들이 싹을 틔우고 파랗게 자라는 것이 신기하고 보기에 좋았다. 한 편의 글을 완성했을 때만큼이나 오달진 마음에 달뜨기까지 했

다. 아내와 나는 태어나서 처음으로 채소 농사를 지어본 것이다. 우리 부부는 아침저녁으로 풀을 뽑아야만 했다. 풀을 뽑다가 꽃이 피어 있는 것을 보면 차마 뽑지 못하고 그대로 두고 바라보기만 했다.

아내는 풀을 뽑느라 관절염까지 생겼다. 그래도 그해 우리는 채소 풍년을 맞았다. 상추는 미처 먹지 못해 밭에서 썩었고 고추며 가지는 도시 친척들에게 나눠주었다. 여름 동안 우리 식탁에는 아침마다 토마토가 올랐다. 신물 나도록 토마토 주스를 마셨다. 그 덕택으로 평소 고생을 했던 전립선이 많이 좋아졌다.

이듬해, 2년째 텃밭 농사를 짓게 된 우리 부부는 게으름을 피웠다. 무엇보다 풀을 뽑는 일이 힘들었다. 뽑아도 뽑아도 풀은 미친 듯 자랐다. 마을 사람들은 제초제를 뿌리라고 했지만 끝까지 듣지 않았다. 이웃 밭에 제초를 뿌리자 모든 벌레들이 우리 텃밭으로 이동했다. 우리 부부는 결국 풀과의 전쟁에서 손을 들고 말았다.

"여름까지는 풀한테 져 주기로 하지. 그 대신 가을이면 우리가 이기게 되겠지."

내 말에 아내가 웃었다. 심어놓은 채소들은 풀 속에 묻히기 시작했다. 퇴비까지 듬뿍 뿌려 기름진 텃밭에는 엉겅퀴며 민들레, 달맞이, 홀아비꽃대, 백일홍, 애기똥풀, 며느리 밑씻개, 쥐손이풀, 층층둥굴레, 별꽃, 씀바귀 등 온갖 야생화며 풀꽃이

그리움은 뒤에서 온다

시새움하듯 피었다. 우리 텃밭에는 채소와 풀과 들꽃들이 사이좋게 한데 어울려 자유롭게 공생했다. 이질적인 것들이 한데 어울린 모습이 참으로 아름답고 보기 좋았다. 어쩌면 이 세상에서 진정으로 아름다운 것은 자연이 자연스럽게 어울리며 사는 것이 아닐까 하는 생각이 들었다.

"농사짓는 것을 보니 아직 유치원생이구먼…."

마을 사람들은 우리 텃밭을 보고 한마디씩 비아냥거렸다.

"이것이 태평농법이죠. 즉 자연주의 농법이랍니다."

나는 마을 사람들 앞에서 변명처럼 말했다. 태평농법이란 무농약, 무비료, 무경운법에 거름도 주지 않고 생태계의 피라미드 활용, 즉 식물의 메커니즘에 의해 병충해를 방지하는 농업이라는 것도 설명했다. 태평농법이란 인위적이 아니라, 자연 그대로, 자연에 순응하며 짓는 농사인 것을 강조했다. 내 말에도 마을 사람들은 여전히 고개를 살래살래 흔들었다. 채소들은 풀과 꽃들 속에서도 잘 자라주었다. 아내는 풀 속을 헤치고 텃밭에 들어가서 보물찾기하듯 고추며 가지, 토마토를 따왔다.

나는 텃밭을 가꾸면서 농사는 절대 욕심을 부려서는 안 된다는 것을 깨달았다. 욕심을 부리면 땅이 노한다. 경쟁 없는 나만의 생산으로 만족해야 한다. 고추 세 그루에 가지 두 그루, 상추 5포기, 오이와 호박 한 구덩이면 우리 부부에게 충분하다. 마늘이며 파, 토마토를 심는다 해도 넉넉하게 5평이면 된다. 나는 텃밭이 세상과 같다고 생각한다. 세상에는 잘난 사

람 못난 사람, 강자와 약자 등 여러 계층의 사람들이 모여 사는 것처럼, 텃밭에도 여러 가지 식물들이 한데 어울려 살고 있다. 세상 사람들이 저마다 필연적 존재가치를 지니고 살아가듯이, 비록 텃밭의 잡초라 할지라도 필요하지 않은 생명은 하나도 없다고 본다. 여러 계층의 사람들이 공동체를 이루어 소외당하는 사람 없이 잘 어울리며 잘 사는 사회가 건강한 것과 같이, 텃밭 역시 여러 가지 식물들이 자연의 법칙에 순응하며 살도록 하는 것이 진정한 아름다움이 아니겠는가.

고향에 돌아와 보니…

"고향에 대한 그리움을 제대로 느끼려면 고향으로부터 멀리 떠나라."

고등학교 졸업 후 고향을 떠나 서울에 정착한, 내 오래된 친구 이성부 시인이 말했다. 그리움은 가까운 곳에 있는 것이 아니라, 멀리 떨어져 있어야 싹을 틔우고 자란다는 것이었다. 그 친구는 평생 무등산만을 바라보고 사는 내가 서울로 올라오기를 은근히 바라며 하는 말이었다.

"진정으로 고향을 사랑한다면 고향을 떠나지 않아야 한다."

친구의 말에 나는 그렇게 응수했다. 그러고 보니 나는 태어나서 지금까지 해발 1,187m의 무등산만을 바라보며 살아왔다. 유년시절에는 남쪽에서 북쪽에 있는 무등산을 바라보며 산 너머 세상을 동경했고, 열두 살 때 광주로 나온 후에는 북쪽에서 남쪽의 무등산을 바라보고 고향을 그리워하며 살았다. 그러다가, 정년을 하고 53년 만에 다시 무등산을 넘어 태어난 곳으로 되돌아왔다. 지금까지 내 삶이 단출하게 무등산 한번 안고 도는 것으로 끝나가고 있는 것 같다.

고향에 다시 돌아와 보니 왠지 마음 한구석이 촉촉해지면서 허전하고 슬퍼진다. 아마도 고향의 본디 모습이 사라져버렸기 때문인지도 모른다. 예나 지금이나 변하지 않은 모습은 동구

밖 아름드리 당산나무다. 고향을 떠나 있으면서도 고향을 생각하면 먼저 마을 앞 늙은 느티나무가 떠오르곤 했다. 언제나 같은 자리에 한결같은 모습으로 맞아주는 고향 지킴이. 고향의 푸른 깃발 같은 느티나무는 의연하고도 늠연한 자태로 삶에 지친 사람을 포근하게 안아준다. 그래서 당산나무를 바라보면 잃어버렸던 시간의 소중함을 일깨우고 싶고 내일의 꿈을 푸르게 다시 펼치고 싶은 희망을 품게 된다.

내 고향 마을 앞에는 3백년쯤 된 느티나무가 서 있다. 늙은 당산나무는 세상을 꿰뚫어보는 도인의 풍모를 지녔다. 부처, 예수, 공자, 노자나 장자로 보이는가 하면 갑오년에 죽은 동학군이거나 6·25때 총 맞아 죽은 이웃집 할아버지로 보이기도 한다. 이 당산나무 밑 넉넉한 그늘은 노동에 지친 농사꾼들의 시원한 쉼터였으며 마을 공동체의 중심이기도 했다. 크고 작은 마을 일을 논의하는 여론의 광장이기도 했고 때로는 즐거움을 나누기 위한 유희의 공간으로 활용되기도 했다. 이렇듯 당산나무는 나이 태만큼의 마을 역사와 문화를 간직하고 있다.

나는 지금 고향의 당산나무 밑 넓고 판판한 당산 돌에 앉아 무채색 유년시절을 떠올려본다. 무더운 여름 한낮의 이곳은 어른들 차지였다. 어른들이 이곳을 차지하고 있을 때는 인사하기가 싫어서 멀리 돌아다니곤 했다. 어른들이 당산 돌에서 한바탕 낮잠을 자고 들일을 나간 후에야 아이들의 차지가 되었다. 우리들은 당산 돌에서 콧물과 침을 게게 흘리면서 고누

그리움은 뒤에서 온다

도 두고 책을 읽었다. 낭자하게 울어대는 매미소리를 들으며 얼음장처럼 차가운 돌에 누워 있다가 스르르 잠이 들기도 했다. 더러는 사소한 일로 코피가 터지도록 싸움질을 할 때도 있었다. 지금 이 느티나무는 노릇하게 단풍이 들어 소쇄한 가을바람에 깃발처럼 흔들리고 있다.

　당산나무 앞으로는 야트막한 냇물이 흐른다. 옛날에는 징검다리가 놓여 있었고 건너편에는 여름에 손이 시리고 겨울에는 따스한 김이 모락모락 피어나는 각시 샘이 있었다. 우리들은 정신없이 뛰어놀다가 허출해질라치면 배가 쿨렁쿨렁해지도록 이 샘물을 퍼마시고 허기를 견뎠다. 각시 샘 머리맡쯤에 물레방앗간이 있어, 얼어붙은 겨울밤에는 빈 물레방아가 삐끄덕 삐끄덕 하염없이 돌아 나를 보채며 잠 못 들게 했다. 지금은 징검다리 대신 큰 콘크리트 다리가 놓였고 각시 샘과 물레방아는 흔적조차 찾을 수 없다. 마을 고샅은 돌담이 헐려 아스팔트가 뚫리고 주유소가 생겼다. 이제 고향의 옛 모습은 찾아볼 수가 없다.

　유년시절 추억의 흔적들이 사라져버린 고향은 낯설기만 하다. 다만 변하지 않은 당산나무와 몇몇 고향 사람들이 남아 있어 위안이 되고 있다. 한 번도 고향을 떠나지 않고 토박이로 살아온 사람들은 옛 사람들의 인정과 공동체 사랑을 오롯이 간직하고 있다. 이들이야말로 참사람이 아닌가 싶다. 참꽃·참나무·참새·참붕어·참기름 등 우리말 어두에 '참'자가 붙은 것

은 '가짜가 아닌' '귀하고 좋다'는 의미가 있다. 그런 점에서 평생 고향을 지키는 이들이야말로 진정 참사람인 것이다.

고향의 모습은 몰라보게 달라졌으나 고향 사람들의 삶은 여전히 궁금하기만 하다. 화려하고 풍요롭고 삶의 경쟁이 심한 도시에 비해서 시골은 아직도 초라하고 궁핍하고 느리게 사는 사람들이 남아 있다. 그래도 나는 무채색의 공간에서 살고 있는 이들 고향 사람들에게서 삶의 진정성을 느낄 수가 있다.

지금 당장 고향으로 달려가 마을 앞 당산나무를 힘껏 안아볼 일이다. 우리에게 돌아갈 고향이 있다는 것은 얼마나 행복한가. 고향은 성공한 사람에게는 금의환향을 꿈꾸게 하고 실패한 사람에게는 지친 영육을 의탁할 인생의 마지막 쉼터 같은 곳이다.

그리움은 뒤에서 온다

어머니의 향기

　연로하신 어머니를 모시고 사는 나는 언제부터인가 내 안에 죽음의 그림자가 무겁게 똬리를 틀고 있는 것을 느꼈다. 어머니가 조금만 편찮으셔도 가슴이 덜컹거리면서 혹시 잘못 되실까 싶어 불안이 덮쳐오곤 했다. 그 때문에 마음 놓고 장기간 여행을 떠날 수도 없었다. 아마 집 안에 병자가 있거나 연세가 많은 부모를 모시고 사는 사람은 나와 같은 기분일 것이다.

　96세의 연세에도 평소 건강하던 어머니가 갑자기 기력이 쇠진해지셨다. 지난해까지만 해도 손수 김장을 담그고 매일 아침 경로당에 가셨다가 날이 어두워서야 돌아오곤 하셨던 어머니가 갑자기 거동을 못하시게 된 것이다. 젊어서 농사일을 많이 해 오신 탓으로 관절염이 있는 것 외에는 특별히 아픈 데가 없었던 어머니는 자식들에게 짐이 되기 싫다면서 한사코 노인병원에 입원하기를 원하셨다. 성화에 못 이긴 아내와 나는 여기저기 병원을 찾아다니다가, 집에서 가깝고 시설도 깨끗한 시골 노인병원에 입원시키기로 했다.

　병원에 입원하시던 날 어머니는 내 눈길을 피하며 눈물바람을 하셨다. 다시는 집에 돌아올 수 없을 것 같은 기분이 들었기 때문인지 모른다.

　"나 죽으면 이 돈으로 관이나 사거라."

병원에 도착한 어머니는 저금통장과 도장을 내게 맡기면서 당부하셨다. 통장에는 4백만 원 가까이 들어있었다. 그동안 자식들한테서 받은 용돈을 안 쓰고 옴씰하게 모아놓은 것이 분명했다. 어머니의 마음을 충분히 헤아리면서도, 잡숫고 싶은 것 사드시지 않고 애면글면 돈을 모았을 어머니를 생각하자 화가 났다. 나는 차마 이 돈을 쓸 수가 없을 것 같았다.

어머니를 병원에 남겨두고 돌아오면서 내 마음은 한 없이 어둡고 답답했다. 나는 어머니가 편찮으신 것이 마치 아내 탓이라도 된 것처럼 아내한테 짜증을 내면서 불컥거렸다. 아내는 내가 울적한 기분을 참아내려고 괜히 화를 내고 있다는 것을 눈치채기라도 한 듯 별로 서운해 하지 않았다.

그날 밤, 나는 거의 뜬 눈으로 밤을 새우다시피 했다. 평생 땀에 절여서 살아온 어머니를 떠올렸다. 잠을 못자고 버르적거리는 동안 내 코에 어머니의 체취가 솔솔 풍겼다. 내 기억 속 어머니 몸에서는 향수 냄새보다는 쿰쿰한 청국장 냄새가 났다. 그러나 그 청국장 냄새는 이 세상 어떤 향수보다 향기로웠다. 새벽에 일어나 〈어머니의 향기〉라는 시를 썼다. 그리고 다음날 돌집으로 달려가서, 어머니 키 높이만한 오석에 시를 새겨 우리 집 마당에 세웠다.

그리움은 뒤에서 온다

어머니를 생각하면
청국장 냄새가 난다
세월의 밑바닥에 가라앉은
쓰디쓴 삶의 발효
사무치게 보고 싶은 오늘
그 향기 더욱 푸르고
빛이 바랠수록 그립다

비록 어머니가 주신 돈으로 세운 것이기는 해도, 이 시비를
보면 조금은 위안이 된다. 시비를 대할 때마다 어머니를 보는
것처럼 마음이 흥건해진다. 어머니는 입원해서 몇 달 동안은
하루를 예측할 수 없을 정도로 위태로우셨지만, 다행히 지금
은 고비를 넘기신 듯 기력이 많이 회복되셨다. 그래도 병원에
서 전화가 올 때마다 불길한 예감에 가슴이 덜컹거린다. 나는
오늘도 이 시비를 한번 쓰다듬고 나서 어머니를 만나러 병원
으로 향한다.

그리운 어머니의 개떡

　어머니를 생각하면 나도 모르게 울컥해진다. 빨갛게 물든 단풍이나, 낙엽이 바람에 흩날리는 것을 보면 어머니 생각에 오목가슴이 싸하게 아려온다. 어머니는 내 소설이 뿌리를 내릴 수 있게 한 대지와 같은 존재로, 내게 문학적 자양분을 오롯이 제공해주셨다. 졸작 〈늙은 어머니의 향기〉, 〈은행나무 아래서〉의 모델이 되기도 했다. 6·25 직후 도붓장사로 우리 가족 목줄을 이어주셨는가 하면, 도시에 나가 살면서도 늘 농사 걱정을 하셨으며, 화분의 화초를 모두 뽑고 가지 모종을 하셨던 어머니. 보리 수확 철마다 이삭을 주어다 미숫가루를 만들어주시곤 했던, 천생 농사꾼 우리 어머니. 가전제품이 귀했던 시절, 고조부 제사에 참례하는 가난한 친척들한테 미안하다며, 이불보로 냉장고를 덮어씌워 감추셨던 어머니였다.

　"병원비 많이 나올텐디, 왜 냉큼 죽지 않는다냐. 느 아부지 어서 데려가지 않고 뭣헌다냐." 자식한테 폐를 끼치기 싫다면서 한사코 병원을 택하셨던 어머니는 작년 겨울부터 음식을 드시지 않고 같은 말만 되뇌었다.

　"산에 눈이 쌓였는데 지금 돌아가시면 추워서 안 되죠. 그러니 억지로라도 드세요."

　나는 그렇게 말하며 조금이라도 드시도록 애써 권했다.

　　　　　　　　　　　　　　　　　　그리움은 뒤에서 온다

"허먼, 봄꺼정은 살어야씨겄다 잉."

그러면서 어머니는 마지못해 몇 숟갈 미음을 받아 드셨다. 그로부터 일주일 후에 다시 병원에 가보았더니, 음식을 삼킬 수가 없어 코에 호스를 끼어 영양공급을 하고 있었다. 간호사 말로는 의식이 약해져 가끔 엉뚱한 말씀을 하신다고 했다.

"아이 와, 우리 식구 다 죽어뽈고 너 혼자만 살아났냐? 시방 총 든 사람들이 너 잡을라고 몰려올텐께 싸게 도망가그라. 10대 종손인 너만은 기언시 살어야 혀."

이날 어머니는 힘겹게 손을 들어올리고 손사래까지 치면서 빨리 돌아가라고 재촉하셨다. 일요일 면회를 갈 때마다 어머니는 똑같은 말만 되풀이하셨다. 어머니가 내게 마지막 남긴 말씀은 "싸게 도망가라."는 것이었다. 어머니는 희미한 의식 속에서 6·25 때를 떠올리는 것 같았다. 6·25 때 백아산에서 총알받이가 된 우리 식구들은 여러 차례 죽을 고비를 넘긴 일이 있었는데, 어머니 의식 속에는 그 때의 기억만 남아 있는 것일까. 어쩌면 사람은 죽을 때 마지막으로 생애에서 가장 즐겁고 행복했던 순간보다 고통스럽거나 두려웠던 기억을 떠올리게 되는 것인지도 모른다. 의식이 뚜렷했을 때는 잊고 싶어서 망각의 밑바닥에 꽁꽁 눌러두었던 기억이, 생의 마지막 순간에 제어장치를 풀고 용수철처럼 튕겨 오른 것인지도.

미이라처럼 뼈만 남은 어머니 가슴에 흙을 뿌리고 난 나는 짱짱한 햇빛이 토렴하는 풀밭에 엎드린 채 소리 내어 울고 말

았다. 살아오는 동안 그렇듯 큰 소리로 울어보기는 처음이었
다. 잘해 드렸던 일은 생각나지 않고 불효했던 일만 회한이 되
어 가슴을 저몄다.

"할아버지 운다."

옆에 있던 8살짜리 손자 녀석이 놀라 소리치더니 덩달아 울
었다. 아내와 아들딸들, 손자들이 따라 울었다.

"뚱뚱해서 할아버지한테 구박만 받으셨다는데, 날씬해졌으
니 저승에 가선 사랑받으시겠네."

"자손들 액을 막아주시려고 돌아가시기 전에 오랫동안 고통
을 앓으셨나 봐요."

큰 딸과 아들이 눈물을 주체 못하는 나를 위로했다.

"할머니가 남기고 가신 말씀들을 잊지 못할 거예요."

막내는 '꼭꼭이', '내둘내둘' 등, 어머니가 썼던 말들을 되새
겼다. 어머니는 리모컨을 '꼭꼭이', 선풍기 회전시키는 것을
'내둘내둘'이라고 하셨다. 어머니의 그 말은 내 손자들까지, 4
대째 이어오고 있다. 97년을 살고 가신 어머니는 우리 집에 새
로운 문화를 남긴 셈이다.

어머니 장례를 치르고 난 나는 갑자기, 찢어지게 가난했을
때 어머니가 만들어주셨던 개떡이 먹고 싶었다. 다시는 먹을
수 없는 어머니의 개떡을 그리워하며 시를 썼다.

그리움은 뒤에서 온다

내 유년시절의 초록빛 하늘에
개떡 하나 둥둥 떠 있다.
배고파 눈 질끈 감으면
개떡 같은 보름달이
무겁게 내려앉았다.
내 희망은 개떡이었다.
어머니,
어릴 적 만나게 먹었던
보름달 개떡
어디에 숨겼어요.
쫄깃쫄깃 들큼한 희망의 맛
돌려주세요.

땅의 사랑 가르쳐주신 어머니

　고향을 떠나 도시생활을 한 지가 50년이 다 되어 가는데도 어머니는 지금도 오직 농사걱정이시다. 비가 오지 않으면 가뭄걱정, 비가 많이 오면 홍수걱정. 서울에서 대학에 다니는 손자 손녀들 뒷바라지를 하기 위해 어머니는 한동안 서울에 계셨다. 내가 전화를 할 때마다 어머니는 집안일보다는 "올 농사 어쩌냐?" 하고 물으시기 일쑤였다. 농사도 안 짓는데 웬 농사 걱정을 하시느냐고 짜증을 토하면 "농사가 잘 되어사 세상이 편타. 농사가 어디 내 것 늬것이 따로 있다냐, 농사는 다 우리 것제." 하셨다.

　오래전의 일이었다. 아침에 집을 나간 어머니가 날이 어두워도 돌아오지 않아 난리가 났다. 파출소에 신고를 하고 친척 집에 전화를 하는 등 백방으로 어머니의 행방을 찾았다. 어머니는 밤이 깊어서야 큰 보퉁이를 이고 들어오시는 것이었다. 보퉁이 속에는 보리이삭이 가득 들어 있었다. 30리 밖까지 가서 온종일 보리 수확을 한 논에서 이삭을 줍다가 날이 어두워지자 집까지 그 먼 길을 걸어오셨다는 것이었다. 나는 어머니에게 큰 소리를 치며 화를 냈다.

　어머니는 며칠 동안 2층 옥상에 보리 이삭을 말리고 방망이로 두들기거나 손으로 비벼 탈곡을 한 뒤에 빻아서 보리 미숫

38

가루를 만드셨다. 어머니의 이삭줍기는 몇 년 동안 계속되었다. 봄에는 보리 이삭, 가을이면 벼 이삭을 주어오기 마련이었다. 제발 그만두시라고 사정을 해가며 말렸지만 소용이 없었다.

"이삭 줍는 것을 부끄러워허면 천벌을 받는겨."

어머니는 오히려 나를 꾸짖으셨다. 이렇듯 어머니는 철저한 농사꾼이시다. 96세인 지금도 한 가지 소원이 있다면 시골에 가서 농사를 짓고 싶다고 하신다. 손에 흙 묻히며 농사짓고 사는 것이 심신이 편하다고 하셨다. 어머니의 땅에 대한 강한 집념과 애착 앞에 저절로 고개가 숙여진다.

오래전부터 어머니는 아파트 주변 노점상을 돌아다니시며 길바닥에 버려진 무 뿌리를 줍고 무 잎 등 시래기 감을 주어다가 엮어서 베란다에 매달아두셨다. 그런가하면 낡은 살림도구를 버리는 일이 없이 이사를 할 때마다 그 볼썽사나운 것들을 줄렁줄렁 달고 다니셨다. 이런 어머니를 본 주위 사람들은 아직도 가난했을 때의 궁기가 몸에 배어 있다고 비아냥거리는 것을 나는 안다. 그러나 그것은 어머니의 궁기가 아니라 땅과 옛것을 사랑하는 농사꾼의 아름다운 천성이라고 생각한다.

어머니는 궁벽진 시골에서 농사꾼의 딸로 태어났으며 열일곱에 두 살 아래인 9대 종손을 남편으로 맞아 농사꾼의 아내가 되었다. 시집와서 두 아들을 낳았으며 쉰하나에 남편을 잃고 혼자 되셨다. 젊었을 때의 어머니에 대한 기억은 잠시도 편히 앉아 쉬는 모습을 볼 수 없었다. 언제나 부엌과 마당과 밭에서

땀을 흘리며 꼼지락거리셨다. 어머니에게서는 화장 냄새 대신 시지근한 땀 냄새가 진동했고 입에서는 낮이고 밤이고 육자배기 사설 같은 푸념이 그치지 않았다.

어머니의 삶은 궁핍과 땀과 희생과 인종 그것이었다. 한창 젊은 시절에는 아버지한테 소박을 당해 눈물 대신 땀을 흘리는 것으로 외로움을 참으셨고 중년에는 6·25를 당해 알거지가 되다시피한 우리 가족의 목줄을 혼자 힘으로 지탱해가셨다. 첩 질이나 하면서 세월을 보내셨던 반거충이 아버지는 6·25를 당해 철저한 무능력자가 되었고 어머니가 아버지 대신 도붓장수를 하면서 우리 식구들의 생계를 떠맡으셨다.

6·25 이후 십수 년 간 계속된 궁핍의 고통 속에서도 우리 식구가 살아남을 수 있었던 것은 순전히 우리 어머니의 덕분이었던 것이다. 이 굶주림의 시대에 내가 학업을 계속하고 소설 공부를 할 수 있었던 것도 어머니의 희생이 아니었으면 불가능했을 것이었다. 무겁기만 한 우리 식구들의 생명줄을 머리에 이시고 살아남기 위해 버둥거렸던 어머니의 모습은 내 가슴속에 이 세상 그 무엇보다 더 강하고 아름다운 존재로 살아 있는 것이다.

그러기에 나에게 있어서 문학의 텃밭이 고향이라고 한다면 소설의 정신은 바로 어머니의 삶 속에 깊숙하게 뿌리박고 있다고 할 수 있다.

나는 어머니의 삶을 통해서 땅에 대한 애착과 어머니라는

그리움은 뒤에서 온다

강한 존재의 의미를 알게 되었다. 어머니는 또 땅을 대하듯 사람들 앞에서는 버릇처럼 늘 겸손하게 허리를 구부리며 자신을 낮추었다. 나는 어머니에게서 나보다 약하고 가난한 사람들 앞에서 교만을 떨지 않아야 한다는 것을 배웠다. 25년 전쯤의 일이다. 그 무렵 만해도 냉장고가 귀한 시절이었다. 드물게 냉장고를 갖고 있는 집에서는 대부분 한옥의 경우 마루에 놓아두기 마련이었다. 그런데 어느 날 어머니께서는 갑자기 마루에 놓아둔 냉장고를 골방으로 치우라고 성화셨다. 그 무거운 것을 왜 하필이면 골방으로 옮겨야 하면서 나는 어머니의 명을 거절했다. 그러자 어머니께서는 화를 내시며 이불보로 냉장고를 덮어씌우고 그것도 부족하여 냉장고가 보이지 않도록 뒤주를 옮겨 가려버리는 것이었다.

"오늘이 고조부님 제삿날인께 친척들이 올 것이 아니냐. 친척들 중에는 전셋집도 못 들고 사글셋방에서 사는 사람도 많은듸, 보태주도 못험시로, 저 비싼 냉장고를 자랑이나 허드끼 마루에 떠억 세워 놓으면 뭣이 좋겄냐. 가난한 친척들헌티 부끄러운 줄도 알아사제."

나는 그때서야 어머니가 이불보로 냉장고를 덮어씌운 이유를 알 수 있었다. 그리고 어머니한테 회초리로 종아리를 얻어맞은 것보다 더 부끄럽고 마음이 아렸다.

'사랑'이니 '희생'이니 하는 낱말을 문자로 표현할 줄 모르고, 또 생명과 땅에 대한 낱말의 깊은 의미에 대해서도 설명할

줄도 모르시는 어머니는 이렇듯 실천적 삶을 통하여 그 의미를 몸소 나에게 드러내 보이신 것인지도 모르겠다. 나는 지금까지 소설을 써오면서 가능한 한 어머니의 정서와 가식 없는 어머니의 진실한 시각으로 세상을 바라보고 이야기하려고 노력해왔다. 비록 낫 놓고 ㄱ자도 못 그리는 무지렁이 농사꾼의 소박하고 본능적인 행위지만 그것이야말로 참으로 아름답고 진실하게 느껴졌기 때문이다.

그리움은 뒤에서 온다

태양은 나를 위해서 뜬다

　태양은 오늘도 어김없이 동쪽하늘에서 찬란하게 떠오른다. 나는 오늘 아침에도 눈부시도록 장엄한 해돋이를 바라본다. 반세기 넘게 광주에서 살면서 아침마다 무등산에서 떠오르는 해를 바라보았었는데, '생오지'로 내려와 살면서부터는 저녁에 무등산으로 사그라지는 노을을 본다. 바라보는 방향은 달라도 해는 한결같은 모습이다. 산의 이쪽과 저쪽의 차이는 내가 서 있는 위치에 따라 변하고 있음을 다시 한 번 깨닫게 된다. 내가 서 있는 위치에 따라 무등산은 해가 뜨는 동쪽에서 해가 지는 서쪽이 된 것이다. 이것은 이 세상의 중심은 산도 태양도 아닌, 나 자신이라는 것을 확실하게 해주고 있다. 태양은 나를 위해서, 나를 중심으로 뜨고 진다. 그러므로 모두가 내가 이 세상의 주인공이라는 생각을 하면서 살아갈 필요가 있다. 우주에서 볼 때 한 사람의 존재는 비록 티끌처럼 보잘것없지만 그 작은 존재의 가슴에 우주 전체를 끌어안으려고 하는 것이 인간이다. 인간의 꿈은 위대하고 무한하다.

　2011년 새아침에 떠오르는 해는 날마다 보아왔던 것보다는 새롭다. 새롭다는 것은 낯선 것이 아니고 다른 의미로 다가온다는 것이다. 그것은 전환점이자 활력이고 희망이며 설렘이다. 우리는 지금 2011년을 향해 떠나는 시간의 정류장에 와 있다. 정류장에서 뒤돌아본 2010년은 아직 우리 등 뒤에 아쉬움과 그리움으로 남아 있다. 우리들에게 오늘이 새로운 것은 나로부터 멀어져 간 어제가 있기 때문이다. 그런 의미에서 우리에게는 암울했던 어제도 희망의 오늘도 새로운 시간이다. 가는 시간과 오는 시간이 다 소중하기 때문이다. 특히 급변하는 사회에서 하루는 시간 속의 시간을 사는 것과 같다. 그러기에 변화 속에서 새롭게 맞은 올 한해를 더욱 의미 있게 살아야 하지 않겠는가.

새해가 시작되면 누구나 희망이라는 보따리를 싸들고 새로운 출발을 계획한다. 닻을 올린 배에 욕심껏 희망의 보따리를 가득 싣고 출항을 서두른다. 그러다가 폭풍과 험한 파도를 만나면, 침몰이 두려워 미련 없이 희망의 보따리를 하나씩 바다에 빠뜨린다. 1년 후 목적지에 도착해보면 희망의 보따리가 하나도 없음을 알고 절망하게 된다. 마지막 단 한 개의 보따리라도 끝까지 간직한 사람은 후회 없는 삶을 산 것이다. 그러니 출발할 때, 자신의 힘으로는 버거울 정도로 너무 욕심을 부려서는 안 된다.

경제가 어려울 때는 마음을 더 비우고 살아야 한다. 살기가 어려울수록 몸과 눈높이를 낮추고 아래를 보며 느긋한 마음으로 살 필요가 있다. 서두르거나 욕심을 부리지 말고 마음속에 쌓인 티끌 하나라도 털어버린다는, 순결하고 엄숙한 마음으로 살면서 다시 출발해야 한다. 그동안 숨가쁘게 살아오는 동안

그리움은 뒤에서 온다

우리 마음은 세속적인 욕심으로 덕지덕지 때가 끼어 있다. 노자는 '道는 본성을 찾는 것이고 敎는 본성을 닦는 것'이라고 했다. 사람은 본디 선하고 순수하게 태어났으나, 욕심껏 살아가면서 환경과 제도, 잘못 배움으로 때가 묻고 본성이 흐려지게되었다. 본성이 흐린 탓에 무엇이 선이고 무엇이 악인가를 바로 볼 수가 없게 되었다. 이제 그 때를 칼칼하게 씻어 명경지수와 같이 맑은 마음으로 출발해야 한다. 출발은 시작이라는사실을 알아야 한다.

시간 앞에 겸허한 마음으로 산을 오르듯 한 해를 살아간다면 후회가 없다. 그러나 정상만을 바라보지는 말자. 정상에 오르기 위해 산행을 하는 것은 진정한 산행이 아니다. 산을 정복한다는 것은 오만이다. 진정한 산행은 정상에 오르는 것보다 골짜기나 숲속에서 산의 품에 안겨 산과 더불어 호흡하면서 대화를 나누는 것이다. 옆에 어떤 나무가 있고 어떤 새들이 지저귀는지에 대해서는 관심도 없이, 오직 목적지만 바라보며 숨가쁘게 정상에 올라, 야호를 외치며 정복의 쾌감을 누리는 것보다는 자연과 하나 되는 행복을 맛보아야 한다. 인생도 결과보다는 과정에 충실한 삶이 아름답다. 과정을 무시하고 결과만을 중요시하는 인생은 자칫 이기주의에 매몰된 삶을살아가기가 쉽다. 삶의 작은 마디에 최선을 다하고 의미를 찾을 때, 후회 없는 일생이 되는 것이다. 삶의 마디들이 모여 일생이 되기 때문이다.

그런 의미에서 올 한 해도 우리 인생의 한 마디를 어떻게 빈틈없이 채울 것인가 생각해야 한다. 유태인 격언에 '오늘 하루가 당신의 최초의 날이고, 오늘 하루가 당신의 마지막 날로 알고 살라'는 대목이 있다. 오늘 하루가 나에게 최초의 날이라면 얼마나 가슴 설레고 황홀하겠는가. 그리고 오늘이 내 인생의 마지막 날이라면 또 얼마나 아쉽고 허무하겠는가. 날마다 보는 똑같은 하늘과 나무들을 오늘 마지막 본다고 했을 때, 하늘과 나무 한 그루는 얼마나 새롭게 가슴속으로 다가오겠는가. 그래서 사형수가 사형장에 나갈 때 마지막으로 하늘과 땅을 본다고 하지 않던가. 처자와 부모 형제들, 그리고 친구들을 오늘 마지막이라고 생각한다면, 얼마나 더 보고 싶겠는가. 보고 또 봐도 다시 보고 싶지 않겠는가.

　새해를 맞아 인생을 새롭게 시작하려는 사람들에게 몇 가지 당부하고자 한다.

　가끔은 뒤돌아보며 살기 바란다. 그동안 우리는 숨가쁘게 앞만 바라보며 살아오지 않았는가. 이제부터는 앞만 바라보며 살아가기보다는 가끔은 옆이나 뒤를 돌아보며 살기를 바란다. 그동안 우리가 애써 이룩해 놓은 것들은 눈앞에 있는 것이 아니고 등 뒤에 있기 때문이다. 뒤돌아보며 살자는 것은 순수한 자아로 돌아가자는 것과 같다.

　용서하고 포용하는 삶을 살기 바란다. 그동안 나를 서운하게 했거나 괴롭히고 배신했던 사람들을 용서할 때 마음에 평

그리움은 뒤에서 온다

화가 깃든다. 정 용서가 안 된다면 그 사람이 죽었거니 생각하면 된다. 죽은 사람을 용서하지 못하겠는가. 그래도 용서가 안되면 내가 죽었거니 하고 잊어버리자… 내가 죽었는데 용서가 무슨 필요 있겠는가.

올해도 좋은 사람을 많이 만나자. 이별은 없다. 이별은 다만 물리적 현상일 뿐이다. 헤어졌다고 해서, 사랑하는 사람이 나를 떠났다고 해서, 그가 나와 완전히 결별한 것은 아니다. 헤어진 사람은 여전히 내 안에 있다. 이별도 내 인생이기에 내 것으로 받아들여야 하는 것이다.

돌탑을 쌓는 마음으로 하루하루를 의미 있게 살다 보면 반드시 아름찬 결실을 얻을 수 있다. 길가에 버려진 돌멩이라도 마음을 담아 쌓으면 탑이 되는 것이 아닌가. 자, 우리 새해에도 마음을 모아 탑을 쌓듯 기도하는 마음으로 살기 바란다. 새해에는 절망을 보지 말고 희망을 보자.

프랑스 작가 장 지오노의 소설 〈나무를 심는 사람〉이 생각난다. 가난한 양치기 엘제아르 부피에는 희생적 노력으로 프로방스의 황무지에 나무를 심어 거대한 숲을 만든다. 이 소설이 우리에게 주는 메시지는 강하다. 그가 평생 동안 심은 것은 단순한 나무가 아닌 〈희망〉이었고 평생 가꾼 거대한 숲은 〈아름다운 공동체〉인 것이다. 지금 우리는 이기주의에 매몰되지 않고 행복한 사회를 만들기 위해서 나무 심는 마음으로 살아갈 때다.

산의 이쪽과 저쪽

산을 바라보며 살 수 있다는 것은 참으로 행복한 일이다. 평생을 사막에서 살아간다면 우리 인생이 얼마나 삭막하겠는가. 낮은 산도 좋겠지만, 높은 산을 바라보면 자연의 위대함에 저절로 머리가 숙여진다. 높은 산을 바라보면 내 자신이 한없이 작아지면서 경외감과 함께 겸허함을 배울 수가 있다. 그래서 눈은 높은 곳을 바라보고 마음은 낮추며 살라고 했던가.

나는 오늘도 무등산 정상을 바라보기 위해 뒷산에 올랐다. 내가 살고 있는 곳이 무등산 뒷자락, 소쿠리 속처럼 옴팍한 골짜기 마을이라, 뒷산에 올라야 무등산이 바라다보이기 때문이다. 생오지 마을에서 살기 시작하면서부터 아침마다 뒷산에 오르는 것이 어느덧 일과처럼 되어버렸다. 하루라도 무등산을 바라보지 않으면 내가 갇혀있는 기분에서 벗어날 수가 없기 때문이다.

겨울이 되면서부터 산은 단조롭게 초록과 갈색만 남았다. 늦가을까지만 해도 소나무와 편백나무 외에 잡목들이 울긋불긋 단풍으로 물들어, 그 화려함을 한껏 뽐내던 것이 옴씰하게 잎을 떨쳐버린 나목들이 갈색의 알몸을 드러내놓고 오들오들 떨고 있는 듯하다. 그러나 초록과 갈색, 두 가지 색깔만으로도 겨울산은 쓸쓸하면서 괴괴한 개골미(皆骨美)를 지니고 있다.

그리움은 뒤에서 온다

여기에 눈꽃이라도 펄펄 내리면 겨울 산의 풍광은 어느 계절에 비할 수 없을 만큼 황홀하도록 아름답다.

집을 나와 소나무며 편백나무가 늘어선 조붓한 임도를 따라 십여 분쯤 올라가면, 눈을 이고 있는 무등산 정상이 희끔 바라다 보인다. 한 걸음 한 걸음 높이 오를수록 무등산은 소나무 우듬지 위로 구물구물 살아있는 듯 높이 솟아오른다. 이윽고, 2백 년쯤 되었음직한 소사나무가 서 있는 작은 마루턱에 올라선 나는 저절로 발걸음이 멈추어지면서, 아, 하고 감탄사를 토했다. 역시 산은 산 위에서 바라볼 때가 더 우람차고 신비스럽다. 언제 보아도 한결 같은 모습이지만 무등산을 바라볼 때마다 느낌이 새롭다.

나는 지금까지 평생 동안 무등산을 바라보면서 살아왔다. 언제나 바라보는 쪽이 무등산 앞쪽이라고 생각했다. 그러나 나는 산은 인간과 달리 앞과 뒤가 없다는 것을 알게 되었다. 앞뒤가 다르지 않은 것은 영원불멸의 존재뿐인지도 모른다.

불과 자동차 길로 25킬로미터 남짓밖에 떨어지지 않은 무등산의 이쪽과 저쪽 세상의 차이는 실로 엄청났다. 나는 유년시절 큰 도시가 있는 무등산 너머의 세계를 동경했다. 트럭운전사가 되고 싶었던 그 시절, 나는 그 도시에 가면 내 꿈이 이루어질 것으로 믿었다. 그리고 도시에 나가 대학을 졸업하고 세속적 현실에 매몰된 삶을 살아가는 동안에는 다시 무등산 너머 고향으로 돌아가기를 소망하게 되었다. 한동안 내 그리움

은 언제나 산 너머에 있었다. 산 너머 도시가 있는 저쪽이 욕망과 경쟁과 변화를 추구하는 세상이라면, 이쪽은 정체와 무욕, 소외와 궁핍의 땅이었다. 저쪽 사람들은 욕망을 채우기 위해 치열한 경쟁 속에서 이기적으로 숨가쁘게 살고 이쪽 사람들은 변화보다는 옛것을 소중하게 생각하며 느리게 살아가는 차이가 있다.

유년시절의 그곳으로 다시 돌아온 나는 이제 더 이상 산 너머 화려한 유채색의 세상을 동경하지 않는다. 내가 무채색의 공간으로 돌아온 이유는 더 이상 현실적 욕망에 사로잡히지 않기 위해서다. 나는 경쟁과 변화 속에서 빠르게 사는 것만이 미래 지향적이고, 정체와 소외와 궁핍 속에서 느리게 사는 것은 과거 지향적이며 퇴영적이라고는 생각하지 않는다. 오히려 느리고 낡은 것 속에서 아름답고 새로운 삶의 진정한 가치를 찾을 수 있다고 믿는다.

산을 내려올 때 눈이 불불 내리기 시작했다. 푸른 소나무 위로 눈꽃이 흩날리는 골짜기는 현실과 이상을 초월한 환상적인 세상이었다.

한평생 무등산 보듬고 돌기

　사람은 일생 동안 몇 번이나 거처를 옮기며 살아가는가. 어떤 사람은 평생 한곳에 못 박히듯 사는가 하면, 또 어떤 사람은 자주 정처를 바꾸어가며 부초처럼 떠돌아다니는 경우도 있다. 수없이 거처를 옮긴 사람과 그렇지 않은 사람의 차이는 무엇일까. 자주 옮겨 다니며 사는 사람은 오래도록 한곳에 뿌리내리고 사는 사람에 비해서 삶이 곤고한 것만은 분명하다. 그렇다고 한곳에 정처를 정하고 사는 사람이 더 행복한 삶이라고 단정할 수는 없다.

　그렇다면 나는 지금까지 몇 번이나 주소지를 옮겨가며 살아왔는가. 최근에 상재한 10번째 창작집 〈생오지 뜸부기〉 서문에서 나는 "지금까지 내 생의 행로는 결국 '무등산 바라보기'이고 '무등산 안고 돌기'인 것 같다."고 썼다. 무등산을 한 바퀴를 돌고 나니, 내 단출한 인생이 끝 지점에 도달하게 된 것이다. 13살 때 6·25전쟁을 만나 고향을 떠나온 후, 65세 정년을 하고 다시 고향으로 돌아가기까지를 되돌아본다. 고향을 떠난 후 51년 동안 무등산을 한 바퀴 돌아오기까지 24번이나 거처를 옮겼다. 담양군 남면 구산리에서 시작된 내 인생행로는 화순이서-광주 학동 배고픈 다리 부근-신안군 비금면 원평-화순군 북면 맹리-광주 계림동 파출소 옆-계림동 동개천 판잣

집-광고 옆-양동 발산 밑- 월산동 골목- 월산동 대로변-양동 시장 옆-서석동 사레지오고 옆-서석동 광주여고 옆-서석동 공고 옆-조대병원 뒤-양림동 학강학교 앞-양림동 윗교회 골목-농성동- 순천 매곡동-광주 봉선동-진월동-첨단지구-생오지까지 오게 된 것이다. 고향을 떠나 22번 거처를 옮기면서 떠돌음 하다가 되돌아왔다. 광주에서만도 18번이나 이사를 다녔다. 그것도 절반에 해당되는 12번은 내 자의가 아니라 부모님을 따라다닌 것이고 나머지 12번은 결혼한 후 내 의지대로 옮겨 다녔다.

수없이 옮겨 다니며 사느라 삶이 곤고하기는 했어도, 그렇게 절망적이거나 불행했던 것은 아니었다. 돌이켜보면, 잠시나마 삶의 둥지를 틀었던 곳마다에는 고통과 서러움과 함께 간직하고 싶은 아름다운 추억들이 켜켜이 쌓여 있다. 생고구마 하나로 점심을 대신했던 배고픈 다리 시절이며, 눈부신 오로라의 꿈을 꾸었던 계림동의 고교 시절, 소설가의 꿈을 펼쳤던 양림동 시절, 마음의 평화를 누렸던 진월동의 교수시절 등은 내 삶의 전환점이 되었다. 특히 10여 년을 살면서 신인 작가로서 젊음을 120% 연소시키려고 했던 양림동 시절은 내 인생에서 가장 빛나는 한때였던 것 같다.

어떻게 보면 양림동은 내 문학에서 옹근 토양이 되어준 곳이기도 하다. 내 문학의 시발은 고교시절 양림동 김현승 시인의 집에서부터 시작되었다. 광고 문예반 시절, 시인 이성부와

그리움은 뒤에서 온다

나는 주말마다 시를 써가지고 양림동 김현승 선생의 집을 귀찮도록 찾아다녔다. 김현승 시인은 손수 놋대접에 커피를 타 주셨고 우리들을 데리고 '녹색의 장원'이라고 하는 수피아 뒷산 산책을 하면서 시와 인생을 이야기해 주셨다. 그 때 양림동 숲길에서, 나는 김현승 선생 같은 시인이 되고 싶었다. 그 후, 내가 결혼을 하고 양림동 윗교회 밑 골목의 막다른 집에 살 때, 나는 소설가가 되었으며, 그곳에서 〈징소리〉와 〈철쭉제〉 등 많은 작품을 썼다.

나는 지나온 내 삶의 궤적들을 되돌아보기 위해, 한 때 고통과 희망을 함께 보듬고 살았던 지나온 거처들을 다시 찾아가 보고 싶다. 문간방에 세 들어 살면서 너무 배가 고파 잠을 못 이루었던 배고픈 다리 옆 골목도 가보고 싶고, 헤르만 헤세의 '싯다르타' 첫 장을 밤새워 외웠던 광고 옆 그 골방도 다시 들여다보고 싶다. 네 식구가 한방에서 퀴퀴한 하수도 썩는 냄새를 맡아가며 오불오불 엉켜 살았던 동계천 판잣집은 사라지고 없을 터이지만 그 냄새라도 다시 맡아보고 싶다. 어쩌면 그것은 진정한 나를 찾아보기 위한 여행이 될지도 모른다. 사람은 앞을 바라볼 때보다 뒤돌아보는 모습이 더 아름다울 수 있기 때문이다.

인생의 사계절

　내 우거(寓居)가 있는 '생오지'로 가는 길을 따라 달리다 보면 바람에 스쳐지나가는 시간의 흐름이 명징하게 눈에 보이는 것만 같다. 하루하루 빛깔이 변화해가는 자연을 보면서 세월의 간극을 생각하게 된다. 고서에서 광주댐을 거쳐 소쇄원을 지나고 유둔재 터널을 뚫고 무등산 뒷자락 끝에 자리잡은 '생오지'로 가는 길은 사계절의 변화가 손에 잡힐 듯이 뚜렷하다. 얼마 전까지만 해도 고서에서 광주댐에 이르는 도로변 메타세쿼이아의 바늘 같은 가로수 잎이 쇠털 색으로 물들어, 저 색으로 스웨터를 짜 입으면 참 따뜻하겠구나 하고 생각했었는데, 어느덧 서리가 내린 뒤부터 낙엽이 되어 불불 날리기 시작했다. 봄부터 가을까지 우리 마음을 푸르고 따뜻하게 해주었던 메타세쿼이아도 이제 미련 없이 잎을 떨어뜨리고 긴 겨울 앙상한 모습으로 설한풍에 시달리게 될 것을 생각하니 마음이 오싹 움츠러든다. 시골에 살다 보면 세월의 흐름이 빠르게 느껴진다. 세월이 빠르다고 느끼는 것은 행복한 일일지도 모른다. 오늘의 삶이 고통스러운 사람에게 하루는 얼마나 지루하고 견디기 어렵겠는가. 그러기에 세월이 빠르다고 탄식하는 것은 행복에 겨워서 하는 말이다. 도시에 사는 친구들이 나를 만날 때마다 답답해서 시골에서 어떻게 사느냐고 한다. 그것

그리움은 뒤에서 온다

은 시골살이에 대해 모르고 하는 말이다. 비록 농사를 짓지 않아도 시골에서 살자면 한시도 편할 때가 없다. 채소 가꾸어 먹으랴, 개와 닭 사료 먹이랴, 풀 뽑으랴, 감 따랴 잠시도 한가할 때가 없다. 거기다가 하루가 다르게 색깔이 달라지는 자연의 변화를 바라보고 살자면 세월이 눈 깜짝할 사이에 머리칼 사이로 바람처럼 지나가는 것을 느낀다. 마치 시간 속의 시간을 사는 것 같다. 봄비 촉촉하게 내릴 때 모종을 한 것이 엊그제 같은데 어느새 빨갛게 익은 고추를 따서 마당에 말리는 가을이라니. 우리 인생에도 사계절이 있다. 봄이 청소년기라면 여름은 청년기이고 가을은 중·장년기에 해당하며 겨울은 노년기다. 계절은 각기 저마다의 색깔과 눈부신 아름다움과 함께 인간에게 삶의 진정성을 가르치고 있는 것 같다. 청소년기에는 호기심의 대상인 세상에 대해 다 알고 싶고 청년기에는 두려움 없는 용기로 무엇에든 도전으로 하고 싶으며, 중·장년기에는 현실의 한가운데서 성공이라는 인생 목적지를 향해 줄달음치고 노년기에는 비로소 숨을 고르고 자신이 달려온 길을 되돌아보게 마련이다. 낙엽이 소슬 바람에 흩날리는 것을 보니 문득 지난날들이 그리워진다. 가을은 지나온 삶을 되돌아보게 하는 것 같다. 인생의 겨울에 진입하고 있는 나는 지금 과거와 미래의 중간 지점에 머물러 있는 것 같다. 어쩐지 삶이 삭막하고 쓸쓸하게 느껴져 내 자신이 추사의 '세한도' 속에 들어가 있는 기분이다. 내 마음이 앙상한 나목처럼 깡말라 찬바람이 쌩

쌩 부는 것만 같다. 그러나 '세한도'는 결코 겨울이 인생의 끝이 아니라 다시 올 봄을 예고하고 있지 않은가. 쓸쓸하고 적막한 고통의 시간을 견디고 나면 따뜻한 생명의 계절이 다시 온다는 것을 암시하고 있지 않은가. 화려한 유채색의 공간에서 한갓진 무채색의 고향으로 돌아온 지금, 나는 과거와 미래를 동시에 똑같은 비중으로 바라보고 싶다. 시간의 무덤이라고 할 수 있는 과거에 매몰되는 것을 경계하기 위해서다. 오늘 아침 서리가 하얗게 내린 마당을 보고 깜짝 놀랐다. 사계절이 함께 있는 것을 발견했기 때문이다. 마당 한 귀퉁이에는 접시꽃 한 송이가 아직도 호젓하게 피어 있고 언덕 쪽에는 코스모스와 구절초가 한껏 화려함을 뽐내고 있는가 하면, 닭장 옆에는 겨울에 하얀 설화로 피어나는 소나무가 푸르다. 마치 한 화병에 사계절의 꽃이 함께 꽂혀 있는 그림을 보는 것 같다. 마당 안에 사계절을 보면서 어쩌면 한 사람 마음속에도 어린아이, 소년, 청년, 노년이 함께 살고 있는 것인지도 모른다는 생각이 든다. 겨울을 바라보는 지금의 내 인생에도 사계절이 함께 하고 있다고 믿고 싶다. 인생의 계절은 결코 소멸되는 것이 아니라 다만 잠재의 밑바닥으로 가라앉을 뿐이라는 것을 잘 알고 있다. 계절은 작게 보면 시간의 매듭이며 크게는 삶의 과정과 같다. 삶의 과정을 보다 충실하게 하기 위해 시간을 쪼개놓은 것이다. 이것은 지나간 삶을 되돌아보고 스스로 자성하여 새로운 내일을 보다 확실하게 바라보기 위해서다. 그러기에 1년

그리움은 뒤에서 온다

의 세 번째 매듭인 이 가을은 새로운 시작을 준비하는 시간인 것이다. 낙엽을 보며 연둣빛 새싹이 돋는 봄을 꿈꾼다. 지금은 지난 계절 자신의 마음속에 드리워진 내면의 어두운 그림자부터 말끔하게 걷어내야 한다. 그래야 보다 빛나는 내일의 태양을 바라볼 수 있다.

유년의 교정을 거닐며

지난 일요일, 나는 뜬금없이 내가 다녔던 초등학교에 가보고 싶었다. 담양군 남면 남 분교. 아득한 옛날을 떠 올리며 어린 시절에 학교 갈 때처럼 터덜터덜 혼자 걸어서 갔다. 근동 마을에 살고 있는 옛날 친구가 있으면 같이 가려고 남면 전화번호부를 뒤져보며 알아보았지만, 대부분 죽었거나 고향을 떠나고 없었다. 유일하게 옆 마을에 살고 있는 여학생을 한 사람 찾을 수 있었지만 차마 같이 가자고 할 수가 없었다.

6·25 전까지 만해도 울퉁불퉁 달구지가 다닐 정도로 조붓했던 길은 2차선으로 말끔하게 넓혀진 포장도로 변해 자동차들이 쉴 새 없이 쌩쌩 바람을 가르며 달렸다. 너무 위험해서 자동차가 지나갈 때마다 나는 한껏 몸을 사리며 잎이 떨어진 단풍나무 가로수 밑으로 비켜서서 걸음을 멈추곤 했다. 진달래며 산딸기, 찔레덩굴이 울타리처럼 에둘러 있던 신작로 가장자리 산자락에는 식당들이 줄지어 서 있었고 더러 모텔도 보였다. 너무도 변해버린 환경 때문에 유년시절의 기억이 한사코 움츠러들었다.

내게는 유년시절 학교 가는 길의 추억이 아직 아름답고 찐득하게 살아있다. 등교할 때는 행여 지각을 할세라, 30분도 안 걸렸지만, 수업이 끝나 집에 돌아올 때는 해찰을 하느라 두서

58

너 시간도 더 걸리곤 했다. 도시락도 가져가지 않아 배가 고픈 데도 친구들과 노느라고 시간 가는 줄을 몰랐다. 봄에는 산비탈에 핀 진달래꽃을 따 먹거나 찔레를 꺾어 먹고, 여름이면 시냇물 움켜 마셔 배를 채운 다음 멱을 감고 징거미도 잡아 구워 먹고, 가을이면 머루랑 다래랑 따 먹고, 겨울이면 얼어붙은 논바닥에서 썰매를 타고 놀았다. 집에 일찍 돌아 와 봤자 소꼴을 뜯기거나 동생을 돌봐야 했기 때문에 되도록 해가 설핏해서야 슬그머니 집 안으로 숨어들어오곤 했다. 학교에 오가는 길에 낯선 사람도 만날 수 있었고 뱀이며 땅벌을 건드려 오금이 저리도록 도망치기도 했다. 늦게까지 청소를 하는 날에는 운 좋게도 가까워지고 싶은 여학생과 함께 돌아오면서 좋아하는 마음을 넌지시 내비쳐 보이기도 했다. 지금 생각하면 학교에 가서 공부하는 것보다 학교 오가는 길에 친구들과 어울려 노는 것이 훨씬 즐거웠던 것 같다. 학교 오가는 길에 자연과 더욱 가까워졌으며 나를 성장시켜준 디딤돌이 되어주기도 했다. 유년시절의 그 길이 있었기에 내 정서가 메마르지 않았으며 인생이 조금은 풍요로울 수 있다고 믿고 싶다.

생오지에서 학교까지는 2킬로미터 남짓 거리로 30분쯤 걸렸다. 교문 안으로 들어서서야 유년시절의 기억들이 스멀스멀 살아나기 시작했다. 나는 1946년에 입학하여 1950년 7월까지 이 학교에 다녔다. 내가 학교 다닐 때 심었던 은행나무가 어느덧 아름드리 고목이 되어 있었다. 오래된 학교 안 여기저기에

유년의 기억들이 모래알처럼 흩어져 있다가 내 머릿속으로 한 꺼번에 쏴하고 몰려들어왔다. 뼈가 튼튼해진다면서 운동장에 쪼그리고 앉아 싸라기만한 산돌(햇볕에 반짝이는 돌)을 집어먹던 일이며, 어느 봄날, 선생님이 숙직실 앞 햇볕을 쪼이고 앉아서 이를 잡던 모습이 눈앞에 어른거렸다. 전교생이 줄을 서서 애국가를 부르며 유둔재 너머 면사무소가 있는 남면초등학교까지 가서 회충약을 먹고 왔던 일도 생각났다. 아침에 학교를 출발하여 재를 넘어 본교에 도착, 점심도 굶고 미역국처럼 흐물흐물한 회충약을 한 바가지씩 마시고 돌아왔었다.

나는 한 시간 가까이 학교에 머물며 혼자 교정도 걸어보고 교실 안도 들여다보았다. 그 시절에는 일요일에도 운동장에 늦게까지 아이들이 벅신거리며 뛰어놀았는데, 지금은 한 명도 눈에 띄지 않았다. 하기야 그 시절에는 언제나 학교 주변에는 아이들이 버글거렸고 등하교시에는 학교 오가는 길에 어린 학생들이 길게 줄을 이었다. 그런데 나는 학교에 갔다 오는 동안 초등학생 한 명도 만날 수 없었다.

시골에 아기울음소리가 사라진 지는 이미 오래되었고 요즘에는 초등학교 학생 보기도 어렵다. 나는 시골에서 장이나 면사무소 가는 길에 초등학생들을 보면 너무 반가워서 차를 멈추고 어느 마을에 살고 있으며 이름과 학년을 묻는 등 이야기하기를 좋아한다. 왈칵 반가운 마음에 그들을 안아주고 싶어진다. 새소리 대신 아기울음소리를 듣고 아침이면 노란 유치원 버스

그리움은 뒤에서 온다

와 함께, 책가방을 매고 학교 가는 꼬맹이들로 마을이 시끌벅적한 정경이 새삼 그립다. 농촌에 그런 날이 올 수 있을까. 농촌에 젊은이들이 줄고 해마다 폐교가 늘어나고 있는 현실에서, 그런 정경은 이루어질 수 없는 꿈에 지나지 않는 것일까. 내가 살고 있는 생오지 마을 근동 10킬로미터 안에만도 여덟 개의 분교가 폐교되었으니 초등학생들 보기가 어려울 수밖에.

유둔재 안통에서 유일하게 살아남은 분교로, 6·25 전까지 내가 다녔던 모교에는 현재 9개 마을 학생이 고작 25명이다. 6·25가 터진 50년까지만 해도 한 학년이 갑·을 반 2개 반으로, 전교생이 7백 명쯤 되었었는데 고작 25명이라니. 그나마 내년에 폐교를 한단다. 이것 하나만 봐도 그동안 우리 농촌이 얼마나 피폐되었는지 알 수가 있다. 폐교는 늘어나고 마을마다 경로당 건물이 늘어나는 것이 요즘 농촌 현실이다.

다행히 내가 살고 있는 생오지 마을 14가구 중에 초등학생이 2명 있다. 그나마 이들은 10킬로미터 밖에 있는 면소재지 학교까지 날마다 아이들 엄마가 자동차로 등하교를 시킨다. 그러니 걸어서 학교에 가는 아이들 모습은 볼 수가 없다. 가까운 시골 초등학교에 가보면 학생수보다는 선생님들 차와 학부모들이 아이들을 싣고 가기 위해 몰고 온 자동차 숫자가 더 많은 것을 볼 수가 있다.

누구나 한번쯤 유년의 교정을 거닐어보고 싶어 한다. 유년의 기억 속으로 여행을 떠나기를 원하기 때문이다. 그곳을 다

시 가보고 싶은 것은 자신의 삶을 되돌아보고 싶기 때문일 것이다. 나이가 들수록 앞을 바라보기보다는 뒤를 돌아보고 싶은 것인지도 모른다. 뒤돌아보며 사는 여유를 즐길 때 인생은 보다 아름다워지지 않겠는가.

그리움은 뒤에서 온다

흑백사진 한 장과 인생

내게는 돌 사진은커녕 초등학교 시절의 사진 한 장도 없다. 그 시절에는 카메라가 흔치 않았고 내가 살던 곳이 워낙 궁벽진 산골이라 사진관이 없었기 때문이다. 가장 나이 어려서 찍은 사진이라고는 1957년도의 중학교 졸업사진이 고작인데, 그것도 전체 졸업생 2백여 명이 다닥다닥 붙어서 단체로 촬영을 한 것이라, 깨알만한 내 얼굴은 돋보기가 없으면 찾아보기조차 어렵다. 마침 작년에 정년을 하고 '생오지'로 내려오면서 잡동사니를 정리하다가, 고등학교 때 찍은 낡은 흑백사진 한 장을 발견하고 얼마나 반가웠는지 모른다. 59년도 겨울 광주고등학교 문예부 학생들이 교지를 편집하면서 찍은 사진이었다. 이성부, 윤재성, 김석학, 문순태 등 광주고 문예부 4인방이 문예부 지도교사인 수필가 송규호 선생님을 가운데 모시고 나란히 앉아서 원고를 읽고 있는 장면이다. 회색 벽에 손바닥 크기의 판자에 〈원고환영〉이라고 붓글씨로 써 붙여 놓은 표지판이 인상적이다. 나는 이 사진을 A4용지 크기로 확대해서 '생오지' 내 서실 컴퓨터 앞에 걸어놓았다.

나는 이따금 이 사진을 들여다보며 아련한 추억의 파편들을 떠올리곤 한다. 낡은 이 흑백사진 한 장을 통해서 나는 내 삶을 뒤돌아보고 인생의 의미를 깨닫기도 한다. 그 무렵 우리들의 꿈은 시인이 되는 것이었다. C. D. 루이스 '시학입문'의 서문대로 "무지개가 있는 세상에 살기 위해" 시인이 되기로 한 것이었다. 꿈은 야무지고 찬란했으나 세상을 보는 눈은 삐딱하게 비뚤어져 있었다. 실존주의 영향 때문인지도 몰랐다. 철학자 키르케고르를 비롯하여 사르트르, 카뮈, 카프카를 열심히 읽은 탓으로, 인생을 다 살아버린 것처럼 실속도 없이 마음만 어설프게 웃자라 비정상적으로 되바라졌었다. 통금시간에 밤거리를 활보하면서 인생은 허무하고 무의미하다고 목청껏 떠들어대기도 했다. 그런 삶 속에서도 1주일에 한 편씩 시를 써서 꼬박꼬박 김현승 시인을 찾아가 보이는 것만은 빼먹지 않았다.

고등학교를 졸업하고 세 친구는 서울로 올라가 대학에 들어갔고 나 혼자만 달랑 지방대학에 다니게 되었다. 그들이 없는 나의 대학시절은 참담하리만큼 외로웠다. 자격지심 때문이었을까, 방학 때도 나는 친구들 만나기를 꺼려했다. 사회인이 된 후에도 4명이 함께 만나는 일이 한 번도 없었다. 고향을 떠날 수 없었던 내 처지를 비관하면서 한사코 친구를 피하며 살았던 나 때문이었다.

그러다가 내가 고향으로 내려와 한갓진 골짜기 마을에 '생오지' 서실을 마련하고 조촐하게 집들이를 하는 날 세 친구를 초대했다. 우리들은 47년 만에 함께 만나 너냐 나냐 이름 불러가며 격의 없이 어울렸다. 몸은 늙었어도 마음만은 고등학생

그리움은 뒤에서 온다

그대로였다. 회갑을 훌쩍 넘겨 희끗희끗해진 머리에 얼굴에
주름이 파인 할아버지가 되어 한자리에서 만난 우리들은 다정
하게 어깨를 맞대고 서서 사진을 찍었다. 나는 이 사진을 47년
전의 광고문예부 4인방의 흑백 사진 크기로 확대하여 서실 벽
에 옛날 사진과 나란히 걸어놓았다. 나는 문득문득 이 사진에
서 인생을 본다. 글을 쓰다가 생각이 막히면 버릇처럼 두 사진
을 번갈아 쳐다보는 버릇이 생겼다. 교복에 학교 배지와 명찰
을 붙인 순수하면서도 도전적인 10대들이, 이제는 그런대로 자
신들에게 어울리는 옷을 입고 시인, 소설가, 언론인, 출판인이
라는 직함과 함께 조금은 만족스럽고 조금은 허무한 모습으
로 서 있는 네 친구. 네 사람 모두 글 쓰는 일로 살아오고 있다
는 것이 신기하기만 했다. 나는 인생에서 첫걸음이 얼마나 중
요한가를 깨달았다. 인생은 꿈꾸는 대로, 아니 정해진 운명대
로 흐르는 것인가. 참으로 알 수 없는 것이 인생인 것 같다. 사
진을 보고 있노라면 47년이라는 시간의 간극과 축적을 통해서
운명 같은 삶이 느껴져 사뭇 경건해지기까지 한다.

　그 사진 속에는 두 사람의 내가 존재하고 있다. 과거의 나는
무채색의 시간 속에 있고 현재의 나는 유채색의 시간 속에 있
다. 그런데 이상한 것은 무채색의 시간 속에 있는 내 자신에 시
선이 자주 간다. 오래된 흑백사진을 들여다보고 있으면 살아온
내 삶이 꿈틀거리며 되살아나는 것만 같다. 화려한 컬러사진보
다 흑백사진은 내게 많은 이야기를 하고 있다. 무채색의 시간

을 통해 보다 엄숙하게 자신의 삶을 성찰할 수 있기 때문일까. 컬러사진에 담겨진 현실세계의 색깔이 화려하기는 하지만 그것은 다만 감각적인 색깔일 뿐이다. 그러나 흑백사진은 무채색의 이면에 오래되어 퇴색한 기억들이 숨겨져 있다. 그래서 나이가 들수록 오래된 흑백사진이 더 소중하게 느껴진다. 진정 그리움은 등 뒤, 무채색의 세상 속에 있는 것인가.

그리움은 뒤에서 온다

제 2 부

기다림. 꿈. 행복

원고지 냄새가 그립다

　창고를 정리하다가 졸작 〈타오르는 강〉의 초고 노트 뭉치를 발견했다. 빗물이 스며들고 쥐 오줌이 번졌는지 여기저기 어룽이 진 데다 귀퉁이가 누렇게 뜨고 쿰쿰한 곰팡이 냄새까지 났다. 70년대 말에 쓴 것이니 벌써 30년도 더 지난 셈이다. 두툼한 대학노트에 깨알 같은 글씨로 볼펜을 꼭꼭 눌러 쓴 흔적들이 보였다. 노트 왼쪽 면에 초고를 쓰고 오른쪽 면은 백지 상태로 비워두었다가, 초고를 옮겨가며 다시 추고를 한 흔적도 보였다. 추고를 마치고 나서야 정서를 했다. 초고부터 정서까지 세 번을 쓴 셈이다. 그 무렵 작가들은 대부분 원고지에 바로 쓰지 않고 이렇게 노트에 초고를 쓰고 추고를 한 다음에야 원고지에 옮겨 썼다. 7권짜리 〈타오르는 강〉(창작과비평) 원고분량이 2백자 원고로 8천 매 정도이니, 초고에서 정서까지 총 2만4천 매를 쓴 셈이다. 지금 이것을 그대로 베껴 쓰라고 한다면 나는 도망치고 말 것이다. 그래도 내게 그만한 집념과 열정이 있었다는 게 대견스럽기도 하다.

　나는 80년대까지만 해도 모든 원고를 볼펜으로 썼다. 볼펜을 꾹꾹 눌러가며 장편 한 편을 쓰고 나면 엄지와 검지에 옹이가 박히고 팔이 무지근하게 아파왔다. 이런 내게 아내는 우스갯소리로 "머리가 아프도록 써도 명작이 나올지 말지 모르는

데 팔이 아프게 써서야 되겠어요." 하고 했고 나는 "머리는 팔보다 더 아프다."고 응수했다. 그 시절 나는 오랫동안 다니던 신문사에서 해직을 당해, 가족들 먹여 살리기 위해서 돈이 되는 글이라면 아무거나 마구 써댔다. 나뿐만 아니라 그 시절 대부분의 전업 작가들은 팔이 아프도록 글을 써도 먹고 살기가 어려웠다.

85년 순천대학교에 교수자리를 얻게 되어서야 나는 수동타자기를 사용했고 다시 전동타자기로 바꿨으며 90년대에 들어 컴퓨터로 글을 썼다. 컴퓨터로 글을 쓰니 여러 가지 편리한 점이 많았다. 줄 바꾸기, 끼워 넣기, 지우고 다시 쓰기 등이 편리했고 속도도 더할 나위 없이 빨랐다. 그러나 컴퓨터로 쓴 후로 나는 늘 원고지에 대한 향수를 느꼈다. 원고지의 상큼한 잉크 냄새를 맡고 원고지 한 칸 한 칸 정성스럽게 메워가면서 문학에 대한 엄숙성과 순결성을 깨달을 수 있었다. 더욱 나는 문학청년시절 혼자 소설공부를 하느라 무턱대고 기성작가들 작품을 원고지에 필사하면서 끈기 같은 것을 익혔다. 소설집을 몇 권이고 필사하면서, 작품을 쓴 작자의 열정과 노고와 철학과 작가적 삶의 체취까지도 흡수한 기분이 들었다.

나는 대학에서 소설창작을 가르칠 때 학생들에게 기성작가 작품을 필사하는 과제를 내주곤 했다. 중편소설 한편, 단편은 3편을 원고지에 그대로 베껴서 제출하도록 한 것이다. 나는 이 과제를 통해서 원고지 쓰는 법, 작가의 집념과 끈기는 물론 소

그리움은 뒤에서 온다

설에 대한 엄숙성을 스스로 깨닫게 하고 싶었다. 과제에 부담을 느낀 학생들의 불만은 컸다. 그 때마다 나는 〈타오르는 강〉을 초고에서 추고, 정서까지 세 번 쓴 이야기를 하면서 작가의 노고와 집념을 알아달라고 했다. 수강생들은 점점 줄어들었지만 5년 동안 나는 이 고집을 꺾지 않았다. 결국은 수강생 미달로 폐강 위기에 놓이자 이 과제를 없앴다.

나는 필사 과제를 없애는 대신 습작을 할 때는 되도록 컴퓨터보다는 원고지를 사용하라고 당부했다. 원고지를 한 칸 한 칸 메워가면서 글 쓰는 사람의 성실성과 엄숙성을 스스로 터득하도록 했다. 작가가 200자 원고지 앞에 펜을 들고 앉아 있을 때의 마음은 농부가 모를 심기 위해 2백 평 논 앞에 서 있는 것과 같아야 한다고 했다. 농부는 절대로 대충 모를 심지 않는다. 다섯 손가락으로 적당한 모숨을 잡아 물 위에 뜨지 않도록 알맞은 깊이의 흙 속에 꽂는 농부의 마음은 진지하고 경건하기까지 하다. 작가도 농부의 마음과 같아야 한다고 생각한다. 내 소설이 문학지 신인상에 당선되었다는 통보를 받고 인쇄소에 달려가, 내 이름을 박은 원고지 한 뭉텅이를 찍어서 끙끙대며 들고 왔던 때가 그립다. 그 때 품었던 뜨거운 열정과 그 때 맡았던 상큼한 원고지 잉크냄새는 다 어디로 숨었을까.

쌀밥 한 그릇의 훈훈함

1953년의 겨울바다는 칼날 같은 바람이 으르렁거렸다. 열네 살에 처음 겪은 추운 겨울바다였다. 그 때 우리 가족은 6·25 이후 2년 가까이 떠돌음 하다가 신안군 비금면 바닷가, 파시 (波市)가 서는 원평 부락에 정착했다. 초등학교 5학년 때, 고향이 빨치산토벌작전지역이 되어 깡그리 불에 탔고 우리 가족은 소개(疏開)를 당해, 논바닥에 굴을 파고 두더지처럼 비참하게 살다가, 섬까지 떠밀려간 것이다. 그곳에서 아버지는 염전에서 고무래질을 하셨고 어머니는 도붓장사를 해서 우리 가족이 겨우 목줄을 이어갔다.

나는 비금 중앙초등학교에 편입했다. 6·25 때문에 중단되었던 학업을 2년 만에 다시 계속할 수 있게 되어 참으로 행복했다. 그해 겨울, 크리스마스를 며칠 앞둔 어느 날, 통신표(성적 표)를 받아본 나는 깜짝 놀랐다. 공부를 열심히 하지 않았는데도 반성적이 2등이었다. 나는 담임선생님이 너무 고마워 선물을 하고 싶었지만 돈이 없었다. 그 무렵 우리 가족은 하루에 두 끼, 그나마 보리죽으로 연명하고 있었다. 하는 수 없이 이질로 고생하는 아버지 밥에 욥쌀을 얹어줄 쌀을 훔쳤다. 나는 훔친 쌀을 주고 면장갑 한 켤레를 샀다. 선생님을 찾아갔더니 동네 아저씨 두 분과 집을 이을 마름을 엮고 계셨다. 나는 신

문지에 싼 면장갑을 선생님 옆에 놓고 도망치듯 나왔다. 그 때 선생님이 대문 밖으로 뛰어나와 나를 부르더니, 점심을 먹고 가라고 하셨다.

그날 나는 참으로 오랜만에 점심을, 그것도 쌀밥 한 그릇을 먹었다. 선생님은 가정방문을 왔을 때, 나와 동생이 점심 대신 못자리 걸음을 하려고 길바닥에 말리고 있는 황석어를 훔쳐다 구워먹고 있는 것을 보고 애잔해하시던 그 표정으로, 허겁지겁 밥을 먹는 나를 찬찬히 바라보셨다. 춥고 배고팠던 시절, 선생님 댁에서 얻어먹은 쌀밥 한 그릇으로 나는 그해 겨울 참으로 따뜻했다. 따뜻했던 그 기억이 지금도 내 가슴을 뜨겁게 달구고 있다.

떡장수 할머니의 소망

　암울했던 80년대 초, 나는 수채화가 강연균 화백의 화실에 자주 들르곤 했다. 그 무렵 강 화백은 〈떡장수 할머니〉를 그리고 있었다. 화려한 누드만을 그려오던 그가 궁상맞은 인물로 테마를 바꾼 것에 대해 나는 다소 뜻밖이라고 생각했다. 우윳빛 감도는 매끄럽고 투명한 젊은 여체 그림에 한동안 익숙해진 터라, 나는 그의 〈떡장수 할머니〉 그림을 보고 다소 놀랐다. 밝고 부드러운 누드에 비해 종이에 콘테와 수채로 그린 〈떡장수 할머니〉는 전체적으로 어둡고 음울한 분위기였다. 시대의 우울함을 말해주고 있는 것 같았다. 칙칙한 몸뻬 바지에 팔꿈치까지 소매를 걷어 올리고 흰 수건으로 머리를 질끈 동여맨 채, 삶에 찌들고 고뇌에 찬 얼굴로 앉아 있는 60대 초반쯤으로 보이는 초로의 할머니. 밝고 빛나는 아름다움을 보여주었던 누드 그림과는 달리 무채색 슬픔 속에 깃든 또 다른 아름다움을 느낄 수 있었다. 슬픈 아름다움이랄까. 내 눈에는 누드보다 훨씬 아름다워 보였다. 누드가 표면적인 아름다움을 보여주었다면 〈떡장수 할머니〉는 내면적 아름다움을 통해서 삶에 대한 깊은 깨달음을 느끼게 했다. 척박한 고향과 삶의 무게에 짓눌린 세상의 모든 어머니를 연상케 했다.

　그날 화실에 〈떡장수 할머니〉의 모델인 진짜 떡장수가 떡

그리움은 뒤에서 온다

함지를 이고 나타났다. 영락없이 그림 속의 추레한 옷차림 그대로였다.

"오메, 워쩌까잉. 이거이 누겨? 워따 참말로 이삐게도 그렸구만이라. 실물은 요로코롬 짜잔헌디, 미쓰 코레보담도 더 이삐게 그려부렀네. 선생님은 참 재주도 좋소 잉. 올 때마다 떡 사주신 것만도 아심찮헌디, 워치게 감사해야 좋을지 모르겄네."

떡장수 할머니는 완성된 그 그림을 되작거려가며 들여다보면서 거듭 탄성을 질렀다. 강 화백은 언제나 그랬던 것처럼 이날도 팔고 남은 떡을 모두 사주었다. 떡장수 할머니는 광주에서 오십 리쯤 떨어진 화순 이앙에서 살고 있는데 손수 떡을 만들어 버스를 타고 광주까지 와서 팔았다. 해질녘까지 떡을 다 팔지 못하면 어김없이 화실에 들렀고 강 화백은 떨이를 하곤 했다. 할머니는 떡을 팔아 아들을 대학에 보낸다고 했다.

그 후 나는 떡장수 할머니를 다시 만나지 못했다. 강 화백의 말로는 아들이 대학을 졸업, 고등학교 교사로 취업을 하여 떡장사를 그만두었다고 했다. 그리고 그로부터 30년이 흐른 지난해 봄 그 떡장수 할머니의 아들이 생오지로 나를 찾아왔다. 50대가 된 그는 고등학교에서 국어를 가르치고 있다고 했다. 그는 소설을 쓰고 싶다면서, 3년 전에 세상을 뜬 어머니에 대한 이야기를 했다. 그는 어머니한테서 강 화백의 이야기를 많이 들었노라고 했다.

"어머님께서 세상을 뜨기 전, 저에게 강 화백 말씀을 하시면

서, 너도 돈만 벌라고 허지 말고 강 화백 같은 사람이 되라고 하셨습니다."

아들은 그러면서 어머니의 마지막 그 말씀을 유언처럼 받아들였다고 했다. 그런데 자신은 그림에는 소질이 없고 대학교 때 소설공부를 좀 했기 때문에 이제부터라도 소설공부를 하고 싶다는 것이었다.

"저는 어머니의 그 말씀이 꼭 화가가 되기를 바라는 것이 아니라, 세속적인 부와 명예를 탐하는 사람보다는 정신적인 가치를 소중히 하면서 가난한 사람들에게 늘 베풀고 살기를 바라는 뜻으로 받아들였습니다."

그렇게 말하는 아들의 결심은 대단했다. 요즈막 어머니가 꿈에 자주 나타난 것은 유언을 실천하지 않는 자식을 탓하는 것 같다고 하면서, 꼭 작가가 되어 어머니에 대한 글을 쓰고 싶다고 했다. 그 후, 1년 만에 그는 자신의 어머니를 소재로 한 단편 소설과 중편 소설을 한 편씩 썼다. 나는 어머니를 생각하는 그의 마음이 너무 아름다워 그가 글 쓰는 것을 관심있게 지켜보기로 했다. 비록 떡장수 할머니는 세상을 떴으나 저승에서나마 떡장수를 하여 아들을 가르친 보람을 충분히 느낄 수 있으리라 싶었다.

어머니들은 누구나 자식이 잘 되기를 바란다. 자식에 대한 소망은 자신의 꿈일 수도 있다. 비록 가난한 떡장수이기는 하지만 자식이 세속적인 출세보다 깨끗하게 예술적인 삶을 살기

그리움은 뒤에서 온다

를 바라는 그 마음이 아름답지 않은가. 출세지상주의로 속물화 되어가고 있는 이 시대에 그의 어머니가 참으로 존경스럽지 않은가. 아마도 떡장수 할머니는 삶에 찌들고 남루한 자신을 아름답게 표현해내고 도와준 그 넉넉한 화가의 마음을 부러워했을지도 모른다.

95세 노인의 일기

올해 95세인 내 친구 아버지의 이야기다. 얼마 전 친구는 조촐하나마 정성을 다해 아버지의 95세 생신 상을 차렸다고 한다. 이날, 6남2녀의 자식들과 스무 명이 넘는 손자 손녀들이 한자리에 모였다. 생일 축하 노래에 이어 만수무강을 비는 자식들의 절을 받은 아버지는 갑자기 정색을 하더니 "나는 헛살았다."라고 큰 소리로 외치셨다. 그 말을 들은 자식들은 깜짝 놀랐다. 그동안 불효를 해서 노여움을 타신 것은 아닌가 하여 전전긍긍 아버지의 눈치를 살폈다. 내 친구는 아버지 앞에 무릎을 꿇고 불효를 했다면 노여움을 푸시라고 용서를 빌었다. 그러나 아버지는 눈을 꼭 감은 채 한참동안 앉아 있기만 하셨다.

친구 아버지는 젊어서 버스 기사, 나이가 들어서는 택시 기사를 하여 8남매를 먹이고 가르치셨다. 종일 운전석에 앉아 일을 했던 탓으로 방광염이며 관절염, 기관지염 등을 앓아 골골거리다가, 자식들이 모두 대학을 졸업하고 각기 제 앞가림을 할 수 있게 되자, 일을 그만두셨다. 평생 운전대만 잡고 살다 보니 일이 지겨워 앞으로 남은 인생은 편하게 살고 싶다면서, 자신의 건강을 돌보는 것 외에는 아무 일도 하지 않고 집에 들어앉아 편히 지내오셨다.

그리움은 뒤에서 온다

"내 나이 스물한 살에 늦장가 든 후부터 팔남매를 낳아 먹이고 가르치느라 너무 지치고 고단해서 좀 편하게 살아 볼라고 예순 다섯에 운전대를 놓았었다. 그 때 내 생각으로는 정말 아무 일도 하지 않고 죽는 날까지 편하게 지내고 싶었단다. 그런데 집에 들어앉아서 아무것도 한 일 없이 30년을 보내고 나니 헛살았다는 생각이 든다. 이럴 줄 알았더라면 무슨 일이라도 할 것을 허송세월을 하고 말았어."

아버지는 탄식을 늘어놓으셨다. 그 때서야 자식들은 안심했다. 아버지가 헛살았다고 하신 것은 자식들 불효 탓이 아니었음을 알았기 때문이다. 30년 동안 보람된 일을 하지 않고 집에서 편히 쉰 것이 아쉬워서 하신 푸념이었음을 안 것이다. 이 날 친구 아버지는 앞으로 얼마를 더 살게 될지 모르지만 이제부터라도 헛살지는 않겠노라고 다짐을 하셨단다.

친구 아버지는 그날부터 일기를 쓰기 시작했다. 다음은 "헛살았다"고 한 그날부터 쓴 95세 아버지의 일기를 친구가 내게 가져와서 보여준 것이다. 초등학생들이 쓰는 연습장 노트에 볼펜으로 꾹꾹 눌러가며 삐뚤빼뚤 쓴 첫날의 일기는 꽤 길었다.

〈2007년 6월 23일 아침나절에는 구름 조금 끼고 저녁때는 바람 많이 불었다. 나는 오늘 아침나절 쓰레기를 태우는 드럼통 안에 딱새 한 마리가 새끼 다섯 마리를 깐 것을 처음 보았다. 드럼통 안을 들여다보았더니 내가 제 어미인줄 알았는지 손톱만한 새끼들이 노란 주둥이를 쩍쩍 벌렸다. 참말로 신기

했다. 그동안 나는 딱새가 우리 집 쓰레기 소각통에 알을 낳은 것도 몰랐다. 어째서 그동안 한 번도 딱새를 보지 못했을까. 나는 그까짓 작은 새 따위에는 관심 같은 거 갖지 않고 살아왔다. 아니 그동안 나는 내 몸뚱이 하나 돌보는 것 외에는 매사에 무관심했다. 새끼를 깐 딱새를 보니 너무도 재미있어 시간 가는 줄도 모르고 종일 벚나무 그늘 밑에 퍼질러 앉아서 지켜보았다. 딱새는 꽁지를 깝죽거리며 하루 내내 쉬지 않고 열심히 먹이를 물어다 새끼들을 먹여주었다. 자식들을 위해서 쉬지 않고 일했던 젊은 시절이 생각났다. 작은 미물도 새끼들을 위해 열심히 사는 것을 보니, 내가 그동안 자식들만을 위해 살아왔던 것이 조금도 후회스럽지가 않았다. 나는 딱새를 보고 많은 것을 느꼈다. 작고 하찮은 것에 관심을 갖고 사는 것도 참 재미지고 오지다는 것을 처음 알았다. 앞으로는 내 건강에만 신경 쓰지 않고 작고 하찮은 것에 많은 관심을 갖고 살아야겠다. 〉

　친구 아버지가 헛살았다고 하신 것은 65세 이후 노년의 삶을 말한다. 30년 동안 아무 일도 하지 않고 편하게 살아온 것을 후회하신 것이다. 그리고 95세 생신을 계기로 일기를 쓰고 딱새의 하루를 관심 있게 지켜본 것은 뒤늦게라도 의미 있는 삶을 살기 위한 자각이라고 할 수 있다. 그것은 큰 깨우침이고 새로운 삶의 출발인 셈이다. 우리가 잘 산다고 하는 것은 어쩌면 이 세상이 갖고 있는 여러 가지 색깔들을 충분히 보고 느끼

80

고 가는 것이 아닐까. 친구 아버지는 이제부터라도 일기를 쓰고 주변의 하찮은 것에 관심을 가지면서 그 속에서 삶의 진정한 의미를 찾을 수 있을 것이다.

두 소년의 즐거운 인생 공부

지난주, 춘천에 사는 생면부지의 40대 부부가 두 아들을 데리고 시골까지 나를 찾아왔다. 춘천에서 꽤 규모가 큰 가구점을 경영한다는 그들 부부는 '생오지 소설창작대학' 이야기를 들었다면서, 두 아들을 소설가로 키워달라고 부탁했다.

"학교에 충실하도록 하십쇼. 지금 학과공부에 충실하면 훗날 자양분이 되어 훌륭한 작가가 될 수 있을 것입니다."

조금은 난감해진 나는 차근차근 그들을 설득하면서, 기왕에 왔으니 우리 집에서 가까운 소쇄원 구경이나 하고 가라고 일렀다.

"선생님, 황석영 씨나 최인호 씨 같은 인기 작가들도 고등학교 때 등단했지 않습니까. 작가가 되는데 꼭 제도교육이 필요한 것은 아니지 않습니까."

아이들 부모는 그러면서, 그들은 가족회의를 열어 나름대로 중대 결단을 내린 끝에 '생오지'까지 찾아왔음을 이야기했다. 고등학생인 큰 아이는 전교에서 10등 안에 들고, 중학생인 둘째는 1. 2등을 다툴 정도로 공부를 잘했다고 했다. 그런데 아이들은 제도교육에 너무나 문제가 많은 것을 체험하고 학교에 염증을 느꼈단다. 그들은 교실이 무너진 오늘날의 교육현실을 통렬하게 비난했다. 결국 아이들은 제도교육에 적응할 수가

그리움은 뒤에서 온다

없어 1년 전 중퇴를 했다.

학교를 그만둔 두 아이는 지금 홈 스쿨링으로 대입과 고입 검정시험을 준비하고 있단다. 그들 말로는 1년 동안만 공부하면 검정시험에 합격하여 대학 갈 때 훨씬 유리한 등급을 받을 수 있다고 했다. 3년 동안 학교에 다니면서 상급학교에 진학하는 것을, 1년 동안 집에서 공부하여 검정시험에 합격하면 나머지 2년이 이익이라고 했다. 그 2년 동안 독서도 하고 여행도 하면서, 제도교육이 만족시켜 주지 못한 인성을 키우고 정서를 채워나가겠다고 했다. 실제로 학교를 중퇴한 이들은 매주 부모님과 여행을 하고 충분히 독서를 즐기면서 음악 감상이나 미술 감상, 박물관 견학 등으로 만족스럽고 알찬 나날을 보내고 있노라고 했다.

"물론 제도교육에 허점이 있는 것은 사실입니다. 그러나 학교에 다니면 친구도 사귀고 사회성도 기르게 되지 않아요. 학교에 다니는 3년이라는 시간이 결코 낭비적인 것은 아니죠."

나는 두 아이들이 다시 학교로 돌아가기를 바라면서 끝까지 설득시키려고 했다.

"선생님도 참, 이 시대에 진정한 친구가 있기는 하나요? 지금은 친구를 사귈 때도 효용성을 따지는 세상 아닌가요? 저 친구를 사귀면 내게 무슨 이익이 있을까를 계산한다고요. 부모들이 어린아이들에게 친구를 사귈 때 아파트 평수를 따진다는 걸 모르십니까? 그리고 어차피 이기주의가 팽배한 현실인데

사회성이 뭐랍니까? 학교에 안 다녀도 남을 배려하고 포용할 줄 아는 사람으로 자라면 되는 거죠."

아이들 어머니의 강변에 나는 더 할 말을 잊고 말았다.

"네 생각은 어떠냐?"

한참 후에, 큰 아이한테 물었다. 직접 본인의 이야기를 듣고 싶었다.

"저는 세상을 치밀하고 보고 섬세하게 표현하는 방법을 배우고 싶습니다. 우리는 배가 아플 때 병원에 가서 의사선생님한테 대충 배가 아프다고만 말합니다. 그러니 오진을 할 수밖에요. 배가 아픈 것도 여러 가지가 있지 않겠어요? 똥배가 아픈지 위가 아픈지, 꿈틀꿈틀 아픈지 쥐어짜듯 아픈지, 쑤시듯 아픈지 따끔따끔 아픈지…."

큰 아이의 그 말에 나는 뒤통수를 한 대 얻어맞은 기분이 되고 말았다. 장차 그 아이가 어떤 삶을 살고자 하는 것인지 짐작할 수가 있을 것 같았다. 세상이 갖고 있는 오만 가지 색깔을 다 보면서 살아가겠다는 것이 아닌가 싶었다.

"너는 학교를 그만두고 나서 어떤 책을 읽었느냐?"

나는 중학 2년에 중퇴한 둘째에게 물었다. 그는 〈독일인의 사랑〉〈주홍 글씨〉〈노인과 바다〉 등 중학생으로서는 다소 소화해내기 힘든 세계명작만을 골라 읽었다고 한다.

"왜, 네 나이 때는 해리포터나 반지의 제왕 같은 걸 읽지 않느냐?"

"저는 환상적이고 지나치게 비현실적인 것은 싫습니다. 모든 이상은 현실에 뿌리를 두어야 한다고 생각합니다. 우리 삶에 도움이 되는 것은 실사구시 정신이 아닌가요?"

중학생답지 않게 야무진 대답이었다. 이미 정신적으로 성숙되어 있었다. 그런데 그런 그들이 조금은 걱정되기도 했다. 나는 그들이 그들 나이에 맞게 조금씩 성숙해가면서 세상을 알아갔으면 하는 바람이 앞섰다. 때로는 웅숭깊고 똑똑한 아이보다 세상을 잘 모르는 철부지가 더 아름다울 때가 있다. 튼실한 열매나 화려한 꽃보다는 햇볕과 비바람 속에서 부대끼면서 조금씩 꽃잎이 트여가는 과정이 더 아름다운 것처럼 말이다.

그렇지만 오늘날 우리의 공교육은 분명 문제가 많다. 그리고 나를 찾아온 이 아이들처럼 학과공부에만 매달리지 않고 여유롭게 인생을 즐기는 법을 미리 배우는 것은 매우 값진 일이 아닌가 한다. 지금 이 시간에도 보충수업에다 이 학원 저 학원으로 뛰어다니느라 지친 아이들을 생각하면 마음이 답답하다가도, 여유를 갖고 독서와 여행으로 즐겁게 사는 법을 배우는 두 아이들을 생각하면 나도 모르게 미소가 번진다. 즐겁게 인생 공부를 하는 그들이 부러웠다.

기다림은 희망이다

누구인가를 간절하게 기다리며 사는 것은 행복한 일이다. 비록 기다리는 순간은 괴로울지라도 기다림은 곧 희망이 될 수 있다. 기다림이야말로 고통을 이겨낼 수 있는 힘이 될 수 있기 때문이다. 그러므로 기다림은 예로부터 예술작품의 소재가 되어 왔다. 기다림의 정과 한이 노래나 문학작품에도 수용된 경우가 많다. 그 대표적인 문학작품이 백제가요 〈정읍사〉다. 한 여인이 사랑하는 남편을 기다리다 망부석(望夫石)이 되었다는 슬픈 사랑 이야기다. 기다림 때문에 죽을 수 있다는 것은 슬프지만 아름답다. 목숨을 건 기다림은 비극적이긴 하지만 그만한 가치가 있다.

나는 옛날 여인들의 삶에서 기다림이란 무엇이었나를 알아보기 위해, 백제가요 〈정읍사〉를 장편소설로 형상화한 적이 있다. 이 소설을 쓰는 동안 내내 기다림이라는 단어가 머릿속에서 떠나지 않았다. 소설은 완성한 다음 얻은 결론은 기다림은 절망 속에서 피어나는 한 떨기 희망의 꽃과 같은 것이라는 생각이었다. 그것은 인내이고 희생이며, 용서이고 그리움이며 아름다운 사랑이 아닌가 한다. 다소 고전적인 해석일지는 몰라도, 그러므로 기다릴 줄 아는 사람만이 진정한 사랑을 할 수가 있고 사랑받을 수 있다고 생각했다.

그러나 이 시대에 기다림의 의미는 무엇인가. 과연 기다림은 있는 것인가. 느림의 여유로움 속에 삶의 진정성이 오롯이 담겨져 있다는 것을 모른 채, 빨리빨리 서두르며 경쟁하듯 사는 사람들에게 기다림은 없다. 목숨 바쳐가면서까지 누구를 애타게 기다리지 않는다. 요즘 사람들은 단 하루, 아니 단 몇 시간도 기다리지 않고 쉽게 절망하고 쉽게 포기하고 쉽게 권태를 느낀다. 그러므로 기다릴 줄 모르는 사람들은 더욱 외롭고 절망적이다.

기다림은 작게는 극히 사적인 염원이기도 하지만 크게는 종교적이고 민족적인 염원일 수도 있다. 메시아나 미륵의 기다림이 그렇다. 아직도 메시아나 미륵이 오지 않았다고 믿는 사람들이 많다. 현실의 삶이 불안하거나 행복하지 않다고 생각하는 수많은 사람들에게 메시아나 미륵에 대한 기다림은 내일에 대한 꿈이고 희망인 것이다.

사뮤엘 베케트 작 〈고도우를 기다리며〉에서 두 사람은 끝까지 고도우를 기다리고 있다. "아무것도 되는 일이라고는 없어."라는 말로 시작되는 이 작품에서, 디디라고 불리우는 블라드미르와 고고라고 하는 에스트라곤은 어느 시골 길가에 서 있는 나무 밑에서 고도우를 기다린다. 하루해가 끝나갈 무렵 남자 아이가 등장하여, 오늘은 고도우가 오지 못하지만 내일은 올 것이라는 메시지를 전하고 떠난다. 그리고 그들은 다시 고도우를 기다린다. 그들이 언제부터 고도우를 기다렸는지, 언

제까지 기다릴 것인지, 고도우가 누구인지에 대해서는 알려고
도 하지 않는다. 끝없는 기다림이 그들의 삶이 되어버렸다. 어
쩌면 우리들도 지금 고도우를 기다리고 있는 것인지도 모른
다. 고도우는 누구일까. 사랑이 없는 사람에게는 사랑, 절망하
고 있는 사람에게는 희망, 자유가 없는 사람에게는 자유, 굶주
리는 사람에게는 밥이 바로 고도우일 수가 있다.

그러므로 현실적 삶이 외롭거나 불행한 사람들에게 기다림
은 더욱 절실할 수밖에 없다. 절망 속에서 희망을 꿈꾸고 싶
기에.

그리움은 뒤에서 온다

나는 누구를 기다리는가

며칠 전 제자라고 하는 낯선 사람의 전화를 받았다. 몇 번이고 이름을 말했지만 기억할 수가 없었다. 하기야 많은 제자들의 이름을 다 기억할 수는 없지 않겠는가.

"80년 5월, 도청 앞 분수대에서 선생님이랑 사진도 찍었지 않습니까. 책을 정리하다 그 사진을 발견했어요. 해서, 이번 광주에 내려가는 길에 선생님 찾아뵙고 사진도 드리고 싶은데요. 선생님, 저 지금 살만하답니다."

그 때서야 나는 30년 전 그날, 도청 앞에서 총을 든 젊은이와 같이 사진을 찍었던 것이 생각났다. 허나 그의 이름이나 얼굴은 가물가물했다. 전화에서 그가 당장 우리 집으로 찾아오겠다기에 소쇄원(瀟灑園)에서 만나기로 약속을 했다. 우리 집이 워낙 깊은 골짜기 한갓진 곳에 자리 잡고 있기에, 방문객이 초행길인 경우 일단 가까운 소쇄원에서 만나 집으로 함께 오곤 한다. 나는 차를 몰고 소쇄원으로 가면서 낯선 제자의 이름을 기억하려고 생각을 더듬어보았다. 30년 전 그날, 불안하고 혼란스러웠던 분위기에서 함께 사진을 찍었던 그 젊은이가 누구이고 지금은 어떻게 변했을지 궁금해졌다.

조선시대 대표적인 민간정원의 하나인 소쇄원은 우리 집에서 자동차로 15분 거리에 있다. 전남 담양군 남면 무등산 뒷자

락에 있는 소쇄원은 조선조 중종 때 조광조의 제자였던 양산보(梁山甫 1503~1557년)가 꾸민, 정자가 있는 원림이다. 소쇄원은 '물 맑고, 시원하며 깨끗한 원림'이라는 뜻이다. 양산보는 스승인 조광조가 화순에 유배를 당해 사약을 받자 치상을 치른 후 이곳 창암촌으로 돌아와 은둔하면서 소쇄원을 일구고 다시는 세상 밖으로 나가지 않았다. 개혁의지가 강했던 젊은 지식인 양산보에게 조광조는 진정한 사표였고 삶의 이정표였다. 그런 스승의 죽음으로 그는 세상에 대한 환멸과 분노로 가득 찼을 것이다. 17세에 현량과에 급제할 정도로 학문이 뛰어나, 조광조가 살아있었더라면 탄탄대로의 앞길이 열릴 터였지만 모든 꿈이 사라져버린 것이다. 절망에 빠진 그는 평생 세상과 담을 쌓고 철저하게 은둔하면서 자연 속에서 '도의 길'을 찾고자 했을 것이다.

개울가를 따라 하늘을 가리는 대숲 사이 길로 들어서자 30도를 넘는 더위 속에서도 소쇄한 기운이 온몸을 휘감았다. 땀과 세속의 때에 절인 마음이 한껏 맑아지는 기분이다. 대나무를 간질이듯 건듯 부는 바람에도 댓잎들이 온몸을 흔들어대는 소리에 발걸음이 가벼워진다. 7월의 눈부신 햇살 속에서 원림의 신록은 농염한 몸짓으로 푸름을 한껏 뽐냈다. 나는 정갈하게 다듬어진 대숲 길을 따라 걷다가, 오곡문 조금 못미쳐 대봉대(待鳳臺) 앞에서 걸음을 멈추었다. 소쇄원에 올 때마다 나는 대봉대에 앉아 있기를 좋아한다. 양산보가 원림을 꾸미기

위해 맨 먼저 지은 것이 대봉대다. 띠로 지붕을 얹은 초라하고 보잘것없는 작은 정자 대봉대. 그 시절에는 대봉대 앞에 오동 나무가 있었지만 오래되어 죽고 그루터기만 남았으며 그 옆에 자목이 자라 넉넉하게 그늘을 느리고 있다.

　양산보는 날마다 대봉대에 앉아서 봉황이 날아오기를 기다 렸다고 한다. 댓잎에 맺힌 이슬과 오동나무 열매를 먹고 살며 5색의 깃털에 다섯 가지 소리를 낸다는 상상의 새 봉황. 양산 보가 기다렸다는 봉황은 무엇을 상징한 것일까. 옛날에 봉황은 성군을 의미했다. 그렇다면 그가 기다린 것은 개혁세상을 여는 임금이나, 스승 조광조, 또는 뜻이 맞는 친구들일 수 있다. 당 시 소쇄원을 찾은 호남의 선비들은 송순, 김인후, 유미암, 기대 승, 임석천, 최산두, 고경명, 김성원, 정철, 백광훈 등으로, 이들 은 대부분 기묘사화와 직간접으로 관련이 있는 사람들이다. 이 곳은 호남사림들 교류의 장이자 창작무대가 되었고 담론을 형 성하여 여론을 이끌어가는 장소가 되었다. 그렇다면 자연 속 에 은둔하면서 그는 무엇을 생각했을까. 양산보는 세상을 버리 거나 도피를 위한 도교적 은둔보다는 당파싸움으로 더렵혀진 세상을 초월하고자 하는 유교적 은일을 택했을 것이다. 어쩌 면 남송 때 주자가 중국 복건성 무이산 계곡에 정사를 짓고 성 리학을 집대성했던 무이구곡(武夷九曲)을 이곳에 만들고자 했 는지도 모른다. 그는 성리학을 통해 이상세계를 만들려고 했고 자연을 통해 성리학의 이치를 깨달으려고 했을 것이다.

대봉대에 앉아 한 시간쯤 기다렸으나 약속한 제자는 나타나지 않았다. 나는 인내심을 가지고 차분하게 더 기다렸다. 기다리는 동안 내 스스로 5백 년 전의 양산보가 되어보기로 했다. 무엇인가를 기다리며 산다는 것은 꿈이 살아있기 때문이다. 기다림도 없이 자연을 도피처로만 생각하는 사람에게는 더 나은 내일을 꿈꿀 자격이 없다. 기다림은 기도하는 마음이며 희망이기 때문이다. 그래서 봉황을 품고 살아가는 사람은 아름답다.

나의 봉황은 무엇일까. 내가 기다리는 것은 오늘보다 더 밝은 세상, 더 빛나는 삶일 수도 있다. 그러나 진정 내가 기다리는 것은 스승도, 친구도, 이 시대의 진정한 지도자의 출현도 아니다. 내가 기다리는 것은 다만 어제와 같은 오늘, 오늘과 같은 내일이 되풀이되는 평화로운 일상이 아닐까 싶다. 가슴에 봉황을 품지 못한 내 삶은 양산보에 비해 얼마나 보잘것없고 이기적인가 하는 자괴감에 얼굴이 화끈거린다. 나는 소쇄원에 올 때마다, 오늘 이 시대에도 삶의 이정표가 되어준 사람이 사라진 다음, 희망을 잃고 숨어사는, 아까운 지식인이 얼마든지 많다는 것을 생각한다.

제자는 끝내 나타나지 않았다. 어쩌면 나는 그가 찾는 스승이 아닐지 모른다. 아니면 나를 만나고 싶었던 마음이 바뀐 것인지도. 나는 그 제자를 더 기다리지 않기로 했다.

그리움은 뒤에서 온다

소쇄원에 일군 이상세계

양산보는 왜 이곳에 무슨 까닭으로 소쇄원이라는 원림을 조성했을까. 기묘사화로 조광조가 죽지 않았더라면 그는 정치개혁을 실현하는 중심인물이 되었을 것이고 소쇄원도 조성되지 않았을 것이다. 당시 개혁성향의 사림파를 제거하려는 훈구파의 모함을 받은 조광조의 죽음이 양산보를 이곳 담양군 남면 지곡리 창암촌에 은둔하게 만들었고 소쇄원을 일구게 하였다. 양산보는 스승인 조광조가 죽자 크게 비관, 세속과 명리를 멀리하고 소쇄원을 무릉도원과 같은 이상향으로 만들어 철저하게 은둔하려고 한 것이다.

양산보는 15세에 큰 뜻을 품고 한양에 올라가 조광조의 문하에 들었다. 조광조에게서 글을 배우게 된 것은 불과 3년에 지나지 않지만, 심성이 올곧은 청년 양산보는 그 기간 동안에 정치체제를 바꾸려는 조광조의 개혁이념에 완전히 매료되었다. 양산보에게 조광조는 스승이자 삶의 지향점이나 다름없었다. 당시 정2품 대사헌인 조광조의 총애를 받는 제자가 되었으니 양산보의 정치적 입지는 탄탄할 수밖에 없었을 것이다. 그는 현량과에 급제하였다가 나이가 어리다는 이유로 제외되기는 했어도 그것은 다음을 기약할 수 있었으므로 별 문제가 아니었다. 인생의 좌표였던 조광조가 죽었으니 양산보에게는

하늘이 무너진 듯했을 것이다. 얼마나 큰 절망과 비탄에 젖었
겠는가.

　1519년 12월 그믐께, 한양에서부터 배종하고 따라온 두 제자
양산보와 장잠은 적소인 능주에 20일쯤 머무르면서 스승의 시
중을 들고 있던 중에, 그 스승이 사약을 받고 절명한 것을 비
통 속에 지켜보았다. 한양에서 조광조의 아우인 조숭조를 비
롯하여 양학포와 학포의 동생, 성수침, 홍봉세, 이충건 등 친구
와 제자들이 급히 왔다. 친구들과 제자들은 조광조를 능주에
서 가까운 쌍봉사 중조산에 임시로 장사지냈다. 그는 집으로
돌아오는 동안 내내 분노와 슬픔을 억제하지 못하고 통곡을
멈추지 않았다고 한다.

　양산보는 스승의 장례를 치르고 돌아와서 한동안 비통함을
이기지 못하고 두문불출했다. 아버지 창암공과 어머니 송씨부
인(송순의 누이동생)은 이러다 아들을 잃게 되지나 않을까 걱정
이 컸다. 새해가 오고 얼어붙은 개울이 녹을 때까지도 양산보
는 문밖출입을 하지 않은 채, 방안에 누워있거나 우두커니 앉
아서 하루하루를 보냈다. 그러던 그해 봄, 이웃마을인 석저촌에
사는 김윤제가 양산보를 찾아왔다. 사촌 김윤제는 양산보보다
두 살 위로, 훗날 양산보의 처남이 되고 비교적 늦은 나이에 문
과에 급제, 나주목사 등 여러 곳의 지방관을 역임하다가 은퇴
하여 환벽당을 짓고 후진양성에 힘을 쏟은 사람이다.

　양산보는 김윤제와 함께 가까운 독수정(獨守亭)에 올랐다.

그리움은 뒤에서 온다

독수정은 양산보가 살고 있는 창암촌에서 십리 길도 안 되는 지척지간에 있다. 독수정은 고려말 북도안무사 겸 병마원수와 병부상서를 지낸 전신민이 정몽주가 선죽교에서 무참히 살해 당하고 고려가 망하자 두문동 72현과 함께 두 나라를 섬길 수 없다 하여 은거한 곳이다. 전신민이 이곳에 은둔하기 시작한 것은 1390년 전후가 되므로, 독수정은 이 때 지은 것으로 추정된다. 양산보는 독수정에 와서 〈독수정원운〉(獨守亭原韻)을 접하고 크게 감동을 받았다.

風塵漠漠我思長   세상일이 막막하여 생각만 많아지는데
何處雲林寄老蒼   어느 깊은 숲속에 늙은 이 몸 기댈까
千里江湖雙髮雪   천리 밖 강호에서 백발이 되고 보니
百年天地一悲凉   한 세상 인생살이 슬프고 처량하다

王孫芳草傷春恨   왕손을 기다린 방초는 봄 가는 것을 한탄하고
帝子花枝叫月光   임금을 찾는 꽃가지는 달빛에 눈물짓네
卽此靑山可埋骨   바로 여기 이곳 청산에 뼈를 묻고
誓將獨守結爲堂   장차 홀로 지킬 것을 맹세하고 집을 지었네

양산보는 이 시에서 두 나라를 섬길 수 없다 하고 속세의 영욕으로부터 벗어나 청산에 들어와 정자를 짓고 은둔한 전신민의 충정에 감동을 받고 머리를 숙였다. 특히 獨守亭이라는 당

호도 마음에 들었다. "홀로 지킨다"는 獨守에는 영원히 세상과 타협하지 않고 은둔하며 절개를 지킨다는 비장함이 담겨 있는 것으로 느꼈다. 양산보 자신이 마치 전신민의 처지와 같을지도 모른다는 생각이 들었다. 스승을 잃고 앞길이 막힌 그 자신도 나라를 잃은 듯한 절망감을 느끼고 있었기 때문이다. 양산보는 전신민이 심었다는 후원의 소나무숲이며 정자를 에두르고 있는 원림을 한 바퀴 둘러보았다.

김윤제와 헤어져 집에 돌아온 양산보는 그가 살고 있는 창암촌에 정자를 짓고 나무를 심어 이상향을 꾸밀 생각을 하게 되었다. 당시 창암촌은 지금의 주차장에서 11시 방향의 언덕바지에 자리를 잡고 있었다. 양산보의 집을 비롯하여 13체의 집이 있었고 지금의 소쇄원은 잡목에 둘러싸인 조붓한 계곡이었다. 양산보는 계곡을 돌아보다 말고 문득 중국의 무이구곡(武夷九曲)을 떠올렸다. 무이구곡은 중국 북건성 무이산 계곡의 아홉 구비를 가리키는데, 남송 때 성리학을 집대성한 주자가 1183년 무이구곡에 무이정자를 짓고 성리학을 연구했다. 이 때문에 성리학자들에게 무이구곡은 이상적인 은둔처로 통했다.

양산보가 창암촌 둔덕에서 물이 흐르는 계곡을 내려다보고 있으면 물소리 바람소리 새소리가 너무 맑고 시원하여 어지러웠던 머릿속에 소쇄해지고 생각들이 가지런해지는 것 같았다. 마음이 마치 비 개인 후 눈부신 햇살처럼 밝고 보름달처럼 맑아져서 아귀다툼으로 얼크러진 속세의 번다함을 잊을 수 있었다.

그리움은 뒤에서 온다

양산보는 아버지 창암공에게 자신의 뜻을 밝혔다. 창암공은 손수 아들을 데리고 한양에 올라가 조광조를 찾아갈 만큼 양산보에 대해 기대가 컸었다. 뒤늦게라도 다시 세상에 나가 출사할 것을 종용해보았으나 양산보는 생각을 굽히지 않았다. 창암공은 아들의 뜻이 완강함을 알고 더는 출사를 고집하지 않았다. 조광조의 장례를 치르고 와서 겨우내 두문불출할 때까지만 해도 이러다가는 생목숨 날아가는 것이 아닌가 하고 얼마나 속을 태웠던가 싶어, 하고 싶은 대로 하라고 했다.

양산보의 선대는 나주 복룡동(지금의 광산 서창)에서 살았다. 양산보의 증조부 발(潑)과 조부 윤신(允信)은 별다른 활동을 하지는 않았으나 아버지 창암공 사원(泗源)은 인품이 고매하고 덕이 있는 선비였다. 양산보는 사원의 장남으로 서창에서 태어나, 부모를 따라 세 살 때 고모부가 살던 석저촌(환벽당이 있는 마을)으로 이사하여 3년을 살다가 창암촌으로 옮겼다. 아버지 창암공은 선비였지만 참깨농사로 살림이 윤택했다.

아버지의 승낙을 얻은 양산보는 18세에 건너 마을 김윤제의 누이동생 김씨와 혼인을 한 후, 서서히 원림 조성을 시작했다. 먼저 계곡을 손질하고 나무를 골라 심기 시작했다. 오동나무 옆에 자그맣고 조촐한 초정도 지었다. 후에 봉황을 기다리는 심정을 드러내 대봉대(待鳳臺)라 고쳐 불렀다. 그는 대봉대에 앉자 봉황을 기다리듯 누구인가를 기다리는 마음으로 살았다. 대나무 열매를 먹고 오동나무 가지에만 앉는다는 봉황은

누구를 말함일까. 스승 조광조의 영혼일 수도 있겠고 뜻을 같이 할 친구나 진인(眞人)이 아니면 요순과 같은 성군이 나오기를 기다리는 것은 아닐까. 어쩌면 이곳을 찾는 봉황은 양산보의 인품과 학덕에 끌려 쉼 없이 찾아든 선비들이 아니었을지도 모른다. 양산보가 소쇄원을 일군 뒤에 이곳을 찾는 선비들은 송순을 비롯하여 김인후, 임억령, 유희춘, 김성원, 기대승, 고경명, 정철, 백광훈 등이다. 제월당과 광풍각을 비롯하여 14체의 정자와 집이 있었던 소쇄원은 양산보에 의해 당대에 이루어진 것이 아니다. 양산보에서부터 아들과 손자에 이르기까지 3대에 걸쳐 꾸준히 조성되었고 정유재란 때 소실된 것을 복원하기까지는 5대에 이른다. 양산보에게는 장남인 자홍(子洪)을 비롯하여 차남 자징(子澂), 삼남 자정(子淳)이 있었으나 자홍은 32세에 죽고 셋째 자정은 정유재란 때 피살되었다. 양산보가 죽은 후에는 차자인 자징이 아버지의 유지를 받들어 소쇄원 조성에 힘썼다. 자징은 김인후의 사위로 석현현감을 지냈다. 본격적으로 소쇄원을 일군 것은 둘째 자징의 아들이며 양산보의 손자 천운(千運)에 의해서였다. 양산보의 성품을 그대로 물려받은 천운은 누구보다 할아버지의 유지를 잘 받들었다. 그러나 소쇄원은 정유재란때 소실되었고 14년 후에야 증손자 자호, 고손자 택지에 이르기까지 복원이 계속되었다. 양산보의 증손자 자호는 세 임금의 어의를 지냈고 택지는 우암 송시열이 가장 아끼는 제자였다.

그리움은 뒤에서 온다

먼저 인사하기

며칠 전 담양 읍내에 나갔다가 터미널 근처에서 낯이 익어 보이는 내 나이 또래의 남자와 언뜻 마주쳤다. 어딘가 병색이 짙고 휘주근한 농사꾼 차림새였다. 우리는 처음에 걸음을 멈추고 서로를 흘깃거리며 아는 체를 하려다가, 어색한 표정으로 그냥 스치고 말았다. 지나치면서는 저 사람이 누군데 나를 째려보는 거지 하는 눈빛으로 다소 불편한 심기로 잠시 뒤돌아보기까지 했다. 집에 돌아온 나는 내 기억 창고에서 터미널에서 마주친 그 남자를 끄집어내려고 곰곰이 생각을 굴려보았다. 그리고 그가 고등학교 동창이라는 것을 기억해내고 그에게 먼저 아는 체를 하지 못한 것을 후회했다. 학교 다닐 때 나와 친했던 그는 대학에 진학하지 못하고 고향에서 농사를 짓는다는 소식을 오래전에 얼핏 들은 적이 있었다. 어쩌면 그 친구는 나를 알아보고도 자신의 초라한 모습 때문에 아는 체를 하지 않았는지도 몰랐다.

서양 사람들은 엘리베이터나 거리에서 눈빛이 마주친 경우에는 망설임 없이 서로 인사를 한다. 그런데 우리나라 사람들은 왜 그런지 인사하는 것에 인색하다. 특히 익명성이 보장된 도시에서는 이웃에 살면서도 인사를 하지 않은 경우가 많다. 눈빛이 마주치면 오히려 인상을 구기거나 시비를 거는 일까지 생긴다. 더욱이 대부분 먼저 인사하는 것을 꺼려한다. 상대방이 먼저 인사를 해서야 마지못해 답례를 하게 마련이다. 인사하는 데도 자존심을 지키려고 하는 이유가 무엇인지 모르겠다.

내가 자랐던 시골에서는 어른들을 만날 때마다 하루에 몇 번이고 "진지 잡수셨습니까?"라고 인사를 했다. 한여름, 더위를 피해 당산나무 밑에 어른들이 모여 있을 때는 인사하기가 귀찮아서 그 앞을 지나기를 꺼려하기도 했으나, 고샅에서 마주친 윗사람에게는 꼬박꼬박 인사를 했다. 그런데 나 자신도 도시에서 살면서부터는 인사가 인색해지고 말았다.

몇 년 전, 도시에 살 때, 새 아파트로 이사를 한 나는 아침마다 아파트 뒷산에 오르곤 했었다. 새 아파트로 이사를 온 사람들이라 서로 낯이 설어 산에 오르면서 마주쳐도 인사를 하지 않았다. 그것을 본 나는 사람들을 마주칠 때마다 망설이지 않고 먼저 큰 소리로 "안녕하십니까?" 하고 인사를 했다. 대부분 상대 쪽에서도 답례를 했다. 그리고 다음날에는 그 쪽에서 먼저 나를 보면 인사를 하기도 했다. 그러고 보니 서로 먼저 인사하기를 꺼려했던 것 같다. 한번 인사를 주고받으면 그 다음부터는 자연스럽게 인사를 나누게 된다는 것을 알았다. 그런데 수차례 내 쪽에서 먼저 인사를 해도 답례를 하지 않은 사람들이 있었다. 한두 차례도 아니고 매번 산길에서 만날 때마다, 내 쪽에서 인사를 해도 끝내 받아주지 않았다. 그런 사람들에게는 나도 모른척하기 시작했다. 그런 사람들과 마주치게 되

그리움은 뒤에서 온다

면 괜히 불편해지기까지 했다.

인사는 사회생활에서 가장 기본적인 예의이며 인간관계에 있어 소통을 위한 최소한의 몸짓이다. 인사하는 것을 보고 그 사람의 인격과 예절의 경중을 알아차릴 수가 있다. 그 때문에 나는 대학에서 교양 국어를 가르칠 때, 첫 시간에는 인사에 대해 이야기하는 것을 잊지 않았다. 처음 대학 강단에 섰을 때, 학생들이 잔디밭에 배를 깔고 엎딘 채 손을 흔들며 교수에게 인사하는 것을 보고 깜짝 놀란 나는 생뚱스럽게 인사하는 법을 이야기하지 않을 수가 없었다. 그 후, 내 강의를 들은 학생들은 나를 만나면 반드시 걸음을 멈추고 정중하게 허리를 굽혀 인사를 했다.

이렇듯 인사예절을 중요하게 여긴 나 자신도, 그동안 먼저 인사하는 것을 자존심 상하는 일로 생각하고 있지는 않았을까 반성한다. 이번 주에는 꼭 담양 읍내 터미널에서 지나쳤던 그 친구가 사는 곳을 알아내어 찾아가 볼 생각이다.

진달래꽃 같은 사람

자주 만났는데 쉽게 잊혀지는 사람이 있는가 하면, 얼핏 스쳤어도 오래 기억되는 사람이 있다. 이상하게도 내게 잘못한 사람보다는 내가 잘못했던 사람이 더 잊혀지지 않는다. 산에서 만나 인사 몇 마디 주고받았을 뿐인데도 내 머릿속에 똬리를 틀고 눌러앉은 사람이 있다. 나는 그에 대해 죄스러운 마음을 떨쳐버릴 수가 없다. 5년 전, 용인 수지에 잠깐 살던 때의 일이다. 그 무렵 나는 정년을 하면 자식들과 가까이 살고 싶어서 그곳에 아파트를 마련했었다. 아파트단지 앞으로 개울물이 사계절 내내 넉넉하게 흐르고 집 뒤에 야트막한 산 능선이 광교산까지 기다랗게 이어졌다. 그 때까지만 해도 개발이 덜 되어 비교적 한갓지고 쾌적한 곳이어서, 나는 주말과 방학이면 그곳에서 지냈다.

아파트 단지 뒤 소나무 숲에 조붓한 오솔길이 있어, 나는 아침마다 아내와 함께 가벼운 등산을 했다. 오랫동안 사람의 발길이 끊겨 길의 흔적만 희미하게 남아 있었던 오솔길은 아파트가 들어서자 이내 반질반질하게 넓혀졌다. 그런데 어느 날부턴가 낫을 든 남자가 이 오솔길에서 길 단장을 하기 시작했다. 걷는 데 방해가 되는 나뭇가지를 자르는가 하면, 길 양쪽으로 진달래를 캐다 심었다. 60대 초반의 건장한 체구에 점퍼

차림의 그를 아파트 관리실에서 등산로를 다듬기 위해 쓰는
인부로만 알았다. 그래서 고마운 마음에 그를 만나면 친절하
게 수고한다는 말을 건넸다. 그는 말이 없이 뚱한 표정에 웃지
도 않았다. 이쪽에서 수고한다고 말을 건네면 그냥 무뚝뚝하
게 "예" 하고만 대답했다. 그의 눈빛은 언제나 음울하게 가라
앉아 있었고 무표정한 얼굴에는 어두운 그림자가 깃들어 있었
다. 등산객들은 그런 그를 삶이 고단해서 그렇거니 했다. 그러
던 어느 날 나는 산에 오르다가 그와 딱 마주쳤다. 그는 어른
키 높이의 진달래를 길가에 심기 위해 땀을 뻘뻘 흘리며 구덩
이를 파고 있었다. 그를 보자 나는 미소를 떠올리며 수고한다
는 말을 했다.

"이것 좀 잡아주쇼."

남자가 진달래 뿌리를 구덩이에 넣으며 툽상스러운 목소리
로 명령하듯 말했다. 나는 그의 부탁대로 그가 뿌리를 다 묻을
때까지 두 손으로 진달래나무를 붙잡아 주었다.

"지금까지는 외롭게 혼자서 꽃을 피운 이 진달래도 아저씨
가 길가에 심어놓았으니 올 봄부터는 사람들이 실컷 꽃구경을
할 수가 있겠네요."

나는 그가 사람들 눈에 띄지 않은 산속 후미진 꽃에 있는 진
달래를 캐다가 오솔길에 심고 있다는 것을 알고 있었다. 남자
는 내 말에도 아무런 대꾸가 없었다.

그 때까지만 해도 언제나 낫을 들고 있는 그에 대해 조금도

두려운 생각을 갖지 않았다. 그런데 얼마 후 그가 아파트 관리실 인부가 아니라는 것을 알게 되었고 주민들은 그의 존재에 대해 의구심을 가졌다. 그가 어떤 사람인지 알 수 없게 되자 차츰 두려워하기 시작했다. 등산을 하다가 낫을 들고 서 있는 그를 보면 잔뜩 긴장하여 걸음을 멈칫거리거나, 스틱을 움켜쥐고 도망치듯 빠른 걸음으로 지나가곤 했다. 등산하는 사람들도 눈에 띄게 줄어들었다. 여자들은 혼자 등산할 엄두도 내지 못했다. 나도 산에 오르다 그를 발견하고 돌아서버린 적이 있었다. 주민들 사이에 점퍼차림의 남자에 대해 이상한 소문이 떠돌기도 했다. 그가 정신이상자라는 것이었다. 주민들은 관리실에 그가 산에 나타나지 못하게 하라고 했다.

그 후 남자는 다시 나타나지 않았다. 봄이 짙어오자 오솔길에 그가 옮겨 심은 진달래가 흐드러지게 피었다. 사람들은 꽃을 보고 탄성을 쏟아내면서도 그에 대한 기억은 떠올리기조차 싫어했다. 시나브로 진달래꽃이 사위어갈 무렵, 나는 새로 바뀐 우리 동 아파트 경비원 조씨로부터 그에 대한 소식을 듣고 경악과 함께 부끄러움에 하늘을 쳐다볼 수조차 없었다. 경비원 이야기로는, 그와 낫을 든 남자는 본디 아파트가 들어선 그곳 마을 토박이였다고 했다. 아파트가 들어선 자리에 낫을 든 남자의 과수원이 있었다고 했다. 아들이 하나 있는데 보상금이 나오자 3년 전 캐나다로 이민을 갔단다. 아들이 떠나자 부인마저 죽고 혼자 살다가 반년 전 위암 말기 판정을 받았단다. 그가

그리움은 뒤에서 온다

평생 살았던 용인을 떠나, 안성에서 농사를 짓고 있는 누이동생 집에 얹혀살면서, 지난 몇 달 동안 버스를 두 번이나 갈아타고 이곳 고향까지 와서 오솔길을 가꾸었다는 것이다. 그가 단장한 그 오솔길은 옛날 그들의 나무를 하러 다니던 길이기도 했다는 것이다. 그 때서야 나는 병들고 외로운 그가 생의 마지막에 고향에 와서 꽃길을 만들고 싶어 했던 그의 아름다운 마음을 이해할 수가 있었다. 그는 한 달 전에 죽었다고 했다.

진실을 바로 보지 못한 나는 한동안 자괴감에 사로잡혔다. 그에게 큰 죄를 지은 것처럼 마음이 무거웠다. 사람을 대할 때 의심부터 하게 된 내 경박함과 섣부른 판단을 뼈저리게 통회하였다. 그동안 살아오면서 세상사를 올바르게 판단하지 못하고 오류를 범한 일이 얼마나 많았는가를 돌이켜보기도 했다. 착한 일을 하는 사람을 보면 그 진정성을 아름답게 받아들이지 못하고 의심부터 한 자신을 탓했다. 우리는 이 세상에서 사람이 제일 무섭다는 말을 곧잘 한다. 그러나 진정 무서운 것은 사람을 믿지 못하고 의심부터 하는 부박(浮薄)함이 더 무섭지 않은가. 사랑의 눈으로 세상을 보면 진실이 보인다는 것을 왜 몰랐을까.

지금도 해마다 봄이면 그 오솔길에는 핏빛 진달래가 아름답게 핀다. 그리고 이제 그 길을 오가는 사람들은 진달래꽃을 통해서 낫을 든 그 남자의 꽃 같은 마음을 본다. 그리고 한 때 그를 의심하고 두려워했던 것을 부끄러워하고 통회하며 고개를 숙인다.

슬픈 5월과 푸른 6월

　내 생애에서 다시는 돌아올 수 없는 2009년의 5월이 화살처럼 획 지나가버렸다. 해마다 그랬던 것처럼 다른 달에 비해 역시 5월은 순식간에 자나간 것 같다. 시절이 좋으면 세월이 빨리 간다는 말이 실감난다. 5월은 분명 좋은 시절이다. 신록이 우거지고 햇살은 부드럽고 바람은 적당하게 살랑거린 시절. 이런 계절에는 누구나 좀이 쑤실 정도로 밖에 나가고 싶어 한다. 그래서 5월 내내 여기저기서 축제가 열렸고 시외 도로마다 차량이 꽃물결처럼 넘실거렸다.

　좋은 시절일수록 시간 흐르는 것이 아쉬운 것처럼 우리 인생도 사는 것이 즐겁고 행복하면 세월이 빨리 가는 것처럼 느껴진다. 요즘 친구들을 만나면, "50대에는 세월이 시속 50킬로로 가는 것 같더니, 60이 넘으면서부터는 시속 60킬로로 가는 것 같다."면서 세월의 빠름을 한탄한다. 그렇게 말하는 친구들은 한결같이 살기가 편안한 치들이다. 모든 것이 풍요롭고 찬란한 이 세상에 오랫동안 머물러 있고 싶은데 세월의 빠름을 아쉬워하고 있었다.

　사는 것이 고통스러운 사람들은 하루가 1년처럼 지루하고 고달프겠지만 인생이 마냥 즐겁고 행복한 사람들한테는 1년이 하루처럼 빠르게 느껴지는 것은 당연하다. 그래서 나는 시

　　　　　　　　　　　　　그리움은 뒤에서 온다

간이 빠르다고 안타까워하는 친구들에게 세월이 천천히 가도록 하는 방법을 이야기해 주곤 한다. 세월이 더디 가게 하려면 적당한 외로움과 괴로움이 필요하다고. 우리 인생에서 기쁨과 슬픔, 즐거움과 괴로움, 번잡함과 외로움이 적당하게 버무려질 때, 세월의 완급이 조절되고 균형이 잡히지 않을까 생각한다. 쓴 약이 몸에 좋은 것처럼, 적당한 괴로움은 인생을 더욱 의미 있게 하기 때문이다.

세상이 온통 싱그러움으로 뒤덮인 지난 5월의 끝자락에서, 우리는 큰 슬픔을 겪었다. 그 때문에 잠시 시간이 주춤거린 듯싶었다. 주춤거리는 슬픈 시간 속에서, 우리가 산다고 하는 것은 무엇이며, 어떻게 사는 것이 아름다운 삶인가 하는 생각에 잠기기도 했다. 삶은 무엇이고 죽음은 또 무엇인가 스스로에게 거듭 되묻기도 했다. 어떤 철학자는 "인생은 불안이라는 열차를 타고 절망이라는 터널을 지나 죽음이라는 종착역에 이른다."고 부정적으로 말했다. 또 누군가는 "여러 개의 희망 보따리를 배에 가득 싣고 낙원이라는 항구를 향해 출항하는 것"이라고 긍정적인 말을 했다. 그런가 하면 누구인가는 "자의적으로 아름다운 그림을 그리는 것"이라고 했다. 다 옳은 말이라고 생각한다.

문득 오래전 내가 인도에 갔을 때 델리대학에서 만난 한 철학교수의 말이 떠오른다. 우파니샤드 철학의 세계적인 권위자 다니 교수는 내게, 이 세상에는 정신적인 과실을 키우는 사람

과 물질이라는 과일을 키우는 두 종류의 사람이 있다고 하면서, 가장 값진 인생은 정신이라는 과일을 재배하는 것이라고 했다. 물질의 과일은 결국 썩어 없어지지만 정신이라는 과일은 영원하기 때문이라는 것이다. 그렇다면 정신의 과일은 무엇을 말함인가. 그것은 시간과 공간을 초월해서 많은 사람들 기억 속에 살아남을 수 있는 삶이 아닌가 한다. 역사 속에 살아남는 사람이 될 수 있다면 그것이야말로 가장 탐스러운 정신의 과일이 아니겠는가. 그러므로 정신적인 과일은 바로 역사 속에서 피어나는 꽃과 같은 인생이다.

5월을 보내고 6월을 맞은 지금, 우리는 다시 한번 어떤 삶을 사는 것이 아름다운 인생의 꽃을 피울 수 있겠는가를 생각해봐야겠다. 그리고 세월의 빠름을 한탄하기에 앞서, 다시 돌아올 수 없는 이 시간, 단 1분이라도 헛되게 낭비하지 말고 최선을 다해야 할 일이다.

그리움은 뒤에서 온다

끝은 또 다른 시작

한 해를 마감하는 태양이 서산으로 기울고 있다. 붉게 타는 노을빛이 장엄하기까지 하다. 해가 지는 모습은 처연한 아름다움을 지니고 있다. 최후가 이처럼 아름다울 수 있다는 것을 다시 한번 깨닫게 해주는 엄숙한 시간이다. 모든 사물들이 각기 자기의 색깔을 가장 명징하게 드러내는 시간이 해질녘이라고 했던가. 사물이고 사람이고 마지막에 가장 진실한 본디모습을 보여주는 것인지도 모르겠다. 지금이야말로 각자가 벌거벗은 마음으로 지난 1년 동안 어떻게 살아왔는가를 되돌아보고 반성할 때이다.

2008년은 희망과 절망이 교차하는 긴 터널이었다. 경제적 어려움으로 내일의 꿈이 불안할 수밖에 없게 되었다. 기대가 무너졌을 때의 허탈감은 감당할 수 없을 만큼 크게 마련이다. 이 고통이 언제까지 계속될지도 모르는 불투명성으로 인해 허탈감과 불안에서 벗어나기 어려울 것 같다. 꿈을 잃고 좌절감에 빠져 있는 사람들을 볼 때, 참으로 참담한 기분이 든다.

그러나 우리에게 끝과 시작이 있다는 것은 얼마나 다행인가. 우리는 시지푸스의 인내와 용기로 다시 시작할 수가 있다. 시작과 끝은 단절이 아니다. 시작과 끝 사이에 마디가 있을 뿐이고 마디의 틈새에 진정한 삶의 알갱이들이 촘촘히 박혀서

역사가 되는 것이다. 우리는 지금 절망의 끝에 서 있는 것이 아니고 끝과 시작의 마디 사이에서, 탄력을 받아 새롭게 출발하려고 숨고르기를 하고 있는 것이다.

2009년의 희망은 우리가 만들어야 한다. 대립과 갈등으로 힘을 낭비하기보다는 보다 나은 삶의 터전으로 만들기 위해 창조적 힘을 하나로 결집시켜야 한다. 가치관과 생각의 차이는 있을 수 있다. 그러나 세계가 한 몸짓으로 경쟁하고 있는 이 시대에, 보수니 진보니 하는 대결과 갈등은 퇴영적 삶의 방식이다. 이보다는 중앙 집중화를 막고 지방 균형발전을 위해 힘을 모아야 한다.

앞으로 우리는 문화로 승부를 내야 한다. 모든 역량을 문화에 투자하여 문화적 자존심을 회복하고 문화의 힘으로 어려움을 이겨내야 한다. 문화의 힘은 어떤 고난도 이겨낼 수 있는 고급한 에너지이며 생명력이다. 미국 대공황 때 루스벨트 대통령은 경제난을 극복하기 위해 문화에 집중적으로 예산을 투입하여, 문화적 힘으로 고난을 이겨낸 이야기는 유명하다. 지금은 컬처노믹스(Culture-nomics)시대이다. 시민들의 문화적 욕구가 폭발적으로 증가하고 있기 때문에 문화적 충전으로 삶의 질을 높일 때이다.

"미래를 생각하면서 과거에서부터 계획하라."는 말이 있다. 시행착오와 위기는 오히려 찬스다. 우리는 과거의 실패를 거울삼아 밑그림부터 새롭게 그려야 한다. 산업화가 덜 된 우리

그리움은 뒤에서 온다

지역으로서는 문화로 승부를 내기에 좋은 기회다. 문화로 지역의 역사를 새롭게 바꾸는 일이야말로 목표로 삼을 수 있는 희망인 것이다.

봄에 꿈꾸는 푸른 빛깔

예로부터 학문의 길을 시작하는 사람에 대해 청운(靑雲)의 꿈을 품는다고 표현했다. 왜 꿈을 푸르다고 했을까. 그런가 하면 청초한 소녀의 꿈은 보랏빛에 비유하고 절망과 슬픔은 검은 빛깔로 나타낸다. 꿈에도 색깔이 있는 것일까. 꿈은 일곱 가지의 찬란한 무지개 빛깔을 갖고 있을까. 어쩌면 꿈의 색깔은 사계절의 그것과 같을지도 모른다. 봄·여름·가을·겨울이 갖고 있는 저마다의 색깔은 아름답고 다양하다. 봄은 희망과 소생의 빛깔이다. 봄에는 세상이 온통 짙푸르다. 푸른 하늘, 푸른 들녘, 젊은이들의 푸른 미소. 파란 새싹이나 초록의 나뭇잎이 내뿜는 생명력은 우리에게 안식과 평화를 느끼게 한다.

지금은 하루가 다르게 봄이 무르익고 있다. 봄에는 왕성한 생명력과 함께 감격적인 시작을 의미한다. 머지않아 봄의 교정에는 축제와 꽃들의 잔치로 출렁인다. 학생으로 따지면 봄은 이제 막 교정에 들어선 신입생에 해당한다. 시작은 축제이며 언제나 가슴 설레게 하는 기대감으로 충만해 있게 마련이다. 새로운 만남은 황홀하고 충격적이다. 낯선 만남의 신비로운 체험은 자신을 새롭게 만든다.

꿈을 갖고 있는 사람은 눈빛을 보면 안다. 꿈과 희망을 품고 있는 사람의 눈은 언제나 해맑고 빛이 난다. 교정에 들어온 새

내기들의 순수하고도 총명한 눈망울을 보라. 봄날 캠퍼스 안은 별처럼 빛나는 눈동자들로 가득하다. 여름은 젊음의 열정이 뜨겁게 타오르는 계절이다. 식물들이 강열한 태양을 받아 가장 활발하게 광합성작용을 하는 것처럼, 우리도 한껏 땀을 흘리며 꿈을 향하여 매진하는 위대한 시간이다. 탐스러운 열매를 맺기 위한, 인고(忍苦)의 시간. 그래서 여름의 색깔은 진홍의 장밋빛이다. 가장 찬란한 꿈의 색깔이다.

가을에는 세상이 주황빛으로 변한다. 주황은 성숙의 빛깔이다. 햇살이 엷어지면서 수목들은 시나브로 초록의 옷을 벗기 시작한다. 산하는 오색찬란한 빛깔로 뒤덮인다. 낮에는 주황·노랑·갈색 등 단풍이 물결치고, 해가 지면 어둠을 밝힌 불빛이 축제의 밤처럼 아름답다. 어쩌면 가을의 빛깔은 봄이나 여름보다 더 화려한 것인지도 모른다. 시원하게 살랑거리는 바람은 여름 내내 뜨겁게 달구어진 열정을 냉각시키고 이성은 칼날처럼 날카로워진다. 가을은 꿈이 영그는 계절이다. 곡식과 과수가 열매를 맺듯이 젊은이들도 학문의 결실을 준비하는 시간이다.

백색의 계절, 순결의 영토. 흰빛의 겨울에는 세상의 높낮이가 없어 보인다. 낙엽이 진 나목(裸木)은 매섭도록 차가운 눈보라에 시달린다. 헐벗은 나무들은 우리에게 무엇을 가르치고 있는가. 겨울은 우리에게 인고의 가치를 깨닫게 해주며 삶의 진정성이 무엇인가를 묵시적으로 말하고 있다.

겨울이라고 해서 춥고 살벌한 것만은 아니다. 차가운 계절에 우리는 따뜻한 것에 대한 소중함을 깨닫는다. 사랑은 차가움 속에서 더욱 뜨거워진다고 하지 않던가. 진리탐구에는 동면이나 휴식이 있을 수 없다. 추사 선생의 〈세한도〉에서처럼 오히려 황량하고 쓸쓸한 겨울에 우리는 인생의 참 의미를 배울 수가 있다. 그리고 생명이 약동하는 봄을 기다리는 마음이 한결 더 간절해진다.

꿈은 목표물이 아니고 목표를 찾아가는 길이라는 것을 깨달아야 한다. 우리의 삶은 언제나 목표를 찾아가는 길 위에 있는 것이다. 그 길을 벗어나서는 안 된다. 절망하지 않고 그 길을 가다보면 꿈은 반듯이 이루어진다.

대자연의 질서 속에서는 사계절이 바뀌어 한 해가 되고 꿈의 궁전인 이 세상에서는 끊임없이 생사가 되풀이된다. 이 경이롭고 아름다운 자연의 법칙 속에 우리가 존재한다. 우주의 사이클이 되풀이되듯, 젊은이의 꿈과 사랑도 엄숙하게 계속 이어진다. 꿈에는 시작만 있을 뿐 끝이 없다. 봄이다. 누구나 한번씩 가장 찬란한 꿈을 가슴 벅차도록 안아볼 때이다.

그리움은 뒤에서 온다

꿈꾸는 3월

어느덧 봄이 활짝 열리는 3월이다. 지난겨울은 우리에게 견딜 수 없을 만큼 혹독한 시련을 주었다. 이제 얼어붙은 대지가 풀리고 새 생명이 파랗게 움트는 계절이다. 3월에는 각급학교 학생들이 배움의 길을 찾아 새 출발을 하는 입학시즌이기도 하다. 자연과 인간이 새로운 꿈을 꾸는 시간이다. 올해 유치원에 들어간 어린아이부터 대학생에 이르기까지 저마다 꿈을 한 가슴 안고 새 출발을 서두르고 있다.

꿈은 엄숙하고 아름답다. 영혼에 불길이 확 댕기는 것처럼 생각만 해도 가슴이 마구 뛴다. 가슴속에 한번 간직한 꿈은 영원히 탈색되지 않기 때문이다. 아무리 작은 꿈이라도 그 속에는 보석 같은 삶의 열정과 빛나는 사랑이 촘촘하게 박혀 있게 마련이다. 어쩌면 거창한 꿈보다는 작고 소박한 꿈이 더 아름다운 것인지도 모른다. 작은 꿈을 알차게 가꾸고 키워나가는 것이야말로 아름답고 보람된 삶이 아닌가 한다. 꿈을 꿀 때는 욕심을 부려서는 안 된다. 이루어질 수 없는 꿈은 때때로 악몽이 될 수도 있다.

꿈과 희망을 가진 자만이 진정으로 사랑할 수가 있다. 그래서 꿈을 꾸는 사람은 행복하고 꿈을 꾸지 않은 사람은 불행하다. 우리는 꿈을 꾸면서 살아가기에, 절망과 슬픔을 이겨낼 수

가 있는 것이다. 어쩌면 인간은 꿈을 꾸기 위해 살아가는 존재인지도 모른다. 인간은 머리를 하늘로 향하는 직립적인 존재이다. 하늘을 지향한다는 것 자체가 꿈을 꾸고 있는 것과 같다. 꿈은 빛나는 이상이며 아름다운 삶의 지향점이다.

꿈이 있으면 희망이 보이고 낭만을 누릴 줄 알며 사랑을 할 수 있게 된다. 그런 의미에서 꿈은 강한 생명력이며 다이내믹한 젊음의 상징이기도하다. 벽돌을 타고 기어오르는 담쟁이넝쿨의 푸른 생명력을 느껴보라. 이 얼마나 엄숙하고 장엄한 의지력인가. 젊은이의 꿈도 담쟁이넝쿨처럼 생명력이 넘쳐야 한다. 그런 의미에서 젊은이의 꿈은 삶의 올바른 가치관이며 세계관이다. 꿈과 희망을 갖고 사랑할 줄 아는 사람이 사람답게 살아갈 수 있는 길을 찾을 수가 있는 것이다.

누구보다 화려한 꿈을 꾸고 이 계절을 시작하는 사람은 대학 신입생일 것이다. 젊은이들이 찬란한 유채색의 꿈을 마음껏 키울 수 있는 공간은 대학이다. 그곳에는 진지한 대화가 있고 아름다운 청춘의 고뇌가 있고 불확실한 미래에 대한 도전이 있다. 또한 열린 광장 대학에서는 꿈이 견고하게 다져지는 소리를 들을 수 있고, 희망이 구체화되는 것을 볼 수 있고, 지성과 사랑이 영글어가는 것을 느낄 수가 있다. 대학이라는 배움의 마당에는 꿈과 희망과 지성과 낭만과 창조와 사랑이 넘치고 있다. 이 캠퍼스에 때로는 오케스트라의 화음이 울려 퍼지는가 하면, 민주주의를 부르짖고 통일을 외쳐대는 정의의

함성이 잠든 세상을 일깨워주기도 하였다.

꿈을 꾸기 위한 첫 단계는 감정에서 시작되지만 꿈을 이루기 위한 마지막 과정에서는 이성의 작용이 필요하다. 용솟음치는 젊은이의 뜨거운 감정을 진정시키기 위해서는 냉철한 이성의 힘이 요구된다. 이성은 꿈이 독단과 편견이라는 감정의 우물 속에 매몰되지 않게 제어해주는 힘을 가지고 있다. 이성은 객관적이고도 합리적인 판단력을 이끌어 내준다. 냉철한 판단보다 욕망과 열정이 앞서는 젊은이들에게 〈인내〉와 〈극기〉 정신이야말로 자신을 일으켜 세우기 위한 가장 소중한 덕목이 아니겠는가. 세상이 파랗게 출렁이는 3월이다. 이 계절에 우리 모두 저마다 가슴 벅차도록 한 아름씩 꿈을 안아보자. 꿈이 알차고 아름다우면 어떤 고난도 이겨낼 수가 있지 않겠는가.

검박하면서도 상큼한 봄의 맛

　지금 우리는 봄철에 입맛을 돋울 만난 음식을 찾고 있다. 그러나 6·25 무렵까지만 해도 봄은 고통스러운 굶주림의 계절이었다. 가을에 수확한 곡식은 세밑에 바닥나고 보리타작할 때까지의 절량(絶糧)기간이었던 1년의 3분의 1은 쫄쫄 굶주려야만 했다. 민초들은 굶어죽지 않고 보릿고개를 넘기는 것이 가장 큰 소망이기도 했다. 감자꽃이 피기를 기다리며 동면하듯 굶주리며 살았다. 감자꽃이 피면 씨알이 여물어 비로소 캐먹을 수 있었다. 보릿고개 동안 민초들의 생명 줄을 지탱해준 것을 구황식물(救荒植物)이다. 풀뿌리와 나무껍질은 대표적인 구황식물이다. 조선조 명종 9년(1554)에 간행된 구황촬요(救荒撮要)를 보면 304가지 구황식물에 대한 식용법이 나와 있다. 솔잎가루, 소나무 껍질, 칡뿌리, 메밀꽃, 콩깍지, 쑥, 토란, 도토리, 삽주뿌리, 둥굴레, 고욤, 개암, 팽나무 잎, 느릅나무 잎, 대추, 은행, 꽃 무릇 뿌리, 청미래덩굴 잎 등이 그것이다.

　전라도 사람들은 구황식물을 먹을거리로 조리를 잘 했다. 전라도는 산간지역에 비해 평야지대가 많은 만큼 흉년도 잦았다. 비가 많이 오면 홍수가 나고 비가 오지 않으면 가뭄이 들어 폐농하는 경우가 많았던 것이다. 이처럼 기름진 평야가 넓고 바다를 끼고 있는 전라도는 먹을거리가 풍부한 반면, 날씨로 인

그리움은 뒤에서 온다

한 흉년이 잦아 구황식물이 발달했다. 전라도 음식은 풍부한 음식재료와 구황식물이 한데 어우러져 독특하면서도 다양한 음식문화를 만들어냈다. 전라도 음식을 말할 때 〈개미 있다〉고 한 것도 따지고 보면 구황식물 영향이 크다고 할 수 있다. 〈개미 있다〉는 것은 맛이 지나치게 자극적이거나 기름지지 않고 담백하면서도 깊은 맛을 느낄 수 있다는 표현이다. 〈개미 있다〉는 것을 그림으로 치자면 문인화의 문기(文氣)라고나 할까.

한 때 굶주림을 면하게 해주었던 구황식물이 지금은 웰빙 음식이 되고 있다. 6·25 전후, 궁핍한 삶을 살았던 부모들이 오늘날 장수하는 것도, 어쩌면 그 시절에 약이 되는 구황식물을 먹고 살아왔기 때문이 아닐까 싶다. 쑥, 솔잎가루, 칡뿌리, 도토리, 메밀, 토란 등은 오늘날 웰빙음식으로 각광을 받고 있지 않은가. 특히 삽주뿌리, 대추, 은행, 쑥은 약제로도 사용되고 있다.

이른 봄 가장 먼저 파란 잎을 내민 쑥은 대표적인 구황식물이었다. 쑥에 약간의 곡식을 넣고 끓인 쑥 죽이나 쑥버무리, 쑥 개떡은 훌륭한 구황식물이었다. 설에 만들어 먹은 쑥떡과 인절미는 몸에 좋은 최고의 건강음식이다. 옛날부터 봄철 잃어버린 입맛을 돋우는 데 쑥만한 것이 없다고 했다. 쑥에는 고유의 씁쓰레한 맛과 짙은 향이 입맛을 돋워주기도 하지만 무기질과 비타민 함유량이 많아 풍한과 냉습으로 발생한 모든 질병을 다스려준다. 겨울 동안의 찬 기운으로 몸이 움츠러들

고 쇠약해진 사람에게 쑥은 봄의 따뜻한 생명력을 북돋우게
한다. 그래서 중국의 대학자 왕안석도 "쑥은 백 가지 질병을
치료해준다."고까지 했다.

쑥은 된장을 풀어 끓인 된장국이 최고다. 입맛이 깔깔하고
봄을 타는 사람들이 쑥국을 끓여 먹으면 입맛도 살아나고 봄
을 건강하게 보낼 수 있다. 이른 봄, 줄기가 뻗지 않고 응달에
서 갓 피어난 어리고 부드러운 참쑥이 향이 강하고 맛도 좋다.

지역에 따라서는 쑥으로 홍어국을 끓여먹기도 한다. 쑥으로
홍어애국을 끓여 먹으면 쑥이 가지고 있는 씁쓰레한 본디 맛
과 툭 쏘는 향기를 그대로 맛볼 수 없다고들 하지만 그렇지가
않다. 쑥 홍어애국은 쑥 향과 아릿한 홍어 맛을 함께 맛 볼 수
가 있다. 쑥과 홍어는 모두 그 맛과 냄새가 강렬하고 특별해
서 함께 국을 끓여도 그 본디 맛이 사라지지 않는다. 쑥 외에
도 냉이, 달래, 돌나물, 두릅, 원추리와 함께 쑥은 우리에게 봄
의 맛과 기운을 불어넣어주는 대표 봄나물이다. 특히 냉이국
과 돌나물 무침은 누구나 좋아하는 봄나물이다.

봄철, 보리새싹이나 쑥에 홍어 내장을 넣어 끓인 홍어애국
맛은 환상적이다. 전라도 사람들은 누구나 홍어애국을 먹어야
비로소, "아, 봄이로구나." 하고 봄을 한껏 넉넉하게 음미한다.
홍어는 전라도의 대표음식이다. 전라도 사람치고 홍어에 중독
되지 않은 사람이 없다. 전라도에서 홍어는 잔치음식의 중심이
고 시작이며 끝이다. 아무리 잔칫상에 상다리가 부러질 정도로

그리움은 뒤에서 온다

산해진미를 차렸어도 홍어가 없으면 잘 차린 상이 아니다.

홍어 맛은 찡하고 화하고 톡 쏘는 아릿한 맛과 얼큰함에 이어 끝은 상큼하다. 처음에는 코끝이 찡하고 박하사탕을 깨물었을 때처럼 입 안이 화하지만 쫀득쫀득 씹다보면 상큼하고 청량한 맛이 오래 머물면서 개운하다. 한 마디로 홍어 맛은 삶의 고달픔과 함께 고난을 이겨낸 다음의 통쾌함이라고나 할까. 잘 삭은 홍어를 먹고 나면 삶의 체증이 뻥 뚫리는 기분이다.

홍어요리 중에서도 홍어탕이 별미다. 이른 봄 보들보들한 보리 순에 된장을 살짝 풀어서 끓인 홍어애국은 얼큰하면서도 담백하며, 쑥을 넣고 끓인 홍어애국은 톡 쏘는 홍어맛과 쑥의 씁쓰레한 맛이 어울려 강하고 자극적이다. 담백하면서도 개운한 맛을 즐기는 사람은 보리쌀 홍어애국을 선호하고, 자극적이고 강렬한 맛을 즐기는 사람은 쑥 홍어애국을 좋아한다. 암튼, 홍어애국을 먹고 나면 몸 안의 더러운 성분이 옴씰하게 빠져나간 기분으로 정신까지 창량해지는 것 같다. 탕에는 홍어 뼈를 빠뜨리지 않아야 한다. 보름 정도 푹 삭힌 홍어 뼈를 오들오들 씹는 맛이 일품이다.

선홍빛 동백꽃이 한창 필 무렵이면 갯벌이 많은 남해안과 서해안에서는 쭈꾸미 철을 맞는다. 아직 바닷바람이 차가운 3월부터 산란기를 앞 둔 쭈꾸미가 많이 잡히기 시작한다. 이 무렵 쭈꾸미는 흰 밥알처럼 생긴 알이 꽉 차 있어 맛이 최고다. 씹어도 씹어도 진한 맛이 계속 우러나오는 들큼함이 쫀득거

리는 낙지와는 또 다른 맛을 느낄 수가 있다. 그래서 쭈꾸미의 맛은 근성이 있다고들 한다. 낙지에 비해 값도 싸서 서민들이 즐겨먹는다. 대부분 싱그러운 봄 미나리나 파에 고춧가루를 듬뿍 넣어 얼큰하게 볶은 것을 좋아하지만 진짜 식도락가는 양념으로 먹지 않고 쭈꾸미 자체의 맛을 즐긴다. 바짝 익히면 질기고 본디 맛이 없어 설익은 대로 썰어서 초고추장에 찍어먹는다. 봄철 쭈꾸미는 밥에도 소주에도 잘 어울리는 음식이다. 기왕이면 바닷가에 나가 짭조름한 바닷바람 맞아가면서 먹는 것도 낭만적이다. 보리타작 할 무렵에 잡히는 보리 숭어도 봄철의 입맛을 돋우는 생선이다. 봄철 숭어는 회도 좋지만 구어 먹으면 담백한 맛이 개운하다.

약이 되는 봄나물로 죽순을 빼놓을 수 없다. 우후죽순(雨後竹筍)이라고 하던가. 봄비 내린 후, 쑥쑥 자라는 4월부터 죽순 채취가 시작된다. 여러 겹의 갈색 껍질을 벗기면 상아빛 알몸에서 은은하면서도 상큼한 대나무향이 묻어나온다. 어린 죽순일수록 아린 맛이 일품이고 아삭아삭 씹히는 맛을 느낄 수가 있다. 칼로리가 적고 섬유질이 풍부하여 중국요리에서는 죽순이 빠지지 않는다. 〈본초강목〉에서도 "어린 죽순은 불면증을 고치고 제번(除煩)과 눈을 밝게 해준다."고 했다. 또한 가래와 담을 삭히고 장의 활동을 촉진시키며 독을 발산시킨다고도 했다. 꽃피는 따스한 봄날 푸른 대나무의 향기를 흠뻑 느끼게 해주는 죽순요리는 여러 가지가 있다. 죽순야채볶음, 죽순고기볶

그리움은 뒤에서 온다

음, 죽순된장국, 죽순초무침, 죽순냉채, 죽순 밥 등. 이 중에서도 봄의 맛을 제대로 맛볼 수 있는 것은 죽순회인 초무침이다. 아리고 새콤하면서도 아삭아삭 씹히는 맛에서 흠뻑 무르익은 봄을 느낄 수가 있다.

부자들의 봄철 보양음식으로는 닭과 자라를 한 솥에 넣어 끓인 용봉탕과 갓 낳은 새끼돼지요리 애저탕을 꼽을 수가 있다. 그러나 이 음식은 값이 비쌀 뿐만 아니라, 웰빙 시대에 고단백질 섭취를 꺼려하는 추세에 따라 찾는 이들이 많이 줄었다.

세상이 연둣빛으로 물들어가는 봄철. 지금은 어디를 가나 먹을 것 천지다. 이 풍요로운 세상에서, 우리는 잠시 입사치를 미루고, 지금도 굶어 죽어가는 가난한 사람들을 생각하며 옛날 선조들이 굶주림을 이겨내기 위해 먹었던 구황음식 체험을 해보는 것도 의미가 있다. 소박하고 거친 구황음식을 먹으면서 궁핍했던 시절을 생각해보는 것은 어떨까. 그 같은 음식들이 결국 우리의 몸과 마음을 건강하게 만들어주지 않겠는가. 먹고 있는 음식이 바로 그 사람이라는 말을 잊어서는 안 되겠다.

제 3 부

어제 그리고 내일

세 사람의 행복

우리가 죽을 때까지 세 사람을 가슴에 품고 살아갈 수만 있다면 그 인생은 행복하다고 말할 수 있다. 그 세 사람은 사랑하는 사람, 존경하는 스승, 믿을 수 있는 친구다. 생각하기에 따라서는 그렇게 어려운 문제가 아닐지 모르지만, 일생을 살다보면 결코 쉽지가 않다는 것을 깨닫게 된다. 세상에는 이 셋 중에서 단 한 사람도 간직하지 못한 사람이 얼마든지 많다. 사랑하는 단 한 사람을 평생토록 가슴에 간직하고 살기가 얼마나 어려운가를 아는 사람은 안다. 하물며 존경하는 스승과 믿을 수 있는 친구를 갖기란 얼마나 어려운 일이겠는가.

사랑하는 단 한 사람을 만났다고 하자. 연인이라고 해도 좋고 부부라고 해도 좋다. 그러나 그 사랑은 과연 영원할 수 있을까. 이 세상에 영원한 것은 없다고 하지 않던가. 더욱이 사랑이야말로 가변성이 얼마나 심한가. 그러기에 한평생 변하지 않은 사랑을 간직하고 사는 사람이야말로 행복하지 않겠는가. 아마도 그런 부부는 이 세상에 그리 흔하지 않을 것이다.

존경하는 스승을 가슴에 품고 사는 일도 그리 간단한 일이 아니다. 우리는 학교에서 혹은 사회에서 가르침에 따라 정신적으로 많은 영향을 받는 스승을 만나게 된다. 그렇지만 스승 노릇을 하기도 어렵지만 제자 노릇하기도 쉽지가 않다. 마음

속에 존경하는 스승을 모시고 있으면서도 제자다운 도리를 다할 때 비로소 사제간의 아름다운 관계가 이루어질 수가 있는 것이다. 말만 존경한다고 하면서 스승의 인격과 모범적인 삶을 영향받고 실천할 줄 모른다면 진정한 제자라고 할 수가 없는 것이다. 스승의 편에서 보아 훌륭한 제자일 때 비로소 훌륭한 스승을 모시게 된 것이라고 말할 수가 있기 때문이다.

친구는 또 어떤가. 내가 어려움에 처해 있을 때, 자기 일처럼 알고 나를 위해 희생할 수 있는 친구가 과연 단 한 사람이라도 있는가. 기실은 목숨이 걸릴 만큼 비밀스러운 이야기를 나눌 수 있을 정도로 믿을 만한 친구를 갖는 것도 쉽지가 않다. 믿을 수 없는 것이 우정이라고 하지 않던가. 이 세상에서 친구에게 배신당한 일이 얼마나 많은가. 내가 잘 나갈 때는 친구들이 모여들지만 내가 어렵게 되면 평소 가깝게 지내던 친구도 멀어지게 마련이다. 그래서 진정한 친구는 내가 어려울 때 겪어봐야 알 수 있다고 하지 않던가. 진정한 우정도 상호관계 속에서 성립될 수 있다고 생각한다. 내가 어려움에 처했을 때 나를 도와줄 수 있는 친구가 누구인가 생각하기 전에, 내 친구가 곤경에 처했을 때 나는 과연 그 친구를 도울 수 있는가를 먼저 따져봐야 한다.

당신은 지금 세 사람을 가슴에 품고 있느냐고 물었을 때, 나는 과연 어떻게 대답할 수가 있을까. 사랑하는 사람은 아내라고 자신 있게 말할 수가 있다. 지금까지 영혼에 불꽃이 튀길

정도의 황홀한 사랑은 느끼지 못했지만, 연인으로 만나 오랫동안 희로애락을 함께 하며 살다보니, 지금 내게 아내만큼 소중한 존재는 없는 것 같다. 그렇다면 존경하는 스승은 있는가. 나에게 문학의 길을 열어준 고등학교 국어선생님이셨던 수필가 송규호 선생님과 시를 쓰도록 지도해주셨던 고 김현승 시인, 소설가로 만들어주신 고 김동리 선생님을 말할 수 있지만, 제자 노릇을 제대로 다하지 못해 부끄러울 뿐이다. 그렇다면 친구는 누가 있는가. 대답이 망설여진다. 초등학교 이후, 대학 친구들까지 그 수를 헤아릴 수 없고, 너냐 나냐 말을 트고 지내는 친구도 부지기수이지만, 이 친구다 하고 자신 있게 말하기가 궁색하다. 친구에 대한 확실한 대답을 못하는 것은 전적으로 내 탓이다. 이제부터라도 죽을 때 한 사람의 친구라도 그 이름을 간직할 수 있도록 노력해야겠다고 다짐해본다.

책을 읽으면 날개가 돋는다

얼마 전 우리 집에 화순 북면중학교 전교생이 찾아왔다. 전
교생이라고 해봤자 모두 32명이다. 이들을 장세관 교장선생님
이 직접 인솔하고 방문을 했다. 우리 집에서 자동차로 15분 거
리, 백아산 밑에 자리 잡은 북면중학교는 71년도에 개교하여
35회 졸업생을 배출했다. 79년까지만 해도 15학급에 학생수가
1천 명이 넘었는데, 해마다 줄어들어 이제 겨우 32명이다. 더
욱 안타까운 것은 올해 신입생이 겨우 7명뿐이어서, 이대로 간
다면 존폐를 걱정하지 않을 수 없을 정도다. 이런 경우는 비단
이 학교뿐만 아니라 한국의 농어촌 학교가 다 겪는 현실이다.
이것만 봐도 요즘 농촌이 얼마나 피폐되고 있는가를 알 수가
있다.

그래도 장세관 교장선생님의 열의는 대단하다. 특히 장 교
장선생님은 학생들 독서지도에 관심이 높다. 이날 전교생을
이끌고 우리 집에 찾아온 것도 학생들에게 독서에 대한 이야
기를 부탁하기 위해서라고 했다. 학원에도 갈 수 없는 처지라,
도시 아이들과 경쟁하려면 책이라도 많이 읽어야 할 것 같아,
특별히 독서지도에 신경을 쓰고 있다고 했다.

"자연과 더불어 살아가기 때문에 정서가 풍부한 이들 중에
서 유명한 소설가나 시인이 배출될 수도 있지 않겠어요?"

그리움은 뒤에서 온다

장 교장선생님은 비록 교육여건은 열악하지만 벽지 학교가 갖고 있는 천혜의 장점도 많다는 것을 강조했다.

나는 이들 중학생들에게 1시간 동안, "책 속에 꿈이 있다."는 내용으로 궁핍했던 내 소년시절에 얼마나 책을 읽고 싶었는지 내 경험을 이야기해 주었다. 나는 부모님 몰래 달걀을 훔쳐 장에 가지고 가서 팔아, 노점 책방에서 〈왕자와 거지〉, 〈톰소여의 모험〉 등을 사서 읽었다. 그 시절 책이 없었더라면 나는 절망으로부터 헤어나지 못하고 폐인이 되었을지 모른다. 책이 나의 구원자가 된 셈이다. 이날 나는 우리 인생에서 책을 읽는다는 것이 얼마나 중요한가도 이야기해 주었다.

소년시절 나는 책을 읽으며 새처럼 구름 위를 훨훨 날아가는 꿈을 자주 꾸었다. 꿈을 꾸는 순간은 마음이 간질간질하도록 황홀했다. 나이가 들자 그것은 영원히 이루어질 수 없는, 헛된 망상이라는 것을 알고 한숨지었다. 그러나 소설가가 된 후에는 그 꿈이 이루어질 수 있다는 것을 깨달았다. 사람은 날개가 없어도 가뭇없는 하늘을 마음껏 날 수 있다는 것을 알았다. 책 속에 은빛보다 더 찬란한 날개가 있기 때문이다. 영혼이 아름답고 자유로우면 이 세상 어디라도 지혜와 상상의 날개를 활짝 펴고 날아갈 수 있다. 민들레 풀씨처럼 바람 따라 날아가서, 자기만의 영역을 아름답고 풍요롭게 가꿀 수가 있다. 우리는 그것을 빛나는 "이상의 실현"이라고 한다.

아름다운 사람은 책을 믿는다. 책 속에 맑은 지혜의 샘물이

솟구치고 있다는 것을 믿는다. 책이 우리의 영혼을 자유롭게 만든다는 것을 알고 있기 때문이다. 맑은 지혜의 샘물에 취해서 상상의 날개를 펴고 날아간 세상은 가진 것이 없어도 넉넉하고 평화롭다.

책은 우리에게 사랑과 행복의 길을 열어준다. 책한테 길을 물어, 무엇이 아름다운 인생인가를 알아보자. 평생 동안 단 한 번도 상상과 지혜의 날개를 달고 날아보지 못한 사람은 얼마나 불행한가.

그리움은 뒤에서 온다

세 번 읽은 '싯다르타'

교양서적이나 소설류의 책을 두 번씩 읽는 사람은 흔하지 않다. 같은 책을 두 번 읽는 것은 처음 읽었을 때의 감동을 다시 느끼고 싶기 때문이리라. 내 경우 지금까지 두 번 이상 읽은 책은 세 권이다. 헤르만 헤세의 〈싯다르타〉와 존 스타인백의 〈분노의 포도〉, 니체의 〈짜라투스트라는 이렇게 말했다〉가 그것이다. 〈짜라투스트라…〉는 고등학교 2학년 때 처음 접했던 것을 대학 철학과에 다닐 때 다시 읽었고, 〈분노의 포도〉는 고등학교 3학년 때 한 번 읽었던 것을 소설가가 된 후 다시 읽었다. 헤세의 〈싯다르타〉 역시 고등학교 때 처음 읽었고 73년 소설 습작을 할 때 다시 읽었으며 83년 KBS TV의 '신왕오천축국전' 취재팀으로 인도에 갔을 때 세 번째 읽었다. 고등학교 2학년 때 〈싯다르타〉를 처음 읽으면서 나는 거의 외우다시피 했다. 처음 나온 책을 만나면 달달 외우는 것이 유행(?)이었다. 6·25의 후유증이 미처 아물지 않았던 때라, 문학소년들에게는 새 시집이나 소설책이 출간되면 화제가 되기도 했다. 내가 〈싯다르타〉를 산 것은 59년 가을 삼복서점에서였다. 같은 문예부 친구였던 이성부(시인)가 먼저 알고 귀띔해 주었다. 이성부와 나는 〈싯다르타〉를 사 들고 설레는 기분으로 사직공원으로 올라가 외우기 시합을 했다. 〈싯다르타〉는 흔히 헤세의 '파우스트', 또는 헤세의 '짜라투스트라'로 불리운다. 이 작품은 60년대 헤세 붐을 일으킬 정도로 우리나라 독서계에 커다란 파문을 일으키기도 했다. '싯다르타'는 세존(世尊), 즉 석가모니의 속세 이름인데 작가는 이 작품에서 '싯다르타'로 하여금 석가인 '고타마'를 찾아가서 대화를 나누게 하고 있다. 시간을 초월하고 있는 것이다. 작가는 이 작품에 '인도의 시'라는 부제를 붙일 만큼, 불법(佛法)의 심오한 세계를 시적으로 아름답게 표현했다. 불교정신의 본체가 본질적으로 잘 나타나 있고 윤회, 해탈, 열반 등의 개념을 가장 정통적으로 이해시키고 있다. '…그는 지금 처음으로 세상을 바라보는 사람처럼 자기 주변을 둘러보았다. 세상은 아름다웠다. 오색이 찬란했고 기적과 수수께끼로 가득 차 있었다. 여기에는 푸름이 있었고 저기에는 노랑이, 이쪽에는 초록이 있었다. 하늘은 흐르는 것 같았고 강물과 숲이 고요한가 하면 산들이 솟아 있었다. 모든 것은 아름답고 이상했고 불가사의했다. 그리고 그 한 가운데, 그는, 싯다르타는, 즉 잠 깬 자는 그 자신으로의 길을 걷고 있었다. …' 깨달음을 얻고 난 직후 싯다르타의 달라진 모습이다. 이 작품을 읽고 나면 석가모니의 깨달음의 과정과 깨달음의 본질에 한발 가까이 다가갈 수가 있다. 참 자아를 더 깊이 들여다보기 위해, 이 해가 가기 전에 이 책을 네 번째 다시 읽고 싶다.

할아버지 인터뷰

　서울에 사는 손자 준철이가 시골에 온다고 했다. 내게는 외손자 셋에, 친손녀와 친손자 등 모두 다섯 명의 손자·손녀가 있지만 친손자에 대한 사랑이 좀 특별하다. 12대 종손에다 하나밖에 없는 친손자이기 때문이리라. 암튼, 초등학교 2학년 준철이의 시골 방문은 우리 늙은 내외한테 일대 사건이 아닐 수 없었다. 고작해야 1년에 네댓 번, 그것도 하루나 이틀 쯤 머물렀다가 아쉬운 정만 듬뿍 남기고 가는 짧은 만남이기에 그 기다림은 더욱 절절할 수밖에. 우리 내외는 손자를 맞기 위해, 세 마리의 개 집 주변에 개똥을 치우는 등 집 안팎 청소를 하고 장에 가서 곶감이며 한과 엿 등 주전부리할 것도 푸짐하게 사왔다.

　나는 5년 전 '생오지' 마을로 터전을 옮겨오면서부터, 아이들이 마음껏 뛰어놀 수 있도록 마당에 꽤 널찍하게 잔디를 깔고 연못을 파서 물고기를 키우고, 그네며 파라솔 의자도 만들어 놓았다. 봄이면 까투리가 새끼 꺼병이들을 몰고 우리 집 마당에 내려와 쫑쫑거리고 돌아다니는가 하면 고라니가 느릿느릿 가로질러 가기도 한다. 제초제를 뿌리지 않아 여름이면 잔디밭에 방아깨비며 메뚜기·잠자리·여치·나비들 세상이 되고, 미처 따먹지 못한 앵두가 저절로 떨어져 썩고, 자두며 매실·오디·감 등 온갖 과실들이 탐스럽게 익어간다. 시골의 이런 풍경을 삭막한 도시에 사는 손자들한테 보여주고 싶은 마음 간절하다.

이번 준철이의 방문은 학교에서 과제로 내준 〈할아버지 인터뷰〉가 주목적이었다. 손자는 플라스틱 장난감 마이크에, 질문지까지 마련해가지고 와서 제법 아나운서 흉내를 내며 인터뷰를 시작했다. 첫 질문은 "할아버지는 왜 작가가 되셨어요?"였고, 그 밖에 "할아버지가 쓰신 소설 중에서 가장 아끼는 작품은 어떤 것이며 어떻게 하면 작가가 될 수 있어요?" 하는 내용 등이었다. "그런데 할아버지 할머니는 왜 우리하고 같이 살지 않으셔요?" 하는 마지막 질문에서 나는 선뜻 대답을 못하고 잠시 망설였다.

"그것은 말이다…. 할아버지는… 고향을 너무 좋아하고… 고향 사람들의 이야기를 소설로 쓰기 위해서… 그리고 또 제자들을 가르치기 위해서란다."

나는 띄엄띄엄 자신 없는 목소리로 대답을 했다.

"고향이 뭔데요?"

"태어나고 자란 곳."

"그럼 내 고향은 서울에 있는 산부인과 병원이겠네요."

준철이의 말에 나는 아차 했다. 고향을 단순히 사람이 태어나고 자란 공간적 의미로만 말할 수는 없다고 생각했기 때문이다.

그리움은 뒤에서 온다

"고향은 조상이 묻힌 곳이고, 아이들에게는 자라면서 장차 어떤 사람이 되어 어떻게 살아야겠다 하고 꿈을 키우는 곳이고, 어른들한테는 자신의 뿌리가 내린 곳이라서, 사랑하여 잊을 수 없으며, 떠나 있으면 그리워서 언제나 가고 싶은 곳이란다."

"그렇다면 나한테도 생오지가 고향일 수 있겠네요."

"그렇지. 그러니까 할아버지는 우리 준철이한테 고향을 만들어주기 위해서, 네들과 떨어져 시골에 사는 거란다. 할아버지 할머니가 시골에 살고 있으니까, 언제든지 내려와서 강아지들과 닭도 보고 볼도 차고 잠자리도 잡고 얼마나 좋으냐. 그러니까 후담에 할아버지 할머니가 죽고 없어지면 준철이가 와서 고향을 지켜야 한다."

그 때서야 준철이는 이해가 가는지 밝게 웃으며 고개를 끄덕였다. 이 인터뷰를 통해서 준철이는 할아버지의 시골 생활을 이해하고 더 찐더운 정을 느꼈으리라 믿는다.

나는 〈할아버지 인터뷰〉 과제를 내 준 서울 서초동 원명초등학교 준철이 담임선생님께 고마움을 느꼈다. 할아버지 할머니보다는 게임기를 더 원한다는 요즘, 손자들이 할아버지 할머니와 자주 만나 이야기를 나눈다면 아이들의 정서와 예절교육에 많은 도움이 되리라 믿는다. 나 역시 어려서 할아버지 할머니 무릎에 앉아서 들었던 많은 이야기들이 내 핏줄 속으로 스며들어, 훗날 글을 쓰는데 도움을 주었을 뿐만 아니라 진정한 삶의 자양분이 되고 있음을 알기 때문이다. 그런 점에서 어

린아이들에게 〈할아버지 할머니 인터뷰〉나 〈할아버지 할머니
와 여행〉, 〈할아버지 할머니와 장보기〉, 〈할아버지 할머니와
씨뿌리기〉 같은 과제를 자주 내 준다면, 어린아이들에게는 정
서에 도움이 되고 할아버지 할머니들은 정을 나누어 노년의
외로움을 덜 수 있어 얼마나 좋겠는가.

"할아버지 할머니, 생오지에 벚꽃 피면 갈게요. 그 때까지
건강 조심하세요."

이틀 후 서울에 올라간 준철이한테서 전화가 왔다. 유치원
에 다니던 때까지만 해도 전화할 때마다 "연못에 붕어랑 개구
리 잘 있어요?"하고 물고기 안부부터 묻던 아이가 어느새 커
서 할아버지 할머니 건강을 걱정하게 되어 참으로 뿌듯하다.
우리 부부는 준철이 이야기로 오랜만에 4월의 햇살처럼 행복
하게 활짝 웃었다.

그리움은 뒤에서 온다

시인 이성부와 무등산

콧대가 높지 않고 키가 크지 않아도
자존심이 강한 산이다.
기차를 타고 내려가다 보면
그냥 밋밋하게 뻗어 있는 능선이,
너무 넉넉한 팔로 광주를 그 품에 안고 있어
내 가슴을 뛰게 하지 않느냐.
기쁨에 말이 없고,
슬픔과 노여움에도 쉽게 저를 드러내지 않아,
길게 돌아누워 등을 돌리기만 하는 산,
태어나면서 이미 위대한 죽음이었던 산,
무슨 가슴 큰 역사를 그 안에 담고 있어
저리도 무겁고 깊게 잠겨 있느냐.
저 산이 입을 열어 말할 날이
이제 이를 것이고,
저 산이 몸을 일으켜 나아갈 날이
이제 또한 가까이 오지 않았느냐.
저 산에는
항상 어디 한 구석이 비어있는 곳이 있어,
내 서울로 떠나가기만 하면
그곳에 나를 반가이 맞아줄 것만 같다.

이성부 시인의 〈무등산〉이다. 서정주의 〈무등을 보며〉, 김
현승 〈무등 다〉 외에 김규동. 박봉우 등 무등산을 소재로 쓴
시들이 많지만 나는 유독 이성부의 이 시를 좋아한다. 서정주
는 전후의 상처가 가시지 않은 궁핍 속에서도 의젓하게 생명
을 지키는 무등산을 노래했고 김현승은 가을날 무등산을 보
며 향기로운 고독을, 다른 시인들은 산 그 자체의 아름다움 등
자연에 대한 감상을 노래했다. 그러나 많은 무등산 시들 중에
서 이성부의 시를 좋아한다. 물론 한 때는 그의 대표작이라고
할 수 있는 〈벼〉나 〈전라도〉, 〈백제행〉도 좋아했다. 그러나 지
금은 〈무등산〉을 비롯하여 〈지리산〉, 〈백두대간〉 등 이성부의
산 시를 좋아한다.

이성부의 〈무등산〉은 시인 자신에 대한 뼈저린 성찰과 시
대정신이 담겨 있다. 그는 무등산을 자존심이 강한 산, 내 가
슴을 뛰게 하는 산, 큰 역사를 담고 있는 산, 위대한 죽음이었
던 산, 몸을 일으켜 나아갈 산, 나를 안아주는 산으로 표현하
고 있다. 무등산은 광주의 어머니와 같은 존재로, 광주 사람들
이 역사 속에서 아픔을 이겨낼 수 있게 한 버팀목이었으며, 광
주의 젊은이들을 위해 죽은 산이었고, 5·18 등의 큰 역사를 안
고 있으며, 시인이 절망에 빠져 있을 때 그를 품어준 산이기도
하다. 그러나 상처로 인해 절망에만 빠져 있지만 않고 언젠가
는 몸을 일으켜 새로운 역사를 위해 일어서서 앞으로 나아가
는 희망의 산이기도 하다.

특히 이 중에서 내가 크게 공감하는 부분은 '자존심이 강한 산', '이제 몸을 일으켜 나아갈 산'이다. 광주 사람들은 무등산을 닮아 자존심이 강하며, 그 자존심은 민주주의와 역사발전의 동력이 되기도 했다. 그리고 그 자존심의 힘은 빛나는 내일의 비전이 되고 있는 것이다. 이성부는 〈무등산〉을 통해서, 광주가 겪은 아픔과 시인의 죄의식이 극복되는 과정을 보여주고 있다.

이성부는 80년 5월 광주민중항쟁이 일어나자, 살아남은 자로서의 깊은 절망과 죄의식에 사로잡힌 채 자기 학대의 고통 속에 빠지게 되었다. 언어에 대한 극도의 불신과 분노 때문에 일체의 시작(詩作)을 중단하기까지 했다. 그 해 5월, 나는 계엄사의 신문발행 강요를 거부하고 잠시 서울에 가 있는 동안 광주고등학교 동기인 이성부를 자주 만났었다. 그 때 그는 침통한 얼굴로 광주 소식을 듣고만 있었다. 그는 울먹이며 술을 마셨다. 그리고 그해 10월, 서울에서 다시 만나 하룻밤을 함께 보낸 적이 있었다.

"너는 뭣 때문에 소설을 쓰냐?"

그가 정색을 하고 내게 물었다. 갑작스럽고도 생뚱맞은 질문에 나는 한동안 대답을 못했다.

"먹고 살기 위해 소설을 쓴다."

그 무렵 나는 오랫동안 몸담고 있던 신문사에서 해직이 되어, 소설을 써서 여섯 식구가 근근이 풀칠을 하고 있던 터라

그렇게 대답할 수밖에 없었다. 200자 원고지 한 장의 자유조차 주어지지 않은 현실에서, 자기구원이니 사회구원이니 하는 말로 소설 쓰는 이유를 거창하게 이야기하고 싶지가 않았다.

그는 내 대답에 다소 실망한 듯한 눈빛으로 나를 보더니, 자기는 시를 쓰지 않겠다고 말했다. 자유가 유린되고 삶의 진정정이 철저히 짓밟히는 암흑의 시대에 시를 쓴다는 것이 무슨 의미가 있느냐는 것이었다. 특히 그는 그 무렵에 이북의 시들을 읽었다면서, 문학이 이념의 지배를 받고 있는 것을 통탄해하였다. 언어의 불신에 대해 심각하게 고민하고 있는 것 같았다. 그 후 그는 시 쓰는 것을 그만두고 산행에 몰입했다. 어둠의 현실 속에서 당대의 모순을 극복하기 위해 치열하게 대응하는 대신, 산으로 향한 그의 태도가 내 눈에는 현실도피적인 것으로 보이기도 했다. 암튼, 그 후로 이성부는 산에 미쳤다. 시간만 있으면 광주에 내려와 무등산에 오르곤 했다.

〈무등산〉은 이성부가 시 쓰는 것을 중단하고 산을 오르기 시작한 지 10년 만에 쓴 작품이다. 그는 수없이 산을 오르면서 뼈저린 자기성찰을 통해 역사적인 부채의식을 씻어가는 과정에서 이 작품을 쓴 것이다.

이성부는 66년 동아일보 신춘문예에 〈우리들의 양식〉이 당선된 이후, 사회적인 삶, 역사적인 삶에 관심을 갖고 시를 통해서 현실의 모순과 부조리를 날카롭게 비판해왔다. 철저한

그리움은 뒤에서 온다

리얼리스트인 그는 5·18 광주항쟁 이후 고향의 아픔에 동참하지 못한 죄의식에 사로잡힌 채 그 고통을 극복하는 과정으로 산행을 시작한 것이다. 축구를 좋아했고 '맨발의 이성부', '뜨거운 모래밭 위의 미꾸라지'라고 할 만큼 분수처럼 치솟는 강인한 시어로 무장되어 있었던 그가 유배시인의 면모로 허무주의자가 되어 산에 미치게 된 것이다. 그러나 그의 산행은 구도의 길 찾기와 같은 고행이었다. 그 결과로 〈작은 산이 큰 산을 가린다〉, 〈지리산〉, 〈백두대간〉 같은 큰 성과를 건져 올렸다.

시를 떠나 산으로 갔다가, 산에서 새로운 자아와 희망을 찾고 다시 시로 돌아온 이성부. 그는 30년 가까이 전국의 크고 작은 산들을 거의 오르내리며 산 체험을 하였다. 그는 오랜 산행을 통해 무엇을 얻었는가. 그는 산행을 통해 역사와 자연의 숨결을 새롭게 발견했고, 구도의 길을 찾았다. 〈작은 산이 큰 산을 가린다〉는 산행을 통해 얻은 깨달음의 결과인 것이다. 그가 건강이 좋을 때는 하루 17시간 동안 걸어, 지리산을 당일에 종주하기도 했다. 지리산에서 진부령까지, 하루 이틀씩 토막산행을 이어가, 8년여 만에 남측 백두대간을 종주했다.

그의 〈무등산〉은 〈지리산〉과 〈백두대간〉으로 이어진다. 지금도 그의 산행은 멈출 줄을 모른다. 그렇게 좋아하는 술을 끊으면서도 산으로 향하는 발길만은 멈추지 않고 있다. 도대체 그가 산을 좋아하는 이유가 무엇인가. 그의 시에 그 대답이 있다.

내 책상에 꽂혀진 아직 안 읽은 책들을
한 권씩 뽑아 천천히 읽어가듯이
안 가본 산을 물어물어 찾아가 오르는 것은
어디 놀라운 풍경이 있는가 보고 싶어서가 아니라
(중략) 이렇게 낯선 적요 속으로 들어가 안기는 일이
나에게는 가슴 설레는 공부가 되기 때문이다.

이성부의 시 〈안 가본 산〉 중에서

"순태야, 나 지금 무등산에 와 있다."

얼마 전 이성부한테서 전화가 왔다. 나는 그의 전화를 받고
부리나케 자동차를 몰고 원효사 쪽으로 달렸다. 그날 우리들
은 김현승 시비 앞에서 만나 스승과 함께 했던 무채색 아름다
웠던 시간들을 수놓았다.

그리움은 뒤에서 온다

뚝심의 작가 한승원

　세상을 살아가는 동안 삶의 전환점을 제시해주는 사람을 만나는 것은 큰 행운이 아닐 수 없다. 살다 보면 삶의 변화에 결정적 계기를 만들어주는 사람과 운명적으로 만나게 마련이다. 한승원은 분명 내 인생의 길을 바꾸게 한 사람이다. 내가 그를 만나지 못했더라면 나는 소설가가 아닌 시인이 되었을 것이다.

　내가 한승원을 처음 만난 것은 고등학교 졸업을 한 달 남짓 앞둔, 60년 1월이었으니 올해로 꼭 51년이 된다. 우리는 전남 매일신문 전신인 농촌중보(발행인은 소설가인 김유택의 부친이시고 황지우 시인의 장인이신 김일로 선생) 신춘문예 시상식장에서 처음 만났다. 나는 소설에 당선되었고 한승원은 수필이 당선되었다. 지방지라고는 해도 고등학생이 신춘문예에 당선된 것은 그리 흔하지 않은 일이었다.

　시상식장에서 만난 한승원의 모습을 나는 잊을 수가 없다. 장흥 대덕 갯가에서 시상식에 참석하기 위해 한껏 멋을 부리고 온 그의 모습은 참으로 가관이었다. 고등학교 졸업반인 그가 낡고 헐렁한 세루양복에 운두가 높은 짙은 갈색 중절모를 비뚜름하게 눌러 쓰고 경중거리며 시상식장에 나타난 것이었다. 나는 본인 대신 형님이 참석한 것으로 알았다. 게다가 그는 갯가 출신답지 않게 경중하게 큰 키에 얼굴은 백면서생처

럼 창백했다.

　그날 우리는 시상식장에서 간단히 인사를 했고 최승호 씨(광주일보 전사장)와 함께 몇 마디 대화를 나누었다. 그 무렵 나는 전남일보(광주일보 전신) 신춘문예 시부분에 가명으로 입선된 바 있었고 '학원' 등에 시를 자주 발표해오던 터라 한승원 앞에서 약간 건방을 떨었던 것 같다.

　그해에 한승원은 서라벌예술대에 나는 전남대 철학과에 각각 진학했으며 우리는 한동안 만나지 못했다. 10년이 지난 70년에야 그를 다시 만났다. 10년 만에 그는 어엿한 작가가 되어 내 앞에 나타난 것이다. 나는 65년도에 현대문학에 김현승선생님으로부터 시 추천을 받았으나 시 창작을 포기하다시피 한 상태였지만 한승원은 68년 대한일보 신춘문예에 소설 〈목선〉이 당선되어 한창 활발한 활동을 하고 있었다.

　그가 신춘문예 당선과 함께 광주에 있는 춘태여고 국어교사로 부임한 후부터 우리는 자연스럽게 만났다. 그 무렵 나는 시 쓰는 것을 중단한 채 전남매일 기자로 일하고 있었다. 한승원은 거의 날마다 수업이 끝나는 대로 일과처럼 신문사로 나를 찾아왔고 우리는 대포집에서 술을 마셨다. 문학을 포기하다시피한 나는 한승원에게 기자생활을 통해 경험한 내용들을 열을 올려가며 이야기해 주었고 한승원은 그런 내게 그 이야기를 소재로 직접 소설을 써보라고 한사코 쏘삭거려댔다.

　74년 잠시 독일에 갔다 온 나는 결국 한승원의 충동질에 못

146

이겨 소설을 쓰기로 결심했다. 잔뜩 몽글린 끝에 〈오, 상여울음〉이라는 단편소설을 써서 그에게 보였더니 대뜸 한다는 소리가 이야기의 얼거리는 대충 됐는데 문장이 너무 건조하다고 했다. 오랫동안 신문기사 문체에 익숙해있던 터라 문장이 드라이하다는 말을 들을 수밖에 없는 노릇이었다. 나는 어떻게 하면 드라이하지 않고 쫀득거리는 문장을 만들 수 있을까 고민하다가 부사와 형용사를 동원하여 작품을 손질했다. 그러자 이번에는 너무 끈적거린다며 쓸 데 없는 형용사나 부사를 들어내라는 것이었다. 다시 고쳐서 '한국문학' 신인상에 투고했더니 최종결선에서 떨어지고 말았다. 그리고 두 번째 작품 〈백제의 미소〉가 당선되었다. 그 후 한승원을 통해 그의 친구 이문구 선생을 알게 되었고 김동리 선생님을 찾아뵈었다. 그러니까 내가 시인에서 소설가로 변신하는 데 결정적인 도움을 준 친구가 한승원이고 그를 통해 중앙의 소설가들과도 인연을 맺게 된 것이다.

또한 한승원은 내 소설세계에도 적지 않은 영향을 주었음을 솔직히 고백한다. '한국문학'지에 등단한 후 나는 한동안 〈청소부〉, 〈여름공원〉 등 '창비'에 사회성이 강한 소설을 발표했다. 그 무렵 나는 문학은 역사의 칼이어야 한다는 생각을 하고 있었고, 소설은 사회를 반영하는 소극적 입장이 아니라, 사회를 형성해 나간다는 적극적이고도 도전적인 생각에 매몰되어 있었다. 소설을 통해서 사회를 변혁시켜야 한다는 입장이었다.

77년 가을 한승원과 나는 금남로를 걸으면서 소설 이야기를 했다. 그해에 '창비'에서 두 사람의 창작집이 나왔다. 한승원의 〈앞산도 첩첩하고〉가 6월에, 나의 〈고향으로 가는 바람〉이 10월에 나와 많은 관심을 모았다. 금남로를 걸으면서 그는 나에게 소설 미학에 대해 이야기했고 나는 그에게 문학은 역사의 칼이어야 한다는 것을 강조했다.

"문학은 인간의 가장 진실한 목소리라야 한다고 생각하네. 빼앗기고 짓밟히고 억눌림을 당하고 죽어가는 사람이 외칠 수 있는 가장 절실한 소리가 무엇이겠는가."

"어이 순태, 내 생각은 다르네. 물론 진실한 목소리도 중요하지. 허나, 억울하게 죽어가는 사람의 눈에 비친 하늘의 신비함이나 한 떨기 아름다운 꽃의 색깔을 놓치지 않은 것이 바로 문학이라고 생각하네."

한승원의 그 말이 전율처럼 나를 쥐흔들어댔다. 내가 생각해왔던 소설에 대한 나름대로의 생각들이 마구 뒤틀렸다. 양계초며, 헤겔, 루카치, 고르키의 소설 이론들이 뒤죽박죽이 되어버렸다.

그날 이후 나는 소설미학이라는 것에 대해 다시 생각하게 되었다. 〈징소리〉 연작을 쓰는 동안에도 나는 한승원의 그 말들을 잊지 않으려고 노력했다. 결국 그 때 한승원과의 대화를 통해 나는 좋은 소설이란 사회, 역사, 심리학, 미학, 종교 등 여러 개의 과일을 한 부대 속에 넣어 짜낸 총체적인 고통의 즙이

그리움은 뒤에서 온다

라는 것을 깨닫게 된 것이다.

86년이었던가. 한국소설문학을 좌지우지한다는 어느 유명한 평론가가 신문에 "한승원과 문순태는 이란성 쌍생아"라는 표현을 썼다. 그 글을 읽은 한승원이 내 앞에서 매우 불쾌한 표정으로 그 평론가의 표현에 불만을 토로했다. 나는 약간 머쓱한 기분이 되어 아무 말도 못했다. 부끄러운 생각이 들었다. 그 때 나는 솔직히 내 나름대로 은근히 '한승원 따라잡기'를 시도했었는지 모른다. 그 때, 이래서는 안 되겠다는 결심을 했던 것도 사실이다.

나는 한승원이 부럽다. 지치지 않고 소설을 쓰는 불기둥 같은 뚝심 앞에 머리가 숙여진다. 소설을 자기 자신의 생명보다 더 사랑하는 그의 작가적인 치열성을 부러워하지 않을 수가 없다. 그가 광주에서 교직을 버리고 서울로 떠날 때까지만 해도 그를 비웃던 사람도 있었다. 그러나 서울로 올라간 그는 작가로서 탄탄한 일가를 이루었다. 그러나 나는 우물 안 개구리처럼 광주에 머물고 비굴하게 신문사와 학교를 옮겨 다니면서, 지겹도록 거추장스러운 세속적인 삶의 허물을 벗어 던지지 못하고 있었다.

"어느덧 우리가 하구(河口)에 다달았네."

화갑을 맞아 문학선집을 내고 나서 그가 한 말이다. 그의 말마따나 어느덧 우리는 길고 지루한 항해를 끝내고 잠시 닻을 내리기 위해 낯설지 않은 하구에 와 있는 것인지도 모른다. 그

러나 한승원의 항해는 결코 끝나지 않을 것이다. 그는 미지의 소설 바다를 향해 스무 살 나이에 중절모자 눌러쓴 약간 촌스럽고 설 늙은 듯한 소년의 모습으로 다시 떠날 것이다. 그는 소설을 위해서라면 언제나 새로운 항해를 준비하며 사는 사람이다. 낡고 헐렁한 세루양복 대신 개량한복 차림의 그는 여전히 청년 모습 그대로이다.

그리움은 뒤에서 온다

아름다운 사람 황풍년

황풍년을 보면 가난한 선비의 조붓한 마당 귀퉁이에 심어놓은 청죽이 생각난다. 갈쭉한 키에 허허하게 속이 빈 듯하면서도 올곧고 짙푸른 심성이 참으로 아름답다. 황풍년의 글을 읽고 나면 단맛, 쓴맛, 신맛, 매운맛, 짠맛 등 오만 가지 맛을 다 아우르는 된장 맛을 느낀다. 종갓집 장 담그듯 오래오래 발효시켜 천천히 걸러낸 그의 글은 쿰쿰하면서도 짭조름한 맛이 재미가 있다. 아름다운 사람은 그가 쓴 글도 향기롭다. 여린 듯 강하고 날카로운 듯 부드러운 사람. 옹골차게 지역 언론인의 꿈을 펼치는 일을 보람으로 알고 줏대를 지키며 짱짱하게 살아가는 사랑하는 후배 황풍년. 나는 황풍년의 글을 통해서 그가 어떤 생각, 어떤 꿈을 꾸면서 살고 있는지 짐작할 수 있다. 그의 생각은 한갓진 고향 마을 후미진 고샅에 켜켜이 쌓여 있는 슬프도록 아름다운 기억들과 사라져버린 것들에 대한 그리움에 흠씬 젖어있는가 하면, 사랑과 평화가 강물처럼 도도하게 흐르는, 아름다운 공동체 사회를 꿈꾸고 있다는 것을 알 수가 있다.

22 년 전, 우리는 전남일보 창간 멤버로 만났다. 처음 본 그는 담박(澹泊)하고 웅숭깊은 젊은이면서도 성격이 꼬장꼬장해

서 함부로 대하기가 어려웠다. 겉으로 보기에는 창백한 샌님처럼 물렁해 보인 것 같으나, 기사를 쓸 때는 마음속에 날카로운 정의의 칼을 품고 있다는 것을 알 수가 있었다. 그가 쓴 기사는 뾰족뾰족하지도, 그럴싸한 치장도 없었지만 씹히는 뒷맛이 있었다. 솔직히 그 때 나는 그가 조금은 거친 듯 사납고 드센 기자가 되기를 바랐다.

그로부터 몇 년 후, 나는 〈전라도닷컴〉을 받아보고 놀랐다. '황풍년 다운' 잡지의 색깔이 마음을 확 끌어당겼다. 오랜만에 잡지에서 전라도 사람의 체취를 느낄 수가 있었다. 그 후, 매달 〈전라도닷컴〉을 받아들면 맨 먼저 황풍년이 쓴 머리글부터 읽었다. 묘한 흡인력에 자꾸 글 속으로 빨려 들어갔다. 오랫동안 잊고 살아왔던 고향친구의 깨소금 같은 이야기를 듣고 있는 것처럼 아련한 그리움에 사로잡히면서, 가시에 찔린 듯 가슴 밑바닥이 아릿아릿 저려왔다.

"어이, 풍년이, 자네 소설 써야겄드만. 자네 글 읽어본께 소설 잘 쓰겄어."

언젠가 그를 만나 뚜벅 한마디 던지고 냉큼 그의 표정을 살폈다. 그것은 내 진심이면서도 바람이기도 했다. 세상과 사람과 사물을 보는 그의 넉넉하면서도 따뜻한 시각이 마음에 들었고 생각을 토렴하여 걸러내는 말솜씨의 범연(泛然)함이 나를 감동시켰다. 그는 예의 그 황소 여물 먹을 때 웃음처럼 씨익 웃었다.

그리움은 뒤에서 온다

"주필님, 실은 저도 옛날에 소설가가 되고 싶었는디…."

그는 미적거리면서 말끝을 흐렸다. 그러면 그렇지. 그의 섬세하고 나긋나긋한 문장력이나 구수한 입담이며 토박이말에 대한 깊은 사랑을 접하게 되면서부터 그가 언젠가 소설을 쓰게 될지 모른다는 생각을 했었다.

그런데, 사랑하는 후배 황풍년이 이번에 그의 야무진 생각과 꿈을 한데 모아 책을 펴냈다. 〈전라도닷컴〉 통권 100호 발행에 맞춰 100편의 글을 모아 〈벼꽃 피는 마을은 아름답다〉라는 제목으로 한 다발 묶었다고 한다. 그는 "우리가 진정 사랑해야 할 소중한 사람과 삶, 오래된 지역의 문화와 아이들의 미래를 향한 생각거리를 나눌 수 있을지도 모른다는 막연한 기대감"으로 이 책을 낸다고 했다.

황풍년이 한껏 머리 숙이고 세상에 내놓은 이 책의 내용은 향기 나는 사람들의 잔잔한 삶의 이야기에서부터 고향, 사회, 교육, 지역문화, 정치 등에 대해 다양한 목소리를 내고 있다. 그런가 하면 슬픈 유년시절의 기억을 더듬고 어머니에 대한 애틋한 연민과 그리움의 실꾸리를 촉촉이 젖은 목소리로 풀어내기도 했다. 〈아버지의 빛나던 흰색은…〉에서 아버지의 사진에 대한 이야기는 가슴을 뭉클하게 했다.

〈옛 사진을 큼지막하게 복원해 액자에 넣어 어머니께 드렸다. 그러나 한참이 지나도록 고향집 어디에도 액자는 걸리

지 않았다. 어느 날 누나가 나지막이 얼러준 까닭은 이러했다. "엄마가 싫다더라. 돌아가신 아부지가 아니라 꼭 니를 본 것 같다고…."〉

또한 지역축제에 대해서도 그는 〈대중에 영합하자니 지역도 전통도, 마침내 문화도 없는 먹거리 장터 혹은 노래방이 되곤 하는 것이다.〉고 따끔하게 일침을 가하고 있다. 그런가 하면 개발이라는 미명 아래 자연 그대로의 아름다운 환경과 고향이 능지처참 당하듯 피 흘리며 훼손당하는 모습에 대해 울분을 토하기도 한다.

〈도시와 그 주변을 헤집던 삽자루와 농촌 곳곳에 꽂히고 있다. 고삐 풀린 욕망은 산과 강, 들과 갯벌을 망치고, 노인들은 주름진 이마에 띠를 두르고 서툰 구호를 외치는 지경이다. 마을을 두 동강내는 도로공사, 온 동네를 송두리째 수장하는 댐공사, 너른 갯벌을 메워버린 간척사업도 날벼락이었다.〉

그러면서 그는 '내 놀던 옛 동산' 다 스러지기 전에 애면글면 우리를 길러준 어머니의 땅을 돌아보자고 힘주어 말한다.

꼬장꼬장하고 줏대가 세어 죽어도 비뚤어진 세상을 그대로 보아 넘기지 못하는 그는 오늘날의 정치현실에 대해서도 결코 외면하지 않는다.

〈천안함사태, 생때같은 장병들의 희생에 대한 책임을 '영웅만들기'로 비켜가더니, 이젠 고개를 들며 당당하게 '당했다'란다. 저 잘난, 별 하나 키우는 데 들어간 국민들의 혈세가 얼마

그리움은 뒤에서 온다

인데… 오죽하면 도올 김용옥 선생은 "구역질나는 천안함 발표는 웃기는 개그"라 통탄했을까.〉

이처럼 황풍년의 글은 가슴 저미듯 먹먹한 슬픔이 배어 있는가 하면 봄볕처럼 따사롭고 호비칼로 훅 도려내는 듯한 아픔과 도끼로 무섭게 내리찍는 통쾌함이 있다. 그래서 이 책을 읽고 나면 전라도 사람들의 생각과 점액질 삶의 빛깔뿐만 아니라, 슬픔과 보람, 내일의 희망이 무엇인가를 단박에 알아차릴 수가 있다.

허나, 황풍년이 깜냥에 〈전라도닷컴〉을 버겁지만 잘 꾸려가고 감칠맛 나게 글을 쓰는 모양이 오달지기는 해도, 마음 한 구석에는 애잔하고 안타까움이 앙금처럼 쌓여간다. 언론의 꿈을 옹골차게 펼치는 것도 좋지만, 척박하고 비정한 이 풍토에서 그의 열정과 에너지가 자칫 헛되이 소진되지나 않을까 걱정이다. 이제는 남을 위하여 좋은 일을 하려는 공덕심에서 한 발짝 물러서서, 지금까지의 세상 경험을 대패질하듯 다듬어 젊었을 적에 간직했던 은밀한 꿈을 한번 멋지게 펼쳐봤으면 하는 바람이다. 나는 그가 아직도 꿈꾸고 있는 내용을 눈치 채고 있다. 지금까지 그의 적선이 결코 헛되지 않았으니, 이제부터라도 마음을 다잡고 공글린다면 무엇인들 얻지 못하겠는가. 암튼, 이 책을 계기로 '전라도 지킴이' 황풍년이 또 다른 모습으로 우뚝 서기를 기대한다.

영산강이 우는 소리

어렸을 때 나는 마을 어른들로부터 강이 운다는 말을 자주 들었다. 강이 어떻게 울지? 나는 어른들의 그 말에 반신반의하면서, 강이 우는 소리를 듣고 싶었다. 그러나 한번도 강이 우는 소리를 들을 수가 없었다. 그 후 어른이 되어 영산강을 소재로 대하소설 〈타오르는 강〉(전 7권. 86년 창비 발행)을 쓸 때, 몇 년 동안 영산포에 살다시피 하면서 강이 우는 소리를 듣기 위해 귀를 활짝 열고 강변을 서성댔다. 아침에도, 한밤중에도, 햇빛 쨍쨍한 여름날이나 눈 오는 겨울에도 강이 우는 소리를 듣기 위해 강변을 거닐었다. 강이 우는 소리를 듣기 전에는 소설을 완성할 수 없을 것 같은 초조함이 나를 휘감았다. 소설을 시작하고 나서 3년 동안 나는 강이 우는 소리를 듣지 못했다.

그러던 어느 여름, 사흘 동안 쉬지 않고 줄기차게 내린 비로 강물이 새끼내(소설의 무대가 된 영산강 줄기) 둑 위로 넘쳐 벼논을 깡그리 덮치고 말았다. 나는 어스름한 새벽 강둑에 서서 날이 새기를 기다렸다. 그리고 그 때 비로소 강이 우는 소리를 들을 수 있었다. 처음에 어둠 속에서 들려온 소리는 마치 늙은 사내의 흐느낌처럼 격렬하면서도 거칠었다. 그리고 날이 밝아오고 둑을 범람했던 물이 서서히 빠지자 한 맺힌 여인의 통곡 소리로, 하늘이 맑게 개고 해가 떠오른 후에는 갓난아기 울음

156

처럼 가냘프게 들렸다. 나는 그 때서야 강물이 우는 소리는 바로 사람의 울음소리라는 것을 깨달았다. 강을 터전으로 살아가는 사람들이 슬프고 고통스러울 때 강도 함께 운다는 것도 알았다. 강물은 강변에 사는 사람들의 기쁨과 슬픔을 안고 흐른다는 것도.

사람은 강과 더불어 살아가고 강은 사람의 애환을 안고 흐른다. 그래서 강과 사람은 서로 교섭한다. 그 교섭이 활발할 때 사람도 강도 건강하며 교섭이 끊길 때는 함께 병들게 된다. 그래서 강은 우리의 젖줄이기 전에 핏줄과 같다. 강의 흐름이 맑고 힘찰 때 사람 몸의 핏줄도 튼튼해서 피돌기가 원활하고 건강하다. 강의 생명력이 왕성해야 사람도 행복해질 수 있는 것이다. 그런데 오늘의 영산강은 병든 지 너무 오래되었다. 사람들이 강을 버리고 떠나면서부터 영산강 물이 썩기 시작했다. 내가 〈타오르는 강〉을 쓰기 위해 자료를 수집하고 현장취재를 했던 60년대 말까지만 해도 영산강은 위풍당당하게 살아 있었다. 영산포 포구에는 고깃배들이 드나들었고 구진나루에는 장어집들이 성시를 이루었다. 그 때까지만 해도 사람들은 강을 두려워했다. 산업화의 바람과 함께 사람들은 강을 무시했고 함부로 했다. 그 때부터 버림받은 강은 차츰 병들기 시작한 것이다.

지금도 나는 자주 영산강에 간다. 그리고 여전히 영산강이 우는 소리를 듣는다. 그러나 지금 듣는 울음소리는 30~40

년 전에 들었던 소리와는 다르다. 옛날에 들었던 영산강이 우는 소리는 분명 사람의 울음소리였는데, 지금 내가 듣는 소리는 전혀 사람의 소리가 아니다. 옛날에는 사람의 슬픔과 고통을 대신해서 울어주었는데 지금은 사람들과는 무관하게 스스로 울고 있는 것이다. 짐승이 고통을 참지 못하고 신음하고 울부짖는 것처럼 들린다. 그것은 죽어가는 마지막 비명과도 같다. 사람의 슬픔을 대변하는 것이 아니라 더 이상 스스로의 고통을 이겨내지 못하고 신음하는 영산강. 울음이 너무 처절하여 진저리가 쳐진다.

오랫동안 강의 고통을 잊고 있었던 사람들이 뒤늦게야 신음소리를 들었다. 버렸던 강을 되찾자는 목소리도 높아졌다. 죽어가고 있는 강이 살아야 사람도 건강하게 살 수 있다는 것을 뒤늦게나마 깨닫게 된 것이다. 어떻게 되살릴 것인가 하는 방법을 놓고 의견이 분분하다. 중요한 것은 강은 스스로 되살아날 수 있는 자정할 수 있는 힘을 갖고 있다는 것을 알아야 한다. 자칫 더 큰 상처를 낼 수도 있다. 우리가 할 수 있는 것은 강이 스스로 되살아날 수 있도록 여건을 마련해주는 일이다. 아, 두려우면서도 위풍당당하게 흐르던 옛날의 강이 그립다.

그리움은 뒤에서 온다

삶과 꿈이 흐르는 강

우리는 강에서 가장 원초적인 생명의 모습들과 만난다. 강은 흐름을 멈추지 않았다. 오랫동안 바다를 꿈꾸며 흘러왔다. 강은 땅과 사람, 생명을 가진 모든 것들과 자유롭게 교섭하고 어울리면서 흐른다. 혼자 흐르는 강은 생명을 잃어버린 것과 같다. 생명과 역사와 문화가 공존하는 세상, 강은 물속과 물밖의 것들과도 조화롭게 어울린다. 물속의 수초와 물고기, 물밖의 풀과 나무 등 여러 생물들과 더불어 거대한 〈강의 가족〉을 이루며, 영원한 생명력으로 흐른다. 강과 사람, 강과 땅, 강과 생명 있는 존재들과 끊임없이 접속하고 어울림을 통해 건강한 공생 관계를 유지한다. 그러므로 강은 관리의 대상이 아니라 교섭의 대상인 것이다.

인류문화는 강과 더불어 발전되었다. 세계 문명의 발상지가 모두 강을 중심에 두었다. 인간이 강을 중심으로 정착하면서 강과 인간의 교섭을 통해, 문명을 발달시켰고, 상생과 조화의 흐름이 시작되었다. 강은 인간이 살아가는 삶의 터전이 되면서 공생관계를 유지해온 것이다. 공생의 균형이 깨질 때, 강과 인간은 함께 생명력이 약화될 수밖에 없다. 강은 바로 인간이 살아가는 동안 생명과 힘의 원천이 되고 있기 때문이다. 인간의 몸속에 붉은 피가 흐르듯, 또한 인간의 몸속에는 푸른 강이

흐르고 있다. 강과 인간은 유기적 관계를 맺고 있는 것이다. 건강한 사람의 몸속에는 건강한 강이 흐르고 있다. 강이 병들면 사람도 병이 든다.

농경사회에서 강은 땅의 위대한 젖줄이었다. 그러나 산업사회에 와서 제조업을 위한 강의 효용이 커지는 반면, 훼손과 오염으로 유기적 관계에서 균형을 잃기 시작했다. 강은 인간과의 공생관계가 아닌 관리의 대상, 효용성과 극복의 대상이 되면서, 혼자 흐르는 강이 되었으며, 인간과 강이 동시에 병들기 시작했다.

전라도 사람의 몸속에는 영산강이 흐르고 있다. 우리에게 영산강이 있다는 것은 얼마나 큰 축복이며 행복한 일인가. 갠지스가 인도 사람들에게 '어머니의 강'이 되고 있듯, 영산강은 전라도 사람들에게 '희망의 강'인 것이다. 영산강은 전라도 사람들의 한과 희망을 안고 흐른다. 슬픔과 기쁨, 절망과 희망, 빛과 그림자를 동시에 안고 흐른다. 어둠과 고난의 역사가 있었는가 하면, 고통과 상처를 통해 도전과 의지를 배울 수 있었고, 미래의 빛나는 꿈을 안겨주기도 했다. 그래서 영산강은 꺾일 줄 모르는 전라도의 힘이 되고 있다. 그리고 그 힘은 영산강 물줄기에, 몸과 마음을 적시고 살아온 전라도 사람들의 삶을 굳건하게 지탱해 주었다. 영산강과 함께 흘러온 전라도의 恨은 좌절과 체념의 한숨이나, 패자의 넋두리가 아니라, 삶의

그리움은 뒤에서 온다

의지력이고 생명력이며 빛나는 희망이다.

영산강은 이 강을 끼고 살아온 사람들에게 소중한 삶의 터전이었다. 농사를 짓는 농민들 외에도 많은 사람들이 영산강에 삶의 둥지를 틀었다. 농토가 없는 가난한 사람들은 물고기를 잡아 생계를 꾸려갔다. 백제시대부터 양수척(揚水尺; 후삼국으로부터 고려시대에 걸쳐 일정한 거처가 없이 떠돌아다니거나 강변에 몰려 고리를 만들어 사는 고리백정)의 생활 근거지이기도 했다. 강변에는 농민들 외에도 백정이나 그릇을 굽는 옹기장이 등 천민들이 집단을 이루었다. 강변에 천민집단부락 부곡(部曲)이 많은 것도 이 때문이다. 또한 1886년 노비세습제가 풀려 자유의 몸이 된 수많은 노비들이 집단적으로 영산강에 몰려와 버려진 땅을 일구며 살기도 했다.

이렇듯 강변 사람들은 해마다 되풀이되는 홍수와 가뭄과 싸워야 했다. 영산강은 나주까지 조수가 밀려오는 감조하천(感潮河川)으로 바닷물 재해가 많았고 홍수 피해도 컸다. 이 지역 주민들은 바닷물과 홍수 때문에 폐농을 하기 일쑤였고 목숨까지도 잃는 경우가 많았다. 이들은 좌절하지 않고 둑을 쌓아 피해를 막으려고 노력했다. 생명의 원천이며 젖줄인 강물 때문에 살아갈 수 있었지만 때로는 목숨을 걸고 강물과 싸워야만 했다. 그러나, 강과 함께 살아온 이들은 영산강 때문에 절망하기보다는 인내와 도전과 용기로 희망을 안고 살았다. 그 희망은 강인한 힘이 되었다.

1976년 나주댐을 비롯하여 담양댐·장성댐이 완공되고 1981년 삼호면과 나불리 사이에 영산강 하구 둑을 막은 후부터 가뭄과 홍수, 염해로부터 벗어날 수 있게 되었다. 그러나 댐이 생겨서 농업근대화는 가져왔으나 많은 농민들이 고향을 잃고 도시빈민으로 전락했는가 하면, 차츰 강이 죽어가기 시작했다. 영산강 하구언을 막을 때 우리 지역에서 축제를 열었다는 것은 수치이며 참으로 슬픈 아이러니가 아닐 수 없다.

담양군 월산면 용흥리 병풍산 북쪽 계곡인 가마골 용소에서 발원한 영산강 물길은 인간이 만든 마을과 도시와 바둑판 같은 들판을 거쳐 서해로 흐른다. 장장 136.66km에 유역면적 3,371㎢다. 광주. 나주. 목포 3개시와 담양·장성·함평·무안·영암 등에 걸쳐, 광주·전남 총면적의 38%에 달하는 면적과 관계하고 있다. 3백리 호남벌을 관류하면서 나주평야, 송정일대의 서석평야, 학교평야를 적신다. 영산강 유역은 땅이 기름져 쌀농사 짓기에 적당하다. 영산강을 둘러싸고 펼쳐진 넓은 들판과 풍부한 수량, 따뜻한 기후 등 자연 지리적 조건은 이곳을 농경문화 중심지로 발달시켰다.

강은 강의 긴 세월만큼이나 다양한 인간들의 삶과 문화를 안고 있다. 자연이 만들어준 영산강 물굽이마다, 도시와 크고 작은 마을에 수많은 삶의 이야기들과 문화가 어우러져 있다. 이곳에는 선사시대부터 사람들이 살아왔다. 청동기시대의 지석묘군과 백제시대의 고분군이 이를 증명해주고 있다. 영산강

162

유역에는 청동기시대 고인돌 2만 여기가 집중 분포되어 있어 우리 고대 역사의 의문을 푸는 열쇠를 쥐고 있다. 특히 나주 반남 고분군의 대형 옹관무덤에서 부장품 등을 통해 6백 년 마한의 고유문화가 꽃피운 고장임이 확인되었다. 무덤에서 출토된 금동관은 마한 지배세력이 왕에 버금갈 정도로 성장했음을 보여주고 있다. 마한문화는 백제와는 다른 특성을 갖고 있다. 마한과 백제의 만남은 역사상 큰 의미를 지닌다. 강성한 세력을 확보하고 있었던 마한은 백제 근초고왕대에 와서야 백제로 흡수되었다.

또한 영산강은 다도해가 어우러져 고대부터 물길과 바닷길이 발달, 농경문화와 함께 해양문화가 꽃을 피웠다. 영산강과 다도해가 만나고 농경문화와 해양문화가 어우러진 복합적 문화권을 형성할 수 있었다. 이 뱃길로 불교가 들어왔다. 영산강은 바닷길을 통해 들어온 문화를 수용하는 관문 역할을 해왔다. 그런가 하면 영산강은 왕건이 후백제를 아우르는 과정에서 군사적 근거지가 되기도 했다. 나주를 비롯한 호족 및 해상세력이 고려건국에 기여를 한 것이다.

영산강이 관통하는 전라도는 역사 속에서 마한과 백제 멸망, 그리고 후백제 꿈의 좌절로 망국의 한이 서린 지역이기도 하다. 특히 백제 멸망 후로 신라의 탄압과 끊임없는 백제부흥운동과정에서 저항정신이 싹트기도 했다. 그리고 후백제 견훤의 출현 이후, 민초들은 새로운 미륵세상을 염원하였다. 운주

사 천불천탑은 새로운 세상에 대한 꿈과 열망이 컸던 지역 정서가 반영된 결과물이라고 할 수 있다.

또한 조선시대에는 중앙과 멀리 떨어진 관계로 지배층의 수탈이 극심하여 민란이 자주 일어나기도 했다. 특히 정여립 사건 이후 인재등용마저 차단되다시피 하여 정치적으로 소외와 함께 쇠락의 길로 접어들었다. 동학농민혁명은 수탈을 참고 또 참아왔던 농민들이 끝내 생존을 위해 지배세력에 대한 항거였던 것이다. 영산강 지역은 동학농민혁명의 최후 보루였다. 지배세력의 핍탈에 이어 일제강점기 동안 영산강은 일제에 의한 수탈의 통로가 되었다. 1897년 목포 개항 이후, 일제는 영산강을 통해 호남평야에서 생산되는 쌀과 면화 등 농산물을 대량 본토로 실어갔다. 이 과정에서 목포항에서는 부두근로자들의 쟁의가 잇달았다. 특히 일제는 영산강 유역의 기름진 땅을 무제한으로 차지하여 지주가 되었고 땅을 잃은 농민들을 소작인으로 전락하고 말았다. 일제 강점기에 일어난 나주 '궁삼면(宮三面) 농민운동' 사건은 소작인으로 전락한 농민들의 대표적인 농민투쟁이다. 동양척식회사는 나주 왕곡면 등 3개면 농민들이 흉년으로 세금을 내지 못하여 궁토로 흡수된 토지를 모두 매입하였다. 이에 토지를 빼앗긴 농민들의 피나는 투쟁이 시작되었다. 나는 이 과정을 〈타오르는 강〉(1987년 창비, 전7권)이라는 소설로 형상화했다. 1886년 노비 세습제가 풀리자 이 지역의 많은 노비들은 영산강변으로 몰려, 제방을 쌓고 홍

수로 버려진 땅을 일구어 삶의 터전으로 만들었는데, 이 땅이 모두 동척 소유가 되자, 일제에 항거하여 투쟁에 나섰다. 이처럼 영산강 지역 농민들의 식민지 수탈에 항거해온 민족 민중 정신은 의병전쟁과 광주학생독립운동의 씨앗이 되었고 5·18 광주항쟁으로 이어진다. 한편 영산강은 전라도 개화의 통로였고 근대 변혁의 물살 역할을 해오기도 했다.

이 같은 새로운 세상을 꿈꾸는 민중 지향적 정서는 정치적 탄압과 소외 속에서도 찬란한 영산강 문화를 꽃피웠다. 소외당하고 빼앗기고 짓밟힘을 당해온 민초들의 점액질 한은 판소리로 표출되었고 선비들의 은일과 서정은 가사문학과 서화를 발전시켰다. 영산강을 소재로 많은 문학작품도 창작되었다. 조선시대 최고의 풍류시인 임제의 시작품을 비롯하여 일제 강점기 영산강 지역 농민들의 고단한 삶을 그린 박화성의 〈한귀〉, 〈홍수전야〉, 오유권의 〈방앗골 혁명〉, 저의 졸작인 〈타오르는 강〉 외에, 허연·승지행·김해성·나해철·이상문 등 영산강 주변에서 태어난 문인들이 영산강을 소재로 많은 작품을 남겼다.

영산강은 고대부터 한반도 내륙과 연안을 잇는 교통로로, 중국·일본과의 교류 관문이기도 했습다. 고려 때까지만 해도 영산포에는 조창(漕倉)이 있어, 전라도 지역에서 거두어들인 세곡들을 뱃길을 이용 경창(京倉)으로 옮겨갔다. 영산강 주운은 하구에서 74km 상류에 위치한 광주 광산구 서창까지 가능했다. 가항종점 영산포에는 8·15 직후까지만 해도 20~30톤급

어선이 40~50여 척이 정박해 있어 성시를 이루었다. 1960년대까지만 해도 목포에서 영산포까지 뱃길 48km 뱃길 운항이 비교적 활발했다. 이때는 백하와 황석어 등 해산물을 실은 배들이 들어와 나주평야의 쌀을 실어갔다. 영산포를 근거지로 해운수송이 활발했으며 나주·영암·무안·신안 사람들이 영산포와 연결된 뱃길을 이용하여 장사를 했다. 영산강 뱃길이 가장 활발했던 시기는 1897년 목포 개항과 1912년 국도 1호선 개통, 1913년 호남선 개통 후부터다.

그러나 철도와 자동차도로가 개통되면서 점차 뱃길이 한산해졌다. 뱃길이 끊기면서 나루가 없어졌고 강과 사람의 교섭이 멀어지기 시작했다. 1977년 전후로 목포 영산포간 배의 왕래가 끊겼다. 뱃길이 끊기고 다양한 교통수단의 등장과 함께 다리가 놓여져 강의 이쪽과 저쪽의 교통이 원활해지면서부터 나루터가 제 기능을 상실했다. 이와 함께 나루터 장시의 경제가 쇠퇴하고 강과 인간의 교섭이 단절되고 말았다. 뱃길이 활발했을 때 목포와 영산포 사이에는 5~10리마다 크고 작은 나루 40여 개가 있었다. 그중 중요한 나루는 주룡·청호·몽탄·자구리·뒤구지·북석포·신설포·사포·고문진·중촌포·석관정·사암·재창·터진목·서촌·동말·구진포·영산포·동구나루 등이다. 이들 나루는 70년대까지만 해도 명맥을 이어왔으나 지금은 거의 흔적조차 찾을 수 없다.

영산강과 사람의 교섭을 되살리기 위해서는 나루의 기능을

그리움은 뒤에서 온다

회복할 필요가 있다. 뱃길이 복원된다면 나루터 문화의 복원과 경제적 기능을 회복하여 사람들을 강으로 불러들여야 한다. 그러기 위해서는 영산강 유역권에 속한 지역의 5일장을 강변으로 이전하고 이미 폐쇄된 5일장도 살려야 한다. 이와 함께 인접지역 자치단체의 문화시설도 강변으로 옮겨 둔치를 최대한 활용할 필요가 있다.

지금 우리는 영산강을 살리기 위한 작업을 시작하고 있다. 그러나 영산강 개발은 물속과 물 밖을 동시에 살리는 일이 되어야 한다. 영산강을 이대로 방치해둔다면 이 시대를 살아가는 우리 모두가 씻을 수 없는 과오를 범하게 되는 것이다. 영산강이 이렇게 된 것은 우리 책임이다. 영산강을 살리는 일은 정치나 경제논리로 풀어서는 안 된다. 역사와 문화로 풀어야 한다. 문화의 힘은 정치와 경제를 아우를 수 있고 시공을 초월해서 가장 강력한 설득력을 갖고 있기 때문이다.

영산강에는 마한·백제·고려문화의 유산이 많고 동학·농민운동의 역사적 현장이며 개화문물의 유입로이자 일제강점기에는 수탈의 통로가 되기도 했다. 그런가 하면 문학유산도 풍부하다. 지금 전국에서 영산강문학 현장을 답사하기 위해 발길이 이어지고 있는데도 표지판 하나 없다. 뱃길관광이 무형적 자산이라면 문화유산은 그 실체를 보여줄 수가 있지 않겠는가.

얼마 전 우리나라에 팀 보울러 작 〈리버 보이〉라는 소설이

소개되었다. 흘러가는 강과 인간의 삶을 이야기한 소설이다. 강이 바다로 흘러가기 위해 겪는 여정을 인간의 삶에 적절히 대입시켜 인간과 강을 하나로 엮어가고 있다. 강이 흘러가는 과정을 인간의 삶에 비유하고 있는 것이다. 이 소설에서 인상적인 대화가 있다. "아름답지 않은 것은 죽음이 아니라, 죽어가는 과정이다."라는 말이다.

강의 흐름과 인간의 삶은 닮아 있는 것 같다. 강이 흐름을 멈추지 않듯 인간도 생과 사의 사이클이 끝없이 진행된다. 우리가 죽은 다음 우리 후손들은 영산강과 함께 흐를 것이다. 그런데 지금 영산강은 죽어가는 과정이기에 결코 아름답다고 할 수가 없다. 나는 지금 영산강변에 아름다운 숲과 꽃길, 음악당과 미술관, 문학관이 들어서고, 강변에서 영화를 볼 수 있는 날을 상상해본다. 가족들과 함께 강변을 거닐고 장을 보고 미술전을 구경하고 음악과 시낭송을 감상하는 장면을 떠올려보기도 한다. 전라도에 영산강 르네상스가 꽃피우는 시절을 생각한다. 꿈이 현실이 되기 위해서, 사람의 입장에서 영산강을 보지 말고, 한번쯤 강이 되어서 영산강을 생각해볼 필요가 있다. 강이 되어 영산강을 본다면 엄숙해지고 경건해지고 사랑스러워질 것이 아니겠는가. 우리가 강의 입장이라면 사람에게 무엇을 원할까. 사람이 강을 보호하는 것일까, 강이 사람을 보호하는 것일까.

이제부터는 영산강의 인문학적 가치와 비전을 말할 때이다.

이 시대의 중심적 화두는 강을 통하여 삶의 가치를 인식하고 배우는 일이다. 노령산맥이 전라도의 등뼈라면 영산강은 핏줄이며 강 주변의 숲들은 폐이고 바람은 숨결이다. 전라도의 핏줄인 영산강이 건강하게 흐를 때 우리의 삶도 행복할 수 있다. 이제 강의 흐름에서 느리게 사는 법을 깨달을 때이다. 삶과 사랑과 꿈과 그리움이 흐르는 영산강을 꿈꾸는 것은 불가능한 일일까. 강과 인간이 조화와 균형을 이루기 위한 노력이 곧 우리의 희망이며 평화가 아니겠는가.

지방문단의 새 바람

광주의 한 후배소설가는 지방작가는 마치 야구장 없는 도시의 야구선수와 같다고 했다. 또 다른 작가는 자신을 원시적 농경법으로 살아가는 화전민에 비유하기도 했다. 야구선수에게 야구장과 관중이 필요하고 농사꾼에게는 넓고 기름진 땅이 있어야 하듯 작가에게는 발표 지면과 책을 내줄 출판사가 필요하다. 문학에는 작가와 발표 문예지, 출판사라는 3박자가 맞아 떨어져야 한다. 신춘문예나 이름 있는 문예지를 통해 화려하게 등단을 해놓고도 지면도 책을 내 줄 출판사도 없으니 아예 글쓰기를 포기해버린 작가들도 많다. 문단이나 잡지, 출판사가 권력화되고 있는 상황에서 서울에 올라가 틈새를 기웃거리는 것도 자존심 상하는 일이다. 그렇다고 회원이면 누구나 발표되는 기관지 따위나, 문학을 취미로 하는 아마추어들이 판을 치고 원고료 한 푼도 없는 저급한 지방문예지에 작품을 발표할 수는 없는 것이다. 문학에서조차 서울과 지방 사이에 양극화가 엄존하고 있다는 현실이 안타깝다.

그런데 최근 부산과 광주에서는 스스로 활로 찾기를 하고 있다. 부산 소설가협회가 소설 전문지 〈좋은 소설〉(주간 남송우)을 창간하고 젊은 평론가들이 〈해석과 판단〉의 모임이나, 광주에서 종합문예지 〈문학들〉을 낸 것도 지방문단의 홀로서

그리움은 뒤에서 온다

기의 좋은 예다. 아름다운 도전이다. 광주 소설가협회 회원인 나는 부산 소설가협회로부터 원고청탁을 받고 의외로 생각했다. 남송우 주간의 설명을 듣고 나서야 흔쾌하게 승낙했다. 영남문단과 호남문단의 교류라는 의미가 크다고 생각하고 가급적이면 전라도 냄새가 물씬 풍기는 작품을 쓰기로 했다. 〈좋은 소설〉은 기관지 성격에서 벗어나, 부산 작가 외에 타지역 작가 작품도 수록하여 전체 한국문단과 교류를 꾀하겠다는 것이다. 또한 〈해석과 판단〉은 부산지역 대학에서 강의를 하고 있거나 박사과정에 있는 젊은 비평가들 모임이다. 등단 여부와 무관하게 한데 어울려, 다양한 시각으로 기존의 평단이 건드리지 못한 문제를 과감하게 비평하고 있다고 한다.

광주에서 발간되는 계간 종합문예지 〈문학들〉(주간 고재종) 역시 지역문인들과 타지역 문인 작품을 고르게 안배하여, 지방문예지 성격에서 벗어나고 있다. 2005년에 창간한 이 잡지는 작가들의 작품발표와 다양한 담론 소통의 장으로써 한국 문단의 대표적인 문예잡지로 만들겠다는 포부를 다지고 있다. 〈문학들〉이 짧은 기간에 성공한 것은 편집회의를 거쳐 원고 청탁제를 시행하고 철저하게 작품을 걸러내는 과정을 거쳐 수록하고 있기 때문이다.

이처럼 지방문단의 활성화를 위해 문학인 스스로 자구책을 강구하는 모습은 처절하면서도 아름답다. 지역문단을 위해서는 지역문인들 스스로가 각성하지 않으면 안 된다. 아마추어

리즘에서 벗어나 프로정신으로 무장해야 한다. 부산의 〈좋은 소설〉이나 광주의 〈문학들〉도 작품으로 승부를 내겠다는 프로의식이 강하다는 점에서 긍정적으로 받아들여진다. 프로의식이 강한 문인들이 좋은 출판사를 만날 수 있다면 더 바랄 것이 없다.

또한 지방문인들은 지방 독자를 적극적으로 끌어안은 것도 중요하다. 자기지역의 독자조차 확보하지 못한다면 문제가 있다. 광주지역에서는 한승원(소설가), 송수권(시인), 문순태(소설가) 등이 고향에 작업실을 마련, 창작을 하면서 제자들을 양성하고 작업실을 공개하여 독자들과 만나는 시간을 갖고 있다. 지역문학을 살리기 위해 척박한 토양에 씨를 뿌리는 문학운동으로 신선한 파장을 일으키고 있다.

상처를 넘어 희망으로

– 광주 민주화운동 30주년에 –

5월의 신록이 눈부신 세상, 광주의 하늘은 아직 암울하기만 하다. 30년이 지나도 그 상처가 아물지 않았기 때문일까. 눈부신 햇살마저도 부옇게 날리는 송화 가루에 가려 무겁게 가라앉은 기분이다. 5·18 광주민주화운동 30주년을 맞는 광주 사람들은 아직 슬픈 기억들로 얼룩져 있다. 기쁨은 곧 잊혀지나 슬픔의 기억은 오랜 상처로 남기 때문일 것이다. 민주주의를 사랑하는 사람이라면 누구나 이 날을 가슴 저미게 기억해야 할 일이다. 이 땅에 사는 사람이라면 마땅히 5월의 넋들을 위해 목이 메도록 위로의 노래를 불러야 한다.

30주년 행사는 5월 항쟁의 의미와 상징성·역사성을 부각시키기 위해 전국적인 추모행사로 짜여져 있다. 항쟁의 역사를 전 국민에 알리기 위해 서울을 비롯하여 부산·대구·대전·울산 등 전국 주요 도시에서 기념행사를 치르기로 한 것이다. 또한 기념행사 외에 전국문학인대회, 상무대 영창, 법정체험, 포럼, 5·18역사기행 등 다채로운 문화행사도 함께 열린다. 이제는 5월 항쟁이 기억을 넘어 5·18 정신과 교훈을 우리 사회 전반에 내면화하고 5·18의 민주적 가치가 우리의 삶 속에 깊이 스며들게 하기 위한 것이다. 과거 5·18 기념행사가 반민주 독

재에 맞서 싸운 5월 영령들의 넋을 추모하는 내용이었다면, 30주년에는 전국에서 정신계승, 문화예술, 학교 교육, 국제, 타지역 연대 등에 중점을 두었다.

30주년을 맞아, 우리는 무엇을 반성하고 무엇을 계승해야 할 것인가. 안타까운 것은 5월 정신이 갈수록 퇴색해가는 것 같고 행사주체도 시민참여를 이끌어내 광주의 대동정신을 살려내지 못했다는 점이다. 5·18을 주도하고 독점하려는 과정에서 분열과 갈등을 낳기도 했다. 특히 전남도청 별관의 보존과 철거 논란으로 1년 넘게 극심한 갈등을 보였다. 부분보존이라는 합의점을 찾기까지 불거진 갈등과 혼란은 지역사회에 큰 상처를 남겼다.

물론 30년 동안 광주의 색깔이 많이 달라졌다. 투쟁적인 민주역량을 창조적 에너지로 바꾸어 5월 정신을 예술적으로 순화하자는 노력과 함께, 광주비엔날레가 생겼고 아시아문화전당이 조성 중에 있으며 올해 광주 세계 광 엑스포가 열렸고 5년 후 유니버시아드 개최를 준비하고 있다. 광주는 지금 명실공히 아시아문화중심도시에 걸맞는 새로운 면모를 갖추어 나가고 있다. 그러나 화려하게 치장된 광주문화 색깔에 과연 5·18 정신이 접목되어 있는지는 따져봐야 한다. 무엇보다 다행인 것은 5·18이 한국 민주주의 상징을 넘어 세계적인 민주와 인권운동의 모델로 평가받고 있다는 것이다. 5·18은 아시아 민중의 의식을 깨우는 텍스트 역할을 하고 있는 것이다.

그리움은 뒤에서 온다

이렇듯 5월 항쟁에 대한 긍정적인 인식이 보편적으로 자리를 잡고 정치 사회적으로는 큰 의미를 부여받기는 했으나 여전히 전국화에는 아직 미흡하다. 그런가 하면 5·18에 대한 왜곡과 폄훼하려는 세력이 존재하는 것도 엄연한 현실이다. 미완의 과제들도 많다. 그동안의 진상규명 노력으로 5·18 관련 진실이 상당부분 밝혀졌고 사망자 163명, 행불자 166명, 부상자 3,139명으로 공식적으로 집계되었다. 그러나 최초 발포명령자와 암매장 장소 등 핵심적인 진상을 밝혀낼 수 있는 관련자료 공개가 이루어지지 않았다. 미완의 과제를 해결하기 위해서는 군 작전일지 및 5·18 군 자료와 검찰수사 자료들을 공개해야 한다.

　30주년을 맞은 5·18은 이제 사건이 아니라 역사이다. 정서적 시각을 극복하고 사회과학적으로 접근할 때가 되었다. 그러기 위해서는 5·18 당사자들도 당시의 상처로부터 벗어날 때가 되었다. 그리고 5·18 행사가 시민중심의 행사로 성숙하기 위해서는 정치·경제·사회·문화 등 각 분야 광범위한 단체들이 참여할 수 있도록 문호를 개방해야 한다.

　30주년을 계기로 5·18의 역사적 가치와 정신을 새롭게 환기시켜, 올해가 우리 사회의 통합과 화합의 원년이 되어야 할 것이다. 이제 5·18은 기억과 상처를 뛰어넘어 역사 속에서 새로운 희망이 되어야 한다.

〈화려한 휴가〉의 교훈

영화 〈화려한 휴가〉가 화제를 모으고 있다. 광주뿐만 아니라 다른 지역에서도 크게 관심을 모으고 있다고 한다. 5·18 광주항쟁을 소재로 한 영화라서 성공을 기대하지 않았다. 그러나 결과는 의외였다. 무엇 때문에 이 영화가 우리에게 새로운 충격과 감동으로 다가오는 것일까.

나는 이 영화를 보고 솟구치는 분노와 슬픔을 함께 느꼈다. "이 영화는 실제 사건을 극화한 것입니다."라는 자막이 올라갈 때부터 무엇인가 울컥 목울대에 뜨겁게 솟구치는 것이 있었다. 〈화려한 휴가〉는 27년 전의 아픈 기억을 충격적으로 환기시키기에 앞서, 우리에게 새로운 각오를 다짐하게 하였다. 광주 사람들에게 〈화려한 휴가〉는 단순히 영화가 아니라 살아남은 자로서의 역사적 책임을 묻게 하고 있는 것이다. 이 영화를 통해 5·18의 상처뿐만 아니라, 27년간 우리의 삶을 되돌아보고 무엇이 잘못인가를 반성케 하고 있다.

〈화려한 휴가〉는 지금까지 5·18을 소재로 만든 〈꽃잎〉이나 〈박하사탕〉이 준 느낌과는 전혀 다른 분위기로 다가왔다. 지금까지의 5·18 영화가 작품성에 비중을 두어 추상적이고 간접적 접근이었다면 〈화려한 휴가〉는 실체적 진실을 직접화법으로 그려졌기 때문에 훨씬 충격적이고 그 울림이 강하다.

176

5월 21일, 정오를 알리는 애국가 소리에 맞춰 계엄군의 총부리에서 시민들을 향해 실탄을 발사하는 장면에서는 비명을 지르고 싶을 만큼 전율을 느꼈다. 그리고 27일 도청에서의 마지막 밤, 새벽의 어둠을 찢는 듯한 가두방송의 애절한 목소리가 극장을 나온 후에까지도 오래도록 귓전에 맴돌았다.

"시민 여러분, 지금 계엄군이 광주 시내로 쳐들어오고 있습니다. 사랑하는 우리 형제자매들이 계엄군의 총칼에 숨져가고 있습니다. 우리 모두 계엄군과 끝까지 싸웁시다. 우리는 광주를 사수할 것입니다. 우리를 잊지 말아주십시오."

광주 사람들이라면 그날 새벽의 처절했던 그 목소리를 잊을 수가 없을 것이다.

〈화려한 휴가〉의 마지막 장면은 〈님을 위한 행진곡〉 노래가 장식하고 있다. 영화를 관람하던 관객들도 "앞서서 나가니 산 자여 따르라…"며 뭉클한 감동으로 이 노래를 함께 따라 불렀다. 영화가 끝나고 불이 켜지자 여기저기서 눈물을 훔쳤다. 그리고 너무 마음이 무겁게 가라앉아 한동안 자리에서 일어나지 못했다.

영화를 보고 난 나는 소년 시민군이 떠올랐다. 우리 집 옥상에서 밤새도록 깜깜한 하늘을 향해 총을 쏘아댔던, 겁이 많고 앳되어 보인 소년 시민군을 나는 잊을 수가 없다. 내가 옥상에 올라가서 잠 좀 자게 총을 그만 쏘라고 하자, 열대여섯 살쯤 되어 보이는 시민군은 "총이라도 쏴대야지 무서워서 견딜 수

가 없어요."라고 말했다. 나는 그에게 할 말이 없었다. 얼마나 두려웠으면 어둠을 향해 총을 쏘아댔을까 생각하니, 총을 쏘지 말라고 한 내 자신이 부끄러웠다. 27일 밤 소년은 손전등을 빌려달라고 했다. 살아나면 꼭 돌려주겠다던 그는 다시 오지 않았다. 힘겹게 총을 메고 어둠 속으로 사라진 소년군의 작은 모습을 나는 잊을 수가 없다. 그를 생각하면 가슴이 아프고 자신이 한 없이 부끄럽다. 〈화려한 휴가〉의 영화에서 나는 그 소년 시민군을 27년 만에 다시 볼 수가 있었다. 27년이 지났지만 그는 여전히 앳되고 겁 많아 보이는 소년으로 머물러 있었다.

〈화려한 휴가〉 영화 한 편이 5·18의 전국화에 엄청난 도움이 되고 있다. 이 영화가 갖고 있는 진실의 힘은 광주는 물론 서울, 경기, 경상도의 벽을 넘어 제주도까지 화제가 되고 있다. 뿐만 아니라 5·18 체험세대들에게는 27년 전에 겪었던 역사의 진정성을 다시 한번 일깨우게 하였고 미체험 세대들에게는 그날의 진실을 알려준 교육적 효과를 가져올 수 있게 되었다. 이 때문에 〈화려한 휴가〉 상영 이후 망월동 5·18묘지 참배객이 눈에 띄게 늘었다고 한다.

5·18 상처는 광주 사람들에게만 해당되는 것은 아니다. 민주주의를 갈망했던 이 땅의 모든 사람들에게 고통을 주었다. 특히 광주 인접지역인 화순 사람들에게 고통과 상처를 주었다. 이번 기회에 우리 지역 사람들은 이 영화를 통해 5·18의 아픈 기억을 다시 한번 환기시킬 필요가 있다. 아픈 역사는 결코 쉽

그리움은 뒤에서 온다

게 잊어서는 안 되기 때문이다. 역사의 상처를 딛고 일어서기 위해서는 그 상처를 우리 것으로 안아야 한다. 이 영화를 계기로 우리는 5·18 광주항쟁의 역사적 의미를 재인식하고 민주주의를 위해 숨져간 열사들 앞에 경건한 마음으로 옷깃을 여며야 한다. 영화를 감상하고 눈물 흘리는 것으로 끝나서는 안 된다.

광주문화 1번지 양림동

광주 양림동산에 새로운 문화의 뿌리를 내린 지 한 세기가 흘렀다. 나는 실로 오랜만에 그 흔적과 숨결을 더듬으며 옛길을 걸었다. 먼저 호남신학대학 캠퍼스에 있는 다형 김현승 선생 시비를 찾아, '선생님 저 왔습니다.' 하고 머리 숙여 인사했다. 커피 잔을 든 선생님의 사진을 보니, 불현듯 문학청년 시절 양림동 선생님의 자택에서 선생님이 손수 끓여주신 커피를 마시곤 했던 기억이 아릿아릿 되살아났다. 진한 커피향이 핏줄 속으로 스며드는 듯했다. 시비 옆에 있는 톰 브라운 카페 유리문을 열고 들어가서 무등산이 가장 잘 보이는 창 옆에 앉았다. 무등산은 가을날 한낮 윤기 자르르한 햇살 속에 엷은 회색빛으로 출렁였다. 톰 브라운 카페의 창가에서 바라보는 무등산은 특별한 정감으로 가슴을 흥건히 적신다. 온종일 눈이 시리도록 마주하고 앉아 도란도란 이야기하고 싶고 그 푸르고 넉넉한 품속으로 투신하고 싶어졌다. 양림동에 살았던 옛 사람들은 무슨 생각을 하며 무등산을 바라보았을까. 21세기에 살고 있는 우리들은 지금 무등산을 바라보며, 옛사람들이 남긴 흔적을 찾아 광주가 문화를 통해 쾌적하고 아름다운 나눔과 희망의 도시로 회생되기를 바라고 있다.

톰 브라운에서 98년부터 '양림동 역사문화마을 만들기'를 주

그리움은 뒤에서 온다

도해온 송인동 교수(호남신학대)를 만났다. 슬럼화되어 가고 있는 양림동 골목문화를 되살려 도심속 고향 만들기를 시작했다는 송 교수와 함께 함께 양림동산 숲길을 걷기로 했다. 이 숲길은 김현승 선생님이 양림동에 사실 때 산책을 즐기며 시심을 키웠던 곳이기도 하다. 다형 선생님은 이 숲을 '녹색의 장원'이라고 했고 지금은 '호랑가시나무 숲길'이라고도 부른다. 우리는 1908년 우월순 사택으로 썼고 20년대에 불에 타 다시 지은 고풍스런 2층 집을 지나, 4백 년쯤 된 호랑가시나무 쪽으로 내려갔다. 길은 폭우에 씻겨 울퉁불퉁 깊게 파였고 산죽 밭속의 오래된 팽나무며 호두나무, 단풍, 참나무들은 덩굴에 휘감겨 신음하고 있었다. 다시 배유지 기념교회에서 수피아학교 옆으로 어슷하게 선교사묘지 쪽으로 뻗은 숲길을 올라갔다. '역사문화마을 관광자원화사업' 조성공사가 한창 진행 중으로, 길 양쪽으로 오래된 나무들이 하늘을 가렸다. 나무들은 시간의 축적만큼이나 깊은 상념에 젖어 있는 듯했다. 도심에 이런 숲이 있다니 자랑스럽다. 제발, 시멘트를 사용하지 않고 흙냄새 물씬 풍기는 오솔길이 되었으면 싶다.

숲에서 나와 꽃무릇 군락지를 둘러보고 양림 5거리로 나왔다. 내가 살았던 70년대 초까지만 해도 5거리는 양림동에서 가장 번화한 중심지였다. 어린이날 아이들에게 자장면을 사주려면 5거리까지 나와야만 했다. 그런데 지금은 5거리 커브에 낡은 2층집도 없어져 옛날 모습을 찾아보기가 어렵다. 5거리에서 다시 옛 숭일학교 담장 뒤로 정율성 거리까지 걸었다. 이곳에 김현승 시인이 살았던 집이 있다. 여기서 광주 3·1만세운동 태동지라고 할 수 있는 남궁혁 가옥터, 김마리아 여사 거처가 가깝다. 다시 5거리로 나와 꽃바심터까지 양림동 옛길을 느릿느릿 더듬었다. 조붓한 길이며 다닥다닥 붙은 낡고 오래된 집들이 옛날 그대로다. 양림 옛길 옆에 옛 정병호 가옥과 양촌 정공엄지려가 있고 사직공원 쪽으로 조금 올라가다 보면 옛 최상현 가옥이 나온다. 양림동에 남아 있는 역사 문화 흔적만 대충 돌아보자면 5시간 이상이 걸릴 성싶다. 양림동을 둘러보고 난 나는 숲속이며 골목마다 구석구석 보석처럼 박힌 문화유산에 놀라지 않을 수 없었다. 양림동이야말로 광주 근대 역사 문화의 보고임을 새삼 인식했다.

숲과 물과 개화바람이 이 아름다운 땅에 기름진 자양분이 되어 사랑과 희망이 햇살처럼 퍼졌고 일제 강점기에는 민족의 뼈저린 현실을 자각할 수 있는 힘과 독립만세 운동의 용기를 낳았다. 그 힘이 광주정신의 뿌리가 되었으며, 많은 예술가들을 탄생시켜 양림동산은 영혼의 샘물처럼 맑고 아름다운 기운으로 충만해 있다. 이들 유산을 중심으로 문화와 골목길이 한데 묶여진다면 빼어난 관광자원이 될 수 있을 것이다.

광주 문화 1번지로 백년의 역사 속에 문화가 뿌리내린 양림동이 지금 새롭게 태어나려고 하고 있다. 오랫동안 방치되었거나 묻혀 있었던 문화 흔적들을 찾아내어 숨결을 불어넣

그리움은 뒤에서 온다

고 새롭게 생성시키려고 하고 있다. 양림동 역사문화마을 만들기 방향은 녹색 경관을 오롯이 보존하고 문화예술인들의 자취를 더듬어 가꾸며 잊혀진 애국정신을 회복하는 것이어야 한다. 5·18 광주항쟁의 대동정신 광주정신이 3·1만세운동과 광주학생독립운동에 뿌리를 두고 있음을 체험교육을 통해 알려야 한다. 다른 지역에서는 찾아보기 어려운 공동체성을 회복하는 것도 중요하다. 우월순, 최흥종, 서서평 등은 자기희생으로 사회적 약자를 살려낸 나눔의 정신으로 광주에 빛나는 희망을 안겨주었다. 그 결과 오늘날에도 이곳에는 사랑과 나눔의 정신이 옴씰하게 깃들어 있다.

6명의 화가, 예술로 회생시키다

광주문화방송사가 창사 46주년을 맞아 광주 근대 1백년의 역사가 숨쉬는 양림동에서 나눔 공동체를 부활하여 광주의 희망을 찾고자 〈희망의 빛 나누기〉 행사를 펼친다. 음악회, 나눔 이벤트와 함께 펼쳐지는 이번 행사에서 〈흔적과 회생〉이라는 미술 기획전시회도 함께 마련하여 그 의미를 새롭게 조명하고 있다. 흔적을 찾아 나눔의 정신을 부활시켜 보자는 뜻이다. 나눔은 사랑에서 비롯되며 그 희망은 세상을 아름답게 물들인다. 그래서 나눔은 사랑이며 그 희망은 힘이 되는 것이다.

양림동을 예술적 시각으로 재구성하기 위해 작품세계가 다

른 6명의 화가들이 한데 모였다. 모노크롬 회화를 만들어낸 황영성과 빛의 작가 우재길, 색채와 리듬의 마술사 최영훈, 입체적 한지작업을 하는 이종국, 설치미술로 세상과 소통하는 김진화, 사진으로 토테미즘의 신비를 밝혀내는 사진가 오상조가 그들이다. 이들은 8월부터 5차례 미팅을 했고 대구 근대문화유산 현지답사도 했다. 주제작과 자유작을 출품하여 각자 나름대로 양림동을 회생시키기 위해 독창적인 표현을 하고 있다. 이들의 작업은 언어와 말로 양림동을 이야기하기보다는 형상을 통해 역사 속의 빛과 그림자를 나타내려고 한 것이다. 이른바 입상진의(立象盡意) 형상을 만들어 그 의미를 살려보자는 것이다. 형상은 이미지와 같다. 시인과 화가는 결코 직접 말하지 않는다. 이미지를 통해 말한다. 그림 한 점을 감상하는 것은 바로 이미지 속에 담긴 의미를 찾는 일과 같다. 따라서 이번 전시 작품에서 작가들은 이미지를 통해 양림동의 어제와 오늘, 그리고 내일의 의미를 담아내고 있는 것이다.

황영성은 인물로 양림동의 역사와 문화를 형상화했다. 작품 〈양림동의 선교사〉에서는 11명의 외국인 선교사를 통해 기독교 중심의 광주개화를 표현하고 있다. 또한 작품 〈민주화운동의 선구자〉에서는 최흥종, 김철, 최병준, 황상오, 박애순, 김후옥, 윤형숙, 김현승, 정율성, 조아라 등 양림동에서 근대사 중심역할을 했던 지역 인물을 담았다. 가족과 고향이 모티브로 일관된 회화세계를 구축해온 그는 양림동의 공간과 공동체를

지구적 차원으로 확대하고 있다.

우재길은 양림동에 축적된 시간을 되돌아보고 그 속에서 새로운 의미를 찾아보려는 작업을 하였다. 날카로운 빛과 어둠을 통해 속박에서 해방을, 좌절에서 희망을 표현하고 있다. 그동안 빛을 효과적으로 표현하기 위해 어둠과 빛의 굴절을 속도감 있게 처리해온 우재길은 그의 모든 작품에서 일관되게 나타나고 있듯, 리듬과 운동감이 강하게 느껴진다. 보다 강한 의미부여를 위해 과거와 현재와 미래를 하나로 연결하고 있다.

최영훈의 그림은 탁월한 색채화가답게 강렬한 원색에 압도당하지 않을 수 없다. 그의 모든 작품들이 그렇듯, 색채가 밝고 순도 높게 느껴지는 것은 보색대비를 통한 색채 간의 상호작용 효과 때문이다. 최영훈은 색채를 통해 양림동을 표현하고 있다. 역사 속의 절망과 좌절이 이 시대에 와서는 빛나는 희망이 되고 있음을 말하고 있는 것인지도 모른다. 특히 양림동을 꽃밭으로 표현하고 무등산 위로 떠오르는 붉은 태양은 밝은 희망을 나타내고 있다.

〈선우네 가족〉으로 알려진 이종국은 직접 제작한 한지에 한글로 쓴 〈물 한 모금 구름 한 점〉의 먹색이 기운생동과 탈진 속기의 문기를 느끼게 한다. 태양이 작열하는 양림동에서 올려다 본 하늘의 구름 한 점에서 목마름을 느꼈을지도 모른다. 그 목마름은 사랑과 나눔의 목마름, 자유 평등의 목마름일 수도 있다. 전통방식의 한지를 넘어 입체적 한지작업을 하고 있

는 그의 한지는 닥나무의 부드러움과 질감으로 한지 그 자체가 곧 작품이다.

설치미술가 김진화는 건축물, 나무, 길, 정원, 인물을 연결하여 빛으로 형상화하였다. 작품 〈호랑가시나무에 내려앉은 오리온〉 등에서 희망과 사랑을 별자리 이야기로 소통시키고 있다. 작품에 사용한 LED는 사랑을 실천한 사람들이 빛을 발하여 양림동을 빛낸 이 시대의 희망과 꿈이 되고 있음을 이야기하려고 했다. 이 밖에 작품 〈광주천의 낭만적 해석〉, 〈개화〉, 〈자유를 꿈꾸며〉 등에서도 같은 주제로 표현했다.

사진가 오상조는 〈청학동 사람들〉, 〈운주사〉, 〈당산나무〉 등 사진집을 통해 한국적 풍경을 통해 우리민족 고유의 정서가 물씬 느껴지는 사진작업을 해왔다. 특히 인간과 자연에 대한 애착, 한국적인 풍경과 정서를 표현해온 그는 이번에도 양림동을 통해 누구나 사랑하고 그리워하는 고향을 나타내려고했다. 선교사묘지 근처의 꽃무릇 군락지와 숲속 오솔길에서, 오상조는 단순한 자연이 아니라, 인간과 교감하고 어울리는 생명공동체적 자연을 담아내고 있다.

그리움은 뒤에서 온다

제 4 부

나의 자전적 이야기

끌짜기마다 떠도는 고혼들

– 내가 겪은 6·25 –

구리철사 같은 햇살이 짱짱하게 내리꽂히는 한 여름 대낮이었다. 할머니를 비롯하여 아버지, 어머니, 나와 동생, 이렇게 다섯 식구가 마루에 둘러앉아서 늦은 점심으로 삶은 감자를 먹고 있을 때였다. 내가 두 개째 감자 껍질을 벗겨 입에 넣는 순간, 붉은 별을 붙인 그물모자에 카키색 제복을 입은 사내 두 명이 사격자세로 다발총을 들고 대문 안으로 성큼 들어섰다. 이때, 감자를 먹다 말고 아버지가 벌떡 일어서며 두 손을 머리 위로 번쩍 들어올리셨다. 이를 본 할머니와 어머니 그리고 동생도 아버지를 따라 손을 들고 일어섰다. 볼따구니가 터지도록 한 입 가득 감자를 문 채 잔뜩 겁에 질린 나는 입 안의 것을 엉겁결에 꿀떡 삼키느라 캑캑거리며 한바탕 기침을 쏟아냈다. 그 때 내 옆구리를 어머니가 발로 툭 차셨다. 빨리 일어나라는 신호였다. 그 때서야 나는 가까스로 기침을 참으며 엉거주춤 엉덩이를 빼고 일어섰다. 이렇게 우리 식구는 감자를 먹다 말고 손을 들고 일어서며 6·25를 맞았다. 그 날은 우리 마을에 더 이상 아무 일도 없었다. 그리고 그해 여름은 그렇듯 뜨겁고도 불확실한 시간 속에서 느린 템포로 흘렀다. 내가 6·25를 맞은 고향은 전남 담양군 남면 구산리고, 남면남초등학교 5학년 때였다.

파나마모자의 죽음

　내가 본격적으로 전쟁의 비극적인 고통과 슬픔을 체험한 것은 여름이 끝나갈 무렵이었다. 해마다 6월이 오면, 나는 그해 여름에 목격했던 끔찍한 사건의 핏빛 기억이 악몽처럼 되살아나곤 한다. 12살의 나는 사람이 사람을 죽이는 현장을 목격했다. 총소리가 골짜기 마을을 쥐흔들곤 하던 여름의 끝자락. 우리 마을에는 카키색 제복에 다발총을 멘 무리들이 머물러 있었다. 그날 나는 친구와 함께 논둑에서 뙈기를 치며 새를 쫓고 있었다. 볏짚으로 댕기머리를 따듯 두어 발 정도 기다랗게 따서 만든 뙈기를 허공에 돌렸다가 휘둘러 치면 총소리처럼 딱 소리가 났고, 참새들은 이 소리에 놀라 멀리 날아갔다.

　정오 무렵, 마을 앞 둑길로 중년 남자가 천천히 주위를 살피며 지나가고 있었다. 짙은 밤색 바지에 흰 모시 티셔츠를 새뜻하게 차려입고 베이지색 파나마모자를 쓴 그 남자는 스틱으로 풀 섶을 툭툭 치며 평화롭게 걷고 있었다. 그가 물방앗간 앞을 지나고 있을 때, 총 멘 사내들 너댓 명이 점벙점벙 냇물을 건너오더니 다짜고짜 느티나무 밑으로 끌고 갔다. 그의 호주머니에서 회중시계, 권련, 라이터, 가죽지갑 외에 기차표가 나왔다. 키가 작달막한 뱁새눈이 발길로 파나마모자의 아랫배를 냅다 걷어차며 정체를 물었다. 파나마모자는 겁에 질려 동복에 있는 처가에 갔다가 집에 돌아가는 길이라고 말했다. 그러자 옆에

　　　　　　　　　　　　　　　　　　　그리움은 뒤에서 온다

있던 다른 사내들까지 합세하여 장작개비로 후려쳤고 파나마 모자는 피투성이가 된 채 버르적거리며 비명을 질러댔다.

그날 오후 느지막이 사내들은 파나마모자를 끌고 점백이네 고추밭으로 갔다. 파나마모자에게 구덩이를 파도록 했다. 그가 땡볕 아래서 흐느적거리며 구덩이를 파는 동안 사내들은 오동나무 그늘 밑에서 담배를 피우고 낄낄대고 웃어대며 잡담을 하고 있었다. 구덩이를 다 파자 그들은 파나마모자를 죽였다. 파나마모자는 자신이 판 구덩이에 묻혔다. 집으로 돌아오던 나는 자꾸 눈물이 났다. 그 후 나는 한동안 악몽에 시달렸다.

지금도 나는 문득문득 파나마모자와 뱁새눈이 떠오른다. 파나마모자는 55년이 흐른 지금도 이름조차 없이 점백이네 고추밭에 묻혀 있다. 그의 가족들은 누구이며 어디에 살고 있는지, 오목가슴이 아리도록 안타까울 따름이다. 6월이 되면 파나마모자에 대한 악몽에 되살아난다. 악몽이 사라지지 않는 한 나의 6·25는 아직 끝나지 않은 것 같다.

마을이 불타던 날

그 무렵 내 또래 아이들은 밤마다 횃불을 밝혀 들고 줄을 지어 뒷산에 올랐다. 우리는 산에 오르면서 〈아침은 빛나라 이 강산…〉이나 〈장백산 줄기줄기…〉 같은 노래를 불렀다. 산에 올라가서는 봉화를 피우고 만세를 불렀다. 그 일은 가을걷이

가 시작될 때까지 계속되었다. 어느 사이엔가 다발총을 든 카키색 제복이 사라지자 한동안 보이지 않았던 경찰들이 돌아왔다. 그 무렵 낮에는 경찰들이 진을 쳤고 밤에는 산사람들(빨치산을 산사람, 밤손님이라 불렀다)이 마을로 돌아와 밥을 지어달라고 하여 먹거나 식량을 가져가곤 했다. 산사람들이 마을에 나타난 다음날에는 어김없이 경찰들이 몰려와서 밥을 해 준 사람들을 붙잡아갔다. 낮과 밤의 세상이 서로 달랐으며 마을 사람들은 양쪽으로부터 시달림을 당해야만 했다. 지서에 붙들려간 사람들은 걸을 수 없을 정도로 고문을 받았고, 성한 마을 사람들이 초주검이 된 이들을 지게에 짊어지고 오기도 했다. 그런가 하면 밤에 나타난 밤손님들은 마을 남정네들한테 식량을 지워서 산으로 데려가기도 했다.

낮 세상과 밤 세상 사이에서 시달리게 된 마을 사람들은 하루하루 살아가기가 살얼음판을 딛는 듯했다. 단 한 순간도 생과 사를 예측할 수가 없었다. 그러던 어느 날, 아버지가 내게 잠깐 동안만 외가에 가 있으라고 하셨다. 우리 집안에 손이 귀한데다가 내가 10대 종손인 터라, 가족이 함께 있다가 몰살을 하게 되면 대가 끊기게 될지도 모르니, 세상이 좋아질 때까지 동생과 나를 따로 떼어놓기로 한 것이리라. 외가는 우리 마을에서 6킬로미터쯤 떨어진 곳에 있었다. 외가에 가자면 큰 산모퉁이를 세 번이나 돌아야만 했다. 쑥실 마을을 지나, 첫 번째 산모퉁이 늙은 소나무 밑에는 이름 없는 담살이(꼬마 머슴) 무

그리움은 뒤에서 온다

덤이, 두 번째 모퉁이에는 물이 시퍼런 소(沼)가, 세 번째 모퉁이에는 하늘을 가린 음습한 아카시아 숲이 있었다. 도깨비가 살 것 같은 세 번째 모퉁이를 돌 때가 제일 무서웠다.

　이른 아침을 먹고 혼자 길을 떠난 나는 점심 때 무렵에야 외가 마을인 화순군 북면 맹리에 도착했다. 외할머니는 나를 보자 이 난리통에 왜 혼자 왔느냐면서 깜짝 놀라셨다. 그런데 내가 도착한 그날 오후부터 외가 마을 건너편 갈전 쪽에서 총소리가 마른 땅에 소나기 퍼부어대듯 어지럽게 들려왔다. 총소리가 들리자 외가 식구들은 큰 방에 모여 앉아 이불을 뒤집어쓰고 엎디었다. 총소리가 멎고 한참 후에 갈전 마을에서 귀곡성처럼 처절한 울부짖음이 들려왔다. 외할아버지는 외할머니의 만류도 뿌리치고 갈전에서 무슨 일이 일어났는지 알아보고 와야겠다면서 장죽을 들고 집을 나서셨다. 외할아버지는 날이 어두워서야 넋이 나간 얼굴로 돌아오셨다. 갈전 사람들이 떼죽음을 당했다는 것이었다. 낮에 빨치산 복장을 한 사람들이 마을에 나타나서 자기네들은 인민군들이라면서 모두 인공기를 만들어가지고 나와서 인민군만세를 부르라고 했단다. 아무것도 모르는 마을 사람들은 시키는 대로 나가서 만세를 불렀는데 갑자기 총격을 가해왔다는 것이다. 그 일이 있자 나는 다음날 집으로 돌아와서 아버지한테 갈전에서 있었던 이야기를 해주었다. 우리 마을도 똑같은 일을 당할지도 모른다는 생각이 들었기 때문에 부랴부랴 집으로 돌아온 것이었다.

서리가 내리기 시작할 무렵, 공비 토벌대가 마을에 들이닥쳐서는 총부리를 들이대며 당장에 마을을 떠나라고 윽박질렀다. 우리 마을 무등산 뒷자락 유둔재에서부터 백아산까지가 공비토벌작전지역이라서 주민들을 소개(疏開)시켜야 한다는 것이었다. 우리 마을에 소개령이 내린 것이었다. 마을 사람들은 이불이며 당장 갈아입을 옷가지 외에 솥, 밥그릇, 약간의 식량만을 챙겨서 집을 나섰다. 이삼일, 아니면 길어야 열흘 정도 지나면 다시 돌아올 수 있을 것이라고 믿은 마을 사람들은 갈무리해 둔 식량이며 세간들을 옴씰하게 그대로 둔 채 집을 나섰다. 그런데 고샅을 나와 마을 앞 하천의 노두를 건널 때 마을이 한꺼번에 무서운 불길에 휩싸이기 시작했다. 집집마다 불길이 치솟는 것을 본 마을 사람들은 솥이며 이불 보퉁이를 팽개치고 마을로 되짚어 뛰어갔다. 그러나 이미 불길이 무섭게 마을을 삼킨 뒤라 접근조차 할 수가 없었다. 70여 호 마을이 한꺼번에 불에 타는 모습을 보고 너무 놀란 아낙들과 아이들은 논바닥이며 풀 섶에 퍼질러 주저앉고 말았다. 불길은 무섭도록 치솟아 하늘을 덮었다. 여기저기서 지붕이 내려앉으면서 불길과 검은 연기가 솟구쳤고 장독대 항아리 튀는 소리가 요란했다. 남자들은 넋을 잃고 불길을 바라보았고 아낙들은 땅을 치며 통곡했다.

　그렇게 무서운 불길은 처음이었다. 보름날 밤에 피우는 가랫불만 봐도 가슴이 털컹거리던 나였는데 온 마을이 한꺼번에

불에 타고 있었으니… 나는 이날 세상이 모두 불에 타버린 것만 같았다. 내가 아끼던 참나무 바퀴 구루마와 골방 시렁에 올려놓은 책들이며 고무줄 새총도 불에 타게 될 것이라는 생각에, 두려움 속에서도 마음이 아렸다. 마을 사람들은 집이 불타는 것을 보고 차마 발걸음이 떨어지지 않은 듯 불길이 잦아든 후에도 발걸음을 옮기지 못했다. 토벌대가 총부리를 들이대지 않았던들 마을 사람들은 마을을 떠나지 않았을 것이었다. 이날 70여 호의 마을 사람들 중에서 50여 호는 떠나고 20여 호 사람들은 코재 밑에 잠시 몸을 피했다가 토벌대가 사라지자 다시 마을로 돌아왔다. 마을에 남은 사람들은 벌거숭이가 된 몸으로 고향을 떠나 타향살이를 하기 싫었거나, 아니면 자식이 입산을 한 가족들이었다. 잿더미가 되어버린 마을에 남은 사람들은 뒤란이며 텃밭이나 마당 귀퉁이에 토굴을 파고 살았다. 마을에 있으면 위험하다는 것을 알고는 뒷산자락에 토굴을 다시 팠다.

떼죽음의 현장

우리는 날이 어두워지면 한 곳에 모여 한 살림 하듯 함께 저녁을 지어 먹고 밤을 보냈다. 잿더미가 된 마당에 불을 피우고 남자들은 남자들끼리 여자들은 여자들끼리, 옹기옹기 둘러앉아 노루잠을 자며 밤을 새웠다. 마을이 불탄 후에도 밤손님들은 어김없이 찾아왔다. 입산해 있던 젊은 사람들이 부모를 찾아오는 일도 더러 있었다. 그들은 재 너머 고지(토벌대가 주둔한 곳) 마을로 보급투쟁(식량을 구하는 일을 그렇게 불렀다)을 나가고 들어갈 때 우리 마을을 중간 거점으로 이용했다. 우리는 날마다 날이 밝기가 무섭게 토굴 속으로 숨어들었다. 낮에는 고지 마을로 소개를 당한 마을 사람들이 돌아와 보리밭을 돌보거나 불에 타버린 집터에서 성한 그릇들을 챙겨가기도 했다. 그들은 긴 쇠창으로 불타버린 집터를 쑤석여 항아리에 묻어 둔 식량이며 김치들을 찾아가곤 하였다. 그러나 토굴 속에 숨어있던 사람들은 웬일인지 소개당한 사람들의 눈에 띄지 않으려고 했다.

가끔은 우리 마을에서 토벌대와 빨치산 사이에 교전이 벌어졌다. 그런 날은 우리들은 총소리가 완전히 멎을 때까지 토굴 속에 숨어 있어야만 했다. 총소리가 멎은 후에야 토굴에서 슬금슬금 기어나와 마을로 돌아왔다. 꼬박 사흘 동안 하늘이 무너져 내리기라도 한 듯 장대 같은 비가 쏟아지더니 눈부신 햇살이 화사하게 퍼졌다. 비가 오는 동안에는 총소리가 들리지 않았다. 그날, 오랜만에 햇살을 본 마을 사람들은 토굴로 들어가지 않고 마을에 남아 점심을 끓여먹고 있었다. 우리는 일부러 연기가 나지 않은 청미래 덩굴이나 싸리나무를 모아서 불을 피우고 오랜만에 따뜻한 점심을 지어먹었다. 단 사흘 동안의 평화가 마을 사람들의 긴장을 느슨하게 풀어놓았는지 몰랐

그리움은 뒤에서 온다

다. 점심을 먹고 있는데 뒷산에서 갑자기 총소리가 들리더니 토벌대가 구물구물 마을로 내려오고 있었다. 토벌대는 마을을 향해 일제히 집중사격을 가해왔다. 총탄이 쑹쑹 소리를 내며 날아와 감나무며 돌담, 마당에 꽂혔다. 마을 사람들은 혼비백산하여 뿔뿔이 흩어졌다. 우리 식구도 허겁지겁 마을 안 고샅 쪽으로 뛰다가 공동우물의 담 뒤에 숨었다. 그 때서야 나는 아버지와 할머니가 보이지 않은 것을 알았다. 두껍다리 쪽에서 둔탁한 군화발자국 소리와 함께 손들고 나오라는 금속성의 목소리가 총알처럼 고막에 박혀왔다. 간헐적으로 총소리와 함께 하늘을 찢는 듯한 비명이 들리기도 했다. 어머니와 나, 동생, 이렇게 셋은 공동우물 담 밑에 머리를 처박고 붙들어 안은 채 오들오들 떨고 있었다. 그 순간만은 아버지, 할머니 걱정도 없었다. 아래턱이 마구 떨리면서 위아래 어금니 부딪치는 소리가 마치 딱따구리가 나무를 쪼는 것처럼 들렸다. 얼마를 그렇게 떨었는지 마을 안이 무덤 속처럼 조용해지는가 싶더니 갑자기 두껍다리 쪽에서 통곡소리가 들려왔다. 이윽고 여기저기서 울부짖음과 통곡소리가 온통 마을을 흔들었다. 나는 직감적으로 사람이 죽었다는 것을 알 수 있었다. 나는 바짓가랑이를 붙잡는 어머니를 뿌리치고 우리 집으로 뛰어갔다. 아버지, 할머니가 보이지 않았다. 다시 뒷고샅으로 나오는데 할머니가 숨을 몰아쉬며 뛰어오다가 나를 발견하자 흐물흐물 땅바닥에 주저앉으셨다.

"다들 워디 있냐?"

"아부지는? 아부지 못 봤어?"

할머니와 내가 붙들고 안은 채 동시에 물었다. 할머니는 엉겁결에 아버지를 따라 뒷고샅 쪽으로 도망치다가 상여바위 앞에서 헤어졌다고 하셨다. 그 사이 어머니와 동생이 나타났다. 마을 여기저기서 통곡은 계속 이어졌고 아버지는 돌아오지 않으셨다. 우리 식구들은 아버지를 찾아 나섰다. 그날, 나는 토벌대의 총에 맞아 피를 흘리고 죽은 마을 사람들을 보았다. 그들은 마당이며 고샅, 동구 밖 느티나무 밑, 하천가 자갈밭에 피를 흘리며 죽어 있었다. 이날 우리 마을에서는 일곱 사람이 토벌대의 총에 맞아죽었다. 공산주의와 민주주의가 무엇인지도 모르는 시골 할머니와 아낙들이 억울한 죽음을 당한 것이었다. 마을을 한 바퀴 돌고 집에 돌아와 보니 아버지가 와 있었다. 아버지는 할머니와 함께 도망치다가 총알이 날아오자 죽는가 싶어 대밭으로 뛰어들어 몸을 숨겼다고 하셨다.

백아산으로

우리는 더 이상 고향 마을에 숨어 살 수가 없었다. 언제 토벌대가 다시 들이닥칠지 몰랐기에 마을을 떠나기로 했다. 우리는 백아산으로 향했다. 백아산은 우리 마을에서 보면 정상인 마당바위가 손에 잡힐 듯 회색빛으로 출렁여 보일 만큼 가

198 　　　　　　　　　　　　　　　그리움은 뒤에서 온다

까운 거리였다. 이름 그대로 백아산은 흰 거위가 날개를 펴고
앉아 있는 모습이었다. 백아산에는 전남유격대 총사령부가 주
둔하고 있다고 했다. 우리 마을의 젊은이들 중 상당수가 백아
산으로 입산을 했다. 내 또래 아이들의 우상이었던 N형도 P형
도 일찍이 백아산으로 갔다. 우리들이 백아산으로 들어가야
살 수 있다고 주장한 사람들은 자식이나 가까운 친척이 입산
을 한 가족들이었던 것 같았다. 우리 할머니도 한사코 백아산
으로 가자고 성화셨다. 전남유격대 사령부가 있는 물골(수리)
에는 우리 고모가 살고 있었기 때문이었는지 몰랐다.

백아산까지 가는 동안 나는 너무 많은 시체들을 보았다. 발
가벗겨진 채 비를 맞아서 배가 팅팅 부어오른 여자의 시체며,
나무의 중간쯤을 잘라 끝을 날캄하게 깎은 다음 죽은 사람의
항문으로부터 쑤셔 박아 살아있는 사람처럼 꼿꼿하게 세워둔
시체, 음부에 작대기를 꽂아 놓은 발가벗겨진 젊은 여자의 시
체도 보았다. 개울가나 길가의 풀 섶, 후미진 숲정이마다 시체
가 있었다. 마을 어귀의 텃밭에도, 산자락으로 올라가는 밭이
나 흙구덩이와 대밭에도 어김없이 시체가 썩고 있었다. 한번
은 연기가 나지 않은 싸리나무를 꺾으러 갔다가 소나무에 등
을 기댄 채 빳빳하게 앉아 있는 시체를 보고 질겁한 적이 있
었다. 그 후 백아산에 머물러 있는 동안에도 나는 많은 주검을
목격했다. 그 때는 어렸지만 주검이 전혀 무섭지가 않았는데,
나이가 든 지금은 왜 이렇듯 무서운지 모르겠다.

우리는 백아산 초입 월곡에 잠시 머물렀다가 원리로 옮겼
다. 그곳에는 유격대 광주부대가 주둔해 있었다. 그곳에서도
우리는 토굴을 파고 살았다. 그러나 고향 마을에서처럼 낮 동
안 내내 토굴에 처박혀 있지는 않았다. 유격대를 통해서 토벌
작전이 언제 있을지 미리 정보를 알 수가 있었기 때문이었다.
폭설이 내린 한겨울 동안에는 토벌작전이 뜸해 비교적 여유로
운 평화를 만끽할 수가 있었다. 우리는 원리에서 그해 겨울을
그렇게 보내고 봄을 맞았다. 개나리꽃이 찢어지게 피고 세상
이 연두빛으로 물들기 시작할 무렵, 춘계 토벌작전이 있을 것
이라는 정보가 있었다. 그런데 전날 밤 나는 우리 식구가 붉은
흙탕물에 떠내려가는 꿈을 꾸었다. 꿈과 함께 토굴의 황토빛
이 자꾸만 떠올랐다. 부모님께 꿈 이야기를 했더니, 그날만은
토굴에 들어가지 말고 야산 골짜기로 피신을 하자고 했다. 해
가 떠오르자 갈전 쪽에서 총소리가 짜글짜글 들려왔다. 총소리
는 점점 가까워지고 있었다. 그날 백아산 초입 원리 부근에서
는 종일 총소리가 멎지 않았다. 거뭇거뭇 땅거미가 깔리기 시
작해서야 총소리가 멈췄다. 우리는 마을로 내려오는 길에 토
굴에 들렀다. 그런데 토굴 앞에 탄피가 수북하게 깔려 있는 게
아닌가. 토굴 안으로 들어가 보았더니 그곳에 숨겨둔 식량자루
에 총구멍이 숭숭 뚫려 있었다. 토벌대가 토굴을 찾아내 집중
사격을 가한 것이었다. 꿈이 우리 가족을 살려준 것이다. 지금
도 그 때 일을 생각하면 온몸의 피돌기가 멎는 기분이다.

　　　　　　　　　　　　　　　　그리움은 뒤에서 온다

개나리가 지고 북쪽 산에 진달래가 불길처럼 타오른 51년 4월이었다. 소문대로 대규모의 토벌작전이 시작되었다. 토벌대는 새벽부터 사방에서 백아산을 포위해왔다. 외곽을 지키고 있던 유격대들이 속속 패퇴하여 백아산으로 들어왔다. 마을에 있던 우리 가족도 다른 피난민들과 함께 새벽에 문재를 넘어온 토벌대를 피해 백아산 심장 깊숙이 들어갔다. 산 아래서는 토벌대가 계속 우리를 추격해왔다. 사방에서 총탄이 날아왔다. 우리는 가시덤불 속을 뚫고 계속 도망쳤다. 얼마를 뛰었을까. 죽을힘을 다해 마당바위 밑 군부샘 가까이까지 쫓겨 올라갔다. 마당바위에 가면 유격대가 주둔하고 있을 것이라고 믿고 있었다. 그런데 땀벌창이 되어 헐근벌떡 마당바위 턱 밑까지 올라와 위쪽을 쳐다보니 철모를 쓴 무리들이 우리를 향해 총을 겨누면서 올라오라고 손짓을 하는 게 아닌가. 그들은 빨치산 유격대가 아니라 토벌대였다. 그때서야 우리는 죽었구나 싶었다. 순간 아버지가 순식간에 몸을 돌려 산 아래로 뛰어 내려가셨다. 나도 냅다 바위 아래로 구르기 시작했다. 토벌대는 우리를 향해 사격을 해왔다. 우리 가족은 총알을 피해 저마다 뿔뿔이 흩어지고 말았다. 잡목이며 으름덩굴이 우거진 골짜기까지 굴러내려 온 나는 집채덩이만한 바위 밑에 몸을 은신하고 숨을 돌렸다. 한참 후에 아버지가 얼굴이며 목 등 온몸이 가시에 긁혀 불긋불긋 핏발이 솟은 몰골로 내 앞에 나타나셨다. 한 시간쯤 기다려도 다른 식구들은 나타나지 않았다. 아버지와 나는 해가 설핏해서야 마을로 내려왔다. 어머니와 동생은 다음날 새벽에야 허수아비 같은 몰골로 마을에 나타났다. 동생이 바위에 부딪쳐 머리를 심하게 다쳤고 어머니는 손목이 꺾여 왼손을 제대로 쓸 수 없게 되었다. 그날의 토벌작전에서 여러 명의 우리 마을 사람들이 목숨을 잃었다. 내 친구 형은 총알이 어깨에 박힌 채 수십 년을 살았다. 백아산 토벌작전은 더욱 치열해졌고 그곳에 주둔해있던 빨치산 유격대는 오래 버티지 못하고 지리산으로 옮겨갔다. 우리 가족은 지리산행을 포기하고 백아산을 떠나기로 했다. 백아산을 찾아갔던 20여 호의 우리 마을 사람들 중에 살아서 나온 사람은 여남은 명에 지나지 않았다.

나는 요즈막 백아산에 자주 간다. 백아산 골짜기마다 6·25의 영혼들이 떠도는 것을 느낄 수 있다. 55년이 지난 지금도 나는 6·25를 소리로 듣는다. 골짜기를 흔든 총소리며 아무도 없는 물방앗간에서 삐끄덕거리며 돌아가는 빈 물레방아 소리, 때로는 피를 토하는 듯한 울부짖음과 죽어가면서 마지막 내지른 비명이 잠든 나를 벌떡벌떡 일으켜 세우기도 한다. 그 때마다, 6·25 때 이유도 없이 억울하게 죽은 사람들의 얼굴이 뛰록뛰록 살아난다. 이제는 잊혀진 그들의 이름을 찾아주고 떠도는 고혼에 안식을 주기 위한 진혼제를 올려주어야 할 때라고 생각한다. 역사 속에서 그들의 이름을 되살려주고 떠도는 고혼을 달래주기 전에는 6·25는 끝나지 않을 것이다.

그리움은 뒤에서 온다

나의 삶 나의 소설

– 내 문학의 자전적 이야기 –

소설이 인간의 삶과 사회를 변화시킬 수 있을까. 아니면 소설을 쓴다는 것이 소승적 차원에서 단순한 구도의 길 찾기에 머무는 것일까. 나는 소설을 쓰면서 늘 이 시대의 소설이 갖는 의미에 대해서 생각해본다. 새로운 변화와 다양한 버전이 시도되고 있는 디지털시대에 과연 소설은 무엇인가.

내가 쓴 소설이 삶의 진정성을 회복하고 굴절된 역사를 복원하는 데 얼마나 도움이 될 수 있을까.

지금까지 나는, 숨가쁜 변화 속에서 환경과 삶이 황폐해가고 있는 이 시대에 소설은 인간이 역사적 사회적 존재임을 다시 깨닫고 비틀거리는 삶을 바르게 일으켜 세울 수 있는, 강한 메시지가 들어 있어야 한다고 생각했다. 어쩌면 내가 오랫동안 역사적 사건에 매달리는 이유도, 진실되고 아름다운 역사적 삶을 살게 하기 위한 소박하면서도 절실한 소망 때문이었는지도 모른다.

내 문학의 이상과 현실

나는 문학을 통해 구원받았다고 생각한다. 문학은 자기 구원으로부터 시작한다. 작가들에게 글을 쓰게 된 동기를 물으면 대부분 절망으로부터 자신을 구원하기 위해서였다고 대답한다. 처음부터 역사구원이니 사회구원이니 하는 것은 진실이 아니다. 대부분의 작가들은 외로움이나 가난의 절망을 극복하기 위해 문학을 선택한다. 그러므로 문학 절대주의자들은 종교만이 인간을 구원하는 것이 아니고 예술도 인간을 구원한다고 말한다. 실제로 문학을 통해 자신의 인생을 구원받았다는 사람들이 많다. 이렇듯 자기구원으로부터 출발한 문학이 어느 정도 성공하여 문학적으로 자기세계를 구축하다보면, 작가정신에 의해서 작품 속에 사회구원이나 역사구원의 문제가 저절로 드러나게 된다. 자기구원을 다른 말로 이상 찾기, 희망 찾기라고 할 수도 있다. 그러나 현실을 관통하지 않은 이상은 몽상에 지나지 않는다. 현실 안에서 찾아내는 이상만이 실현이 가능하기 때문이다. 이상과 현실은 따로 떨어져 있는 것이 아니다. 이상과 현실은 같은 공간 안에 존재하기 때문이다. 그러므로 올바른 이상 찾기는 현실을 제대로 인식하는 데서부터 시작하지 않으면 안 된다. 소설과 인생의 유사점이 바로 현실 속에서의 이상 찾기이다.

문학은 이상을 추구하되 현실 속의 필연적 삶을 모방한다. 나는 "인생은 드라마다."라는 말을 싫어한다. 드라마는 인간이 연출하지만 인생은 신이 연출하기 때문이다. 인간이 연출하는 드라마는 우연성이 따르며 이야기의 전개를 예측할 수 있지

그리움은 뒤에서 온다

만, 신이 연출하는 인생은 엄숙한 필연성 위에 전개되기 때문에 예측이 불가능하다. 따라서 좋은 서사문학 작품은 우연보다 필연성을 중요시한다. 좋은 소설은 인생과 유사하다는 말이 그 때문이다.

소설을 쓰기 시작한 최초의 내 몸짓은 〈어디서 소설을 찾아야 하는가〉하는 것이었다. 그 대답은 너무 간단하다. 그런데도 소설을 쓰고자 하는 사람은 자신이나 자신의 주변에서 소설을 찾으려고 하지 않고 되도록이면 시선을 멀리 던지려고 한다. 이것은 큰 잘못이다. 소설을 쓰고자 하는 사람은 먼저 자신이 서 있는 현실적 삶 속에서 소설을 찾아보려고 애써야 한다.

〈소설가들은 한 발은 시궁창에, 그리고 다른 한 발은 잔디밭을 딛고 살아가는 사람들이다〉라는 말도 있다. 그것은 현실과 이상을 동시에 소설 작품 속에 수용해야 한다는 의미로 받아들여진다. 그러나 아무리 빛나는 이상이라고 해도 그것이 현실과 동떨어진 것이어서는 안 된다. 현실을 관통하지 않은 이상은 망상과 다를 바 없기 때문이다. 그러니까 이상 그 자체도 현실 속에 있다는 것을 알아야 한다. 아무튼 현실이 됐건 이상이 됐건 소설은 우리의 삶의 한복판에 있다. 문학은 바로 우리의 삶 그 자체이기 때문이다.

그러므로 인간은 삶이라는 것을 통해서 사회적 존재임을 확인하고 그 사회 안에서 나의 존재가 바로 서 있으며 내가 일

한 만큼 사회 안에서 대접을 받고 있는가. 그리고 내가 속해 있는 이 사회의 역사는 잘 돌아가고 있는가에 대해서 끊임없이 생각해야만 한다. 이 같은 노력은 인간이 보다 나은 삶을 영위하기 위한 기본적인 자세이다. 이 같은 노력을 계속하다 보면 역사·사회·경제·문화와의 구조적 역학관계를 중심으로 우리가 살고 있는 현실에 대한 정확한 진단이 가능하다. 그리고 필연적으로 우리의 삶을 압박시키는 오늘의 문제가 무엇인가 하는 물음과 만나게 된다. 소설가는 스스로 이 물음을 되풀이해야 한다. 그러나 소설 속에 그 답을 제시할 필요는 없다. 문학은 삶에 대한 정답을 제시해주는 것이 아니다. 문학은 독자들 스스로가 정답을 찾아내도록 유도할 뿐이다. 이 물음에 대한 소설가의 직설적인 정답은 관념적이고 추상적이기 마련이다. 그리고 이 것은 괴테가 말한 〈모든 이론은 회색이며 생명의 나무는 푸르다〉라는 의미와 상통한다. 여기서 소설가는 관념적인 대답보다는 〈푸른 생명의 나무〉를 확실하게 보여주어야 한다.

소설은 결국 인간의 삶을 소재로 하고 있기 때문에 〈삶 지키기〉이다. 문학은 삶에 긍정적인 의미 부여를 위해 출발했다. 유사 이래로 삶의 무의미성과 고통의 양은 줄어들지 않고 있다. 따라서 삶의 고통이 심하면 심할수록 위로의 노래가 되어준 문학은 더욱 찬란하게 꽃을 피웠다. 그리고 인간이 자신의 존재 의미를 파악하고 살아갈 수 있는 실존적 삶의 눈을 뜨게

그리움은 뒤에서 온다

만들었다.

그러므로 문학과 삶의 관계는 별개의 것이 아니며 삶으로서의 문학, 문학으로서의 삶이어야 한다. 그리고 문학이 보다 인간다운 삶이 되게 하기 위해서 소설가는 삶의 현장으로부터 절실한 깨달음이 있어야 한다. 그러기 위해서 소설가는 삶의 현장 한가운데 있어야 한다. 문학이 소수의 특권층이나 취향에 봉사할 것이 아니라 특권층이 못된 사람들의 삶을 올바르게 드러내고 그것을 보다 좋게 개선하는 것이라야 한다.

삶의 뿌리는 바로 자신이 서 있는 현실 속에 있다. 그러므로 소설가는 현실적 삶을 위태롭게 만드는 여러 가지 요소들을 제거하지 않으면 안 된다. 그 요소의 제거작업이 바로 소설이다. 그렇다면 우리의 현실적 삶을 위협하는 요소들은 무엇인가. 그것은 폭력, 이데올로기의 굴레, 산업화로 인한 비인간화, 빈곤, 소외, 인권유린, 계층간의 갈등, 전쟁 등이다. 그리고 소설이 이 같은 폐해 요소들을 제거하는 작업이라는 점에서 〈소설은 사회를 반영하는 데 그치지 않고 사회를 형성한다〉는 적극적인 입장을 취할 수 있다는 것을 인식해야 한다. 사실 19세기에 리얼리즘이 화려하게 꽃을 피운 것도 그 사회가 안고 있는 병폐와 모순의 쓰레기 속에서 적극적으로 인간의 삶을 옹호하였기 때문이다.

21세기를 살고 있는 지금도 19세기적 현상들이 그대로 잔존하고 있음을 알 수 있다. 폭력, 전쟁 위협, 빈곤, 소외, 인권

유린, 계층 간의 갈등, 환경파괴 등이 그렇다. 이처럼 비인간화 폐해 요소들이 우리의 삶을 위협하고 있는 이 시대에도 여전히 휴머니즘 부활운동은 필요하다. 특히 잘사는 나라, 산업이 고도화되고 핵무기를 가지고 있으며 소득이 높은 나라일수록 휴머니즘 부활운동으로서의 삶의 문학이 더욱 절실히 요구된다. 사실 미국 같이 잘사는 나라에서는 이미 휴머니즘은 죽어버렸다. 지금 미국은 다만 영화나 예술을 통해 휴머니즘을 흉내 내고 있을 뿐이다. 어떻게 보면 삶의 문학이야말로 휴머니즘 부활운동인 동시에 진정한 인간해방운동일 수 있다. 진정한 해방과 평화는 전쟁이 없는 상태일 뿐만 아니라 굴욕, 파괴, 공포, 빈곤, 소외, 고통, 인권유린으로부터 풀려나는 것을 의미한다. 이 문제는 지난 세대의 문제가 아니고 오늘의 문제이며 영원히 풀어야 할 우리의 과제일지도 모른다.

물론 소설이 현실적인 삶의 문제에만 천착하다보면 소위 말하는 예술성이 결여된다면서 이를 경계해야 한다고 말하는 사람도 있다. 그러나 신비주의니 허무주의니 하는 것들도 모두 삶의 문제가 아니고 무엇인가. 예술성의 의미부여를 쉽게 할 수 있다는 허무와 신비 등 관념적인 문제들도 결국은 실존적 삶의 영역 안에서 파악되어져야 하지 않은가.

정치, 경제, 문화도 삶과 연관해서 생각해야만이 괴테의 말처럼 〈푸른 생명의 나무〉를 보여줄 수 있다. 히늘의 구름이나 들에 핀 꽃과 나는 새, 교회의 십자가도 우리의 삶과 연결

될 때 비로소 생명 있는 소설의 대상이 될 수 있다. 그렇지 않고 소설이 삶과 유리될 때 문학은 오히려 인간에 해를 끼칠 수도 있다. 작가가 사회적·역사적 삶의 의미를 망각할 때, 문학이 풍류나 취미가 되거나 힘 있는 자에게 이용당할 때, 오히려 문학은 인간을 위협하는 존재가 되는 것이다.

고향의 아픈 역사 그리고 한

나는 77년 첫 창작집 〈고향으로 가는 바람〉을 세상에 내놓으면서 작가후기에 〈내 망막에 신비니 환상이니 관념의 안개 따위 말끔히 걷고, 짓밟고 짓밟히는 사람들의 처절한 목소리와 깊은 상처를 속속들이 쓰다듬고 싶다.〉고 썼다. 철저하게 리얼리즘 입장에서 휴머니즘을 강조했다. 이 같은 작가적 입장 때문에 〈청소부〉, 〈여름공원〉 등 초기작품들은 사회성이 강했다. 소설미학이나 문학성 획득보다는 진실 드러내기와 사회비판에 비중을 두었던 것이 사실이다.

그러나 79년 두 번째 창작집 〈흑산도 갈매기〉의 후기에서 나는 약간의 입장 변화를 나타냈다. 〈…나는 이 땅의 모든 고통받는 사람들과 아픔을 같이 나누는 진실의 옹호자로서, 현실 속에서 이상을, 이상 속에서 현실을 파악하며, 근원적인 삶을 사랑하고, 그 뿌리를 캐는 정직한 경작자가 되고 싶다.〉고 했다.

그 후, 연작장편 〈징소리〉에서는 소설의 예술성 확보를 위해, 한(恨)을 소설미학으로 수용하려고 했다. 나는 이 작품에서 거대한 댐 건설로 인해 고향을 잃어버린 수몰지 농민들의 '고향 상실의 한'을 드러내보고 싶었다. 그리고 문학에 있어서 미학적 특질의 하나인 한(恨)을 체념이나 패배주의적 감정이 아닌, 끈질긴 생명력과 의지력. 희망으로 해석했다. 고대소설에서 원한감정인 한은 복수의지로 발전되었다. 그러나 나는 한을 휴머니즘으로 극복하고자 했다. 원한을 안겨준 쪽도 원한을 받은 쪽도 공동의 아픔과 이해를 통해 희망을 버리지 않고 건강하게 살아가는 모습을 보여주고 싶었다. 한국적인 한이야말로 생명의 미학이며 의지의 미학인 것이다. 한은 결코 패배주의자의 한숨이나 체념, 비관주의적 민족정서가 아니다. 그러므로 한을 품고 살아가는 사람들에게는 끝까지 살아남을 수 있는 생명력이며 싸워나갈 수 있는 힘과 희망의 원천이기도 하다.

대하소설 〈타오르는 강〉(7권)에서는 개인의 한을 민중의 한으로 확대시켜 보았다. 1886년 노비세습제가 풀리자 영산강 주변에는 많은 노비들이 처음으로 자신들의 고향을 만들어갔다. 이 과정에서 지배계급으로부터 핍박을 받게 된다. 나는 이 소설에서 개별적인 한은 큰 힘을 발휘하지 못하지만 여럿의 한이 한 덩어리로 뭉쳐서 민중의 한이 될 때는 큰 힘을 발휘할 수 있음을 보여주고 싶었다.

그리움은 뒤에서 온다

이렇듯 나는 1974년 등단 이래로 우리 지역의 역사와 고향, 그리고 한의 문제에 천착해왔다. 80년대 이후부터는 6·25공간에서 비극적 삶을 살 수밖에 없었던 무 이념적 인간들을 소설에 등장시켜서 분단극복의 과제를 풀어보려고 하였다.

인간의 삶은 때때로 개인의 의지와는 관계없이 한순간 역사의 흐름에 휘몰리는 경우가 많다. 내 삶 역시 유년시절부터 역사의 소용돌이 속에 휘몰림을 당하고 말았다. 나는 6·25가 아니었더라면 문학을 선택하지 않았을지도 모른다. 결국 6·25의 아픔이 나로 하여 소설가의 삶을 살아가게 한 것이다. 나를 소설가로 만든 것은 6·25가 가져다 준 삶의 비극적 상황이었다. 내가 소설가가 된 것은 6·25가 가져다 준 고통으로 인한 내 삶의 마디마디에 〈홀맺힘〉(結恨)이 많았기 때문인지도 모른다.

6·25로 인해 내 삶은 유년시절부터 순탄치가 못했다. 평범한 농사꾼의 아들인 내가 초등학교를 네 곳(담양군 남면 인암분교, 신안군 비금 중앙, 화순군 이서 서유, 광주학강)이나 옮겨 다녀야만 했었고 대학도 세 학교(전남대 철학과, 숭실대 기독교철학과, 조선대 국문학과)를 전전했다는 것만으로도 내 삶의 굴곡이 얼마나 심했는가를 짐작할 수 있다.

나는 광주에서 자동차로 50분쯤 걸리는 무등산 너머, 중농의 집안에서 10대 종손으로 태어났다. 초등학교 5학년 때 6·25를 만났고 고향이 빨치산토벌작전지역이 되면서 소개(疏開)를 당해 가까스로 살아났고 알거지 신세로 5년 이상 떠돌음하며

목줄을 지탱했다.

이렇듯 유년시절부터 삶이 뒤틀리기 시작한 나를 오늘날까지 이만큼이나마 지탱해준 것은 문학이었다. 유년시절의 위험과 궁핍과 고독, 그리고 처절한 절망으로부터 벗어나 내 스스로의 고달픈 삶을 위안받기 위해 문학을 선택했다. 문학이야말로 내가 끝까지 희망을 잃지 않고 척박한 현실의 땅에 이상의 뿌리를 내리고 살 수 있게 해 준 유일한 〈위안의 노래〉가 되었다. 문학은 절망의 터널 속에 넘어져 있는 나를 일으켜 세웠고 지금까지 지켜주었다.

그러나 무엇보다 소설가로서의 내 정서의 뿌리는 고향이다. 나는 지금도 유년시절에 들었던 내 고향의 물레방아 소리를 듣는다. 그리고 물 흐르듯 자연스럽게, 흙의 마음으로 살아가는 고향사람들을 내 소설 속으로 끌어들인다. 고향은 내 문학의 기본 미학인 것이다. 나는 아픔이 많은 내 고향을 내 육신과 영혼만큼이나 사랑한다. 나는 고향을 인간의 존재양식으로 파악한다. 고향은 단순히 낳고 자란 성장의 공간이기에 앞서, 인간존재 그 자체라고 생각한다. 그러기에 고향을 잃어버린 것은 인간성을 상실했다는 의미와 같고 고향 찾기는 바로 인간성을 회복하자는 것이다. 소설을 쓰기 시작하면서부터 내 고향의 역사가 바로 우리 시대 역사의 한가운데 있음을 뼈저리게 인식하기 시작했으며, 그것이 바로 내 수설의 주제로 지리매김하게 된 것을 알아차릴 수 있었다. 고향은 언제나 절망

그리움은 뒤에서 온다

과 좌절로부터 나를 일으켜 세웠고 내 존재를 확인시켜 주었다. 나는 이 끝없는 생명에 대한 확인을 통해서 비로소 내 자신의 엄숙한 실존을 느낀다.

역사의 중심에서 한 발짝 뒤로

90년대에 들어서면서부터 나는 가능한 한 역사의 중심에서 한 발짝 벗어나, 보다 거시적이고 객관적이며 총체적인 안목으로 역사와 사회를 보기로 했다. 그동안 광주라는 지역정서가 나를 한사코 사회와 역사의 중심에 세우려고 했던, 부채감으로부터 자유로워지고 싶었던 것이다. 작가의 진실은 붓끝에 있다는 말을 상기하면서.

나는 디지털 시대에 농경사회의 정서를 갖고 살아가는 어머니를 통해 삶의 진정성을 찾아보고 싶었다. 내 소설의 뿌리는 바로 황토 같은 우리 어머니의 질척한 삶에 있다. 나는 어머니의 척박한 삶을 통해서 소설의 정신을 본다. 지금까지 소설을 써오면서 가능한 한 어머니의 정서와 가치관을 통해 가식 없는 시각으로 세상을 바라보려고 했다. 어머니의 삶 속에는 해방공간 이후 6·25의 비극적 고통과 궁핍의 슬픔, 가부장적인 남성적 세계관이 빚어낸 비인간적인 폭력, 아름다운 모성본능, 한과 끈질긴 여자의 생명력이 오롯이 담겨져 있다. 나는 어머니를 통해 그것들을 열심히 찾아내서 소설에 담아내려고 했다.

요즘 내가 생각하는 화두는 〈경계인〉과 소리 공간, 〈사운드 스케이프〉이다. 〈울타리〉를 쓰면서 내내 경계인의 역할에 대해 생각해보았다. 최근 우리 사회에 갈등이 심화되어가고 있는 것이 사실이다. 첨예한 양극화의 대립적 칼날은 더욱 날카로워져서 상대를 찔러 상처를 내려하고 있다. 그런가 하면 이쪽이고 저쪽이고 소속되지 않은 사람은 외면당하고 도태당할 위기에 처해 있다. 결국 양극화의 대립 속에서 상처받은 것은 중간자적 입장에 있는 대다수의 사람들이다.

지금은 갈등의 중간자적 입장에서 토론과 교감 그리고 비판과 수용을 통해 중재하고 소통하며 화해와 통합을 이끌어낼 수 있는 절대적인 힘이 필요하다. 이것이 경계인의 역할이라고 생각한다. 진보 아니면 보수, ○ 아니면 ×, 이것 아니면 저것, 내 편 아니면 적이라는 이분법적 논리야말로 글로벌 시대에 얼마나 퇴영적 사고이며 모순인가. '침묵의 다수'인 경계인의 힘이 강해질 때 국민통합이 가능하고 통일도 앞당길 수 있다고 생각한다.

나는 2006년 대학을 정년퇴직하자 도시를 떠나 고향으로 돌아왔다. 고향에 돌아와 청산을 바라보니 마음이 잔잔하다. 나는 55년 만에 귀향했다. 열세 살 때 6·25를 만나, 빗발치는 총알 사이를 뚫고 고향을 떠났던 나는 창안백발(蒼顔白髮)이 되어 다시 돌아온 것이다. 지금 내가 살고 있는 '생오지'는 무등

그리움은 뒤에서 온다

산 뒷자락에 자리 잡은 오지 마을로, 버스도 들어오지 않고 휴대폰도 잘 터지지 않는다. 마당에는 꺼병이들이 노닐고 집 앞 논둑길로 고라니가 느럭느럭 걸어가는 곳. 야트막한 산에 소나무 숲이 연꽃처럼 둥그스름하게 에두른, 한갓지고 옴폭한 이 곳에서 세상은 너무 멀고 아득하게만 느껴진다.

세상의 중심에서 벗어나 깊은 골짜기에 운둔하듯 살다보니, 오랫동안 놓쳤던 소중한 것들이 새로운 빛깔로 다가왔다. 예전에는 보이지 않았던 것들이 비로소 선명하게 드러나기 시작하면서, 나의 존재감이 더욱 뚜렷해졌다. 예전에는 두 눈 부릅뜨고 우주를 끌어안으려는 욕심으로 만용을 부렸다면, 지금은 거꾸로, 아주 작은 들꽃을 통해 우주를 보듯 낮은 자세로 살아가려고 한다. 큰 것을 통해 작은 것을 보는 것보다, 작은 것을 통해 큰 것을 보니 모든 것이 새롭고 명징하다. 비로소 우리에게 무엇이 중요한가를 깨닫게 된 것 같다. 이 세상에는 역사나 이념보다 더 중요한 것이 얼마든지 많다는 것도 알았다. 이념보다 사랑이, 경쟁보다 느림이, 거대담론보다 일상이, 낯설음보다는 익숙함이 때로는 더 필요하고 소중하다는 것도. 이념은 인간의 이기심에서 나왔지만 들꽃이나 나비 한 마리에 이르기까지, 이 땅의 모든 생명에 대한 사랑은 영원불멸의 아름다움을 지녔다.

나는 태어나서 지금까지, 해발 1,187미터의 무등산만을 바라보며 살아왔고 앞으로도 그러할 것이다. 유년시절에는 무등산을 바라보며 산 너머 넓은 세상을 동경했었고, 광주(光州)로 나가 살면서부터는 다시 고향으로 돌아갈 날만을 기다렸다. 유년시절에는 남쪽에서 북쪽의 무등산을, 어른이 되어서는 북쪽에서 남쪽의 무등산을 바라보며 살았다. 무등산의 이쪽과 저쪽에서, 늘 보이지 않은 다른 한쪽을 동경해온 섯이다. 지금까지 내 생의 행로는 결국 '무등산 바라보기'이고 '무등산 안고 돌기'인 것 같다. 광주에서는 무등산에서 떠오르는 해를 보았는데, 고향으로 돌아온 지금은 무등산으로 지는 해를 본다. 산은 인간과 달리 앞뒤가 없으며, 해는 나를 중심으로 떠오르고 진다는 것을 비로소 알았다.

무등산의 이쪽과 저쪽의 세상의 차이는 실로 엄청났다. 저쪽이 욕망과 경쟁과 변화를 추구하는 세상이라면 이쪽은 정체와 무욕, 소외와 궁핍의 땅이다. 유채색의 세상인 저쪽 사람들이 욕망을 채우기 위해 치열하고 비인간적인 경쟁 속에서 숨 가쁘게 살아간다면, 무채색의 세상인 이쪽 사람들은 변화보다는 옛것들을 소중하게 생각하며 느리게 살고 있다. 나는 느리고 낡은 것들 속에서 아름답고 새로운 삶의 진정한 가치를 찾을 수 있었다.

내가 고향으로 돌아온 이유는 고향 사람들의 삶 속으로 깊숙이 들어가서, 내 소설의 뿌리를 더욱 튼실하게 하기 위해서다. 농촌에는 아직 한번도 고향을 떠니지 않고 평생을 궁핍과 고달픔 속에서 질박하게 살아가는, 흙을 닮은 사람들이 많다.

216

나는 아직도 농경사회 정서로 살아가는 그들의 삶을 실패한 인생이라고 생각하지 않는다. 나는 이들을 '흙의 천사'라고 부르고 싶다. 농촌은 폐허가 되어가고 있지만 그들은 결코 꿈을 포기하지 않고 있다. 나는 이들 앞에 화끈거리는 부끄러움으로 머리를 숙인다. 작가가 된 후, 지금까지 나는 줄곧 고향의 아픈 역사와 소외당한 사람들의 이야기를 써왔지만, 돌이켜보면 고향 사람들의 삶과 동떨어진 울타리 밖에서 그들의 아픔을 바라보기만 한 구경꾼에 불과했다. 앞으로는 이들과 같이 호흡하며 고통과 슬픔을 함께 나누고 싶다.

나는 2009년 5월에 열 번째 창작집 〈생오지 뜸부기〉를 내놓았다. 이 소설집에 실린 8편의 소설들은 모두 2006년 이후, 생오지에 들어와 살면서 쓴 작품이다. 생오지 사람들의 눈높이로 세상을 보고 깨달은 것을 소설로 형상화했다. 이들은 오늘의 참담한 농촌현실 속에서도 농촌공동체 복원을 포기하지 않고 있다. 해마다 논밭을 갈고 씨를 뿌리듯 새로운 꿈을 경작하며 살아간다. 현실은 핍진상태이지만 아직 이 공간에는 원초적 생명력이 넘치고 있다. 넓은 하늘밖에 보이지 않은 골짜기에 들어와 살면서, 나는 삶의 공간에 대해 많은 생각을 하게 되었다. 삶의 무대는 무한하나, 존재의 뿌리를 내린 공간은 유한하다는 것을 알게 되었다. 특히, 나는 요즘 자연의 소리 공간에 깊은 관심을 갖기 시작했다. 우리는 산업사회를 거치면

서 눈에 보이는 풍경, 즉 '랜드 스케이프'에만 신경을 썼지, '소리풍경'(사운드 스케이프)에는 무관심해왔다. 생명 가진 것들이 가장 건강하게 살 수 있는 공간은 자연의 소리가 70% 이상 보존되는 곳이라야 한다. 그러나 지금 도시는 기계음이 점령해버려 자연의 소리인 '사운드 스케이프' 공간이 줄어들었다. 내가 살고 있는 '생오지'는 아직 오염되지 않은 '소리풍경'의 세상이다. 〈생오지 뜸부기〉는 자연의 소리가 옴씰하게 살아있는, 건강한 생명의 공간을 소설로 형상화한 작품들이다. 앞으로도 나는 문명의 고속변화 속에서, 사라져간 옛것의 원형을 복원하고 생명이 갖고 있는 본디 모습을 되찾기 위한 작업을 계속할 생각이다.

낡은 것 새로운 것

역사 속에서의 민중들의 삶이나 분단극복문제, 역사의 진실 벗기기, 농경사회 어머니 상을 통해 소중한 민족정서 지키기 등 일련의 거대담론들을 다루고 있는 나의 소설이 과연 변화의 시대에 살아남을 수 있을지 모르겠다.

지금은 아무리 진실하다 해도 옛것은 낡은 것이고 〈낯선 것〉만이 새롭고 아름다운 것으로 평가되고 있다. 역사적 사건은 이미 낡은 가치라고 생각하고 있기 때문에 작가들의 관심 밖으로 밀려나고 말았다. 물론 18세기의 산업혁명에 비유되고

그리움은 뒤에서 온다

있는 인터넷혁명시대를 맞은 우리는 짧은 시간 속에서도 낯선 변화의 충격을 자주 겪고 있다. 미디어텍 시대에는 사회 문화가 재편되고 사이버공간이 인간의 의식마저도 지배할 것이라고 한다. 이 같은 변화 속에서는 역사적 진실과 삶의 진정성은 무시되고 사람들은 자기중심적 사고와 일상의 삶에 매몰될 수밖에 없다. 이렇게 되면 인간이 어떻게 인간답게 살아갈 수 있겠는가.

이 같은 위기의 시대에 작가들은 소설의 진정성을 외면한 채 경쟁적으로 상업주의와 영합하기를 원하고 있다. 변화의 시대에 살아남기 위해서 많은 작가들이 서둘러 버전을 바꾸고 있다. 90년대에 들어 이미 분단, 인권, 민족, 사회, 역사, 공동체, 폭력, 환경, 노동문제와 같은 소설문학의 거대담론은 사라져버렸다. 그 대신 세기말적 증후군의 연속선상에서 섹스, 불륜, 일상성, 정체성, 일탈의 문제, 미시적 개인체험, 황폐한 삶 드러내기, 판타지 등에 함몰되어가고 있다. 서사와 거대담론이 사라진 지금, 상업주의에 길들여진 소설들은 황폐한 도시적 삶의 썩어 문드러진 찌꺼기를 담아내는 데 열중한 나머지 회생불가능할 만큼 완전히 병들어버렸다. 이 같은 소설이 삶의 진정성을 회복하는 데 얼마나 도움이 될지 의문이다.

물론 시대의 변화에 따라 삶의 내용과 지향점도 달라지게 마련이다. 21세기에는 사회가 더욱 다원화되고 이에 따른 문학의 재편도 필연적으로 이루어지리라고 생각한다. 그런데 새로

운 세기를 맞은 지금 우리의 소설은 다양성이 철저하게 무시된 채 상업주의와 포스트모더니즘 증후군 속에 너무 오랫동안 매몰되고 있다는 것이 문제다.

이제는 소비 지향적 상업주의를 청산하고 건강한 정서로 소설의 진정성을 회복해야 할 때이다. 건강한 정서 중심의 치열한 문학적 형상화 작업을 통해 병든 삶의 찌꺼기와 같은 세기말적 증후군 소설을 배격해야 할 때가 온 것이 아닐까. 이제는 이념적 차이나 계파적인 이익, 지역주의의 한계를 초월하여 우리시대의 과제인 거대담론을 회복하고 서사중심의 생명력 있는 건강한 소설시대를 열어야 할 때라고 생각한다.

19세기 이후 소설이 사회를 변화시키는 데 앞장섰다면 앞으로의 소설은 고여 있는 삶을 자세히 들여다보고 이를 내밀히 탐구해야 하지 않겠는가 싶기도 하다. 나는 비록 삶의 내용이 눈부시게 변한다 해도 인간의 본성과 지향하는 목표는 본디 그대로일 것이라는 믿음을 갖고 있다. 희망을 향한 치열한 삶, 아름다움에 대한 사무치는 감동, 사랑의 눈물겨운 환희, 진실의 소중함, 우리를 일깨우는 아픔과 슬픔, 불기둥 같은 쾌락과 처절한 허무, 죽음에 대한 알 수 없는 두려움, 존재에 대한 끝없는 의문, 공동체 세상의 아름다운 연대의식, 역사와 사회에 대한 올바른 인식, 희생과 봉사적 삶의 즐거움 등은 어느 시대에도 우리가 간직하며 살아야 할 사람다움의 소중한 가치이기 때문이다.

창조는 결코 〈새로움〉과 변화의 열매가 아니다. 백제불상의 은근한 미소처럼, 천년이 지나도 변하지 않은 것이 오히려 아름답고 영원히 새로울 수 있지 않는가. 나는 갑자기 어머니가 젊은 시절에 동이로 물을 길어올 때마다 정수리에 받쳤던 왕골 똬리며, 밤늦도록 바느질 할 때 왼손 검지에 끼었던 연둣빛 공단 골무, 불볕 속에서 비지땀을 흘리며 콩밭을 맸던 손잡이가 새까맣게 닳은 호미가 생각난다. 이 찬란한 문명의 시대에 이미 쓸모가 없어진 어머니의 똬리와 골무와 호미가 새삼스럽게 그리워지는 것은 무엇 때문일까. 은갈치처럼 날이 번쩍거린 호미와 땀 냄새가 찐득하게 밴 똬리와 낡은 반짇고리 속의 오래된 골무야말로 어머니의 고통스러웠지만 아름다웠던 삶의 명징한 흔적이 아닌가. 그리고 그것은 내 소설 속에서 끊임없이 살아나고 있지 않은가. 21세기에 쓰게 될 내 소설도 다음 사람들에게 지금 내가 느끼는 어머니의 골무와 호미 같은 삶의 흔적으로 남기를 바랄 뿐이다.

제 5 부

그리운 사람들

플라타너스 닮은 다형 선생님

내가 이성부와 함께 김현승 선생님을 처음 찾아뵌 것은 〈플라타너스〉를 열심히 흥얼거리던 무렵이었다. 광주고 2학년이었던 우리들은, 꿈을 아느냐 네게 물으면, / 플라타너스, / 너의 머리는 어느덧 파아란 하늘에 젖어 있다. / 로 시작되는 〈플라타너스〉를 노래처럼 큰 소리로 읊어대고 다녔다. 그렇듯, 우상처럼 생각했던 선생님댁을 찾아가기로 한 전날, 나는 잠을 이루지 못하고 밤새도록 뒤척였다. 존경하는 시인을 직접 만날 수 있다는 것은 생각만 해도 가슴 설레이는 일이었다.

이성부와 나는 충장로 우체국 옆 '전봇대'라는 주점에서 고 박봉우(朴鳳宇) 선배를 미리 만났다. '전봇대'는 박봉우 선배의 단골주점이었다. 이곳에 가면 언제든지 불콰하게 취한 박봉우 선배를 만날 수가 있었다.

"순태가 대추씨 선생님을 처음 만나뵈러 가는 역사적인 날인디 기념으로 탁주 한 사발 마셔야제."

박봉우 선배는 김현승 선생님을 늘 대추씨라고 불렀다.

조선일보 신춘문예에 〈휴전선〉이 당선된 박봉우 시인은 그무렵 특별하게 하는 일 없이 광주에 있으면서 시 쓰는 후배들을 지도하고 있었다. 박봉우 선배는 광주의 몇몇 고등학교 문예반 학생들을 모아 들로 산으로 데리고 다니면서 시낭독도

해주고 미니 백일장도 열였으며 자신의 시집 〈휴전선〉을 상품으로 주기도 했다.

　김현승 선생님댁은 광주 양림동 웃교회 아래턱 언저리에 있었다. 나는 그동안에 써 모아둔 시를 노트 한 권에 깨끗하게 정서하여 가지고 갔다. 나와 광고 동급생이었던 이성부는 박봉우 선배를 따라 여러 차례 선생님댁을 방문했던터라 찾아가는 길을 잘 알고 있었다. 우렁이 속처럼 좁고 긴 골목을 회똘회똘 돌아 자그마한 철대문을 밀고 들어서자 포도넝쿨이 한눈에 들어왔고 스타카토가 분명한 피아노 소리가 집안에 가득 넘쳐흘렀다. 수피아여고 음악선생인 사모님이 피아노를 연주하는 것이라고 이성부가 귀띔해주었다.

　처음 본 김현승 선생님의 얼굴은 영락없이 과육을 발라먹고 뱉아낸 대추씨 그대로였다. 살이 없는 근육질의 얼굴에 크고 우묵한 눈이 무척 깊고 날카로워보였다. 선생님은 손수 주전자에 물을 끓여 놋대접에 커피를 타주셨다. 나는 막걸리 마시듯 단숨에 커피 한 대접을 쫙 비웠다. 그러자 선생님은 소리없이 희미하게 웃었다. 나는 선생님이 큰 소리로 웃는 것을 한 번도 본 일이 없었다.

　"그동안 써 온 시를 가져왔습니다."

　나는 노트를 보이며 떨리는 목소리로 조심스럽게 말했다.

　"두고 가게."

　선생님은 서운할 정도로 간단하게 말했다.

그리움은 뒤에서 온다

그 후로도 나는 이성부와 함께 한 달에 한 번 꼴로 시를 쓴 노트를 가지고 선생님을 찾아갔다. 그 때마다 선생님은 "더 열심히 쓰게." 하는 말뿐이었다. 선생님은 결코 내가 쓴 시에 대해서 잘잘못을 지적하시거나 시작법에 대한 구체적인 이야기는 하지 않았다.

그 대신 선생님은 고등학생인 나와 이성부를 데리고 '녹색의 장원'이라고 부르는 수피아여고 뒷산이며, 전남대 농대 숲을 거닐면서 시와 인생에 대한 이야기를 해주셨다. 선생님은 시 쓰는 방법보다 시가 무엇인가 하는 것을 이해시키려고 했던 것 같았다. 선생님은 특히 전남농대의 플라타너스 숲길을 좋아했다. 어쩌면 선생님은 이 숲길에서 〈플라타너스〉라는 시의 영감을 얻었는지도 몰랐다. 약간 귀족적이면서도 외롭게 느껴지는 플라타너스와, 가까이 다가가기에 너무 어려워보이기만 한 선생님은 어딘가 닮아 보였다. 플라타너스는 5월의 상큼한 초록빛깔도 핥아주고 싶을 정도로 좋지만 노랗거나 주황색으로 물들기 시작하여 가벼운 바람에도 떨어져 흩날리는 11월에는 쓸쓸함과 함께 진중한 아름다움을 느끼게 한다. 선생님도 홀로 서 있는 나무처럼 외로워보였다.

어느 무더운 여름날이었다. 선생님은 우리를 데리고 금남로 뒷켠 골목 안에 있는 다방으로 갔다. 선생님은 아무리 멀고 후미진 곳이라도, 커피 맛이 좋거나 마담이 이쁜 다방만을 골라 단골로 정하고 찾아다녔다. 이날 선생님은 우리들에게 칼피스

를 사주었다.

"칼피스는 첫 사랑 맛이야."

이성부와 나는 선생님의 그 말에 칼피스를 마시며, 아직 경험하지 못했던 첫사랑 맛을 애써 느껴보려고 했던 것 같다. 상큼하면서도 사이다처럼 조금은 알알하고 톡쏘는 맛이 있었다.

내가 고등학교를 졸업하던 해, 선생님은 조선대학교에서 서울 숭실대로 옮겼다. 이성부를 비롯 문예반 친구들이 모두 서울로 진학했다. 홀로 광주에 남게 된 나는 너무 외로웠다. 2년을 광주에 홀로 떨어져 있던 나는 선생님 가까이 있고 싶어서 숭실대학으로 전학을 했다. 숭실대신문 주간을 맡고 있었던 선생님은 내게 대학신문 기자 자리를 만들어주셨다. 그러나 1년쯤 후에 아버지가 세상을 뜨자 나는, 틈틈이 쓴 시작 노트를 선생님께 드리고 다시 광주로 돌아오고 말았다. 광주에서 외롭고 곤고한 삶을 살고 있을 때 이성부한테서 전화가 왔다. 선생님이 졸작 '천재들'을 '현대문학'에 추천해 주었다는 것이었다. 선생님께서는 궁핍한 살림에 아버지마저 잃고 절망에 빠져있던 내게 용기를 주고 싶으셨는지 몰랐다. 그러나 나는 신산한 삶의 무게에 짓눌려 한동안 시를 포기한 채 혁혁거리며 생활에 쫓겨 살아야만 했다.

선생님이 세상을 뜨기 전 마지막으로 광주에 오셨을 때였다. 진헌성내과로 선생님을 찾아뵙는 사리에서 왜 시를 쓰지 않느냐고 꾸짖었다. 나는 소설을 쓰고 싶다고 했다.

228

"시를 쓰듯 소설을 쓰게. 그러면 됐지."

그 때는 선생님의 그 말뜻을 알지 못했다. 한참 지나서야 선생님의 그 말을 통해서 문학에 있어서 서정성의 중요함을 깨달을 수 있었다. 그래서 나는 소설을 쓸 때 시인의 눈으로 세상을 보려고 애쓴다. 특히 자연을 묘사할 때 시인의 감성을 최대한으로 살려보려고 노력한다.

선생님이 세상을 떠나자, 상가에서 이틀밤을 꼬박 세우고 돌아온 나는 두 달 동안을 심하게 앓아눕고 말았다. 어쩌면 선생님과의 작별이 감당할 수 없는 고통이 되었는지도 몰랐다.

나는 선생님에게서 시 쓰는 방법을 배우지는 않았다. 나는 다만 선생님을 통해서 외로우면서도 단아한, 한 시인의 아름다운 삶을 배웠을 뿐이다. 대학교수에다 유명한 시인이 한갓 시를 공부하는 고등학생을 데리고 다방에 데리고 가서 칼피스를 사주고, 숲속을 거닐면서 시와 인생을 이야기할 수 있는 그 소박하고 지순한 마음이 때때로 나를 반성하게 한다.

'소설 도인' 동리 선생님

　金東里 선생님을 오랫동안 옆에서 바라보고 나면 과연 〈큰 그릇의 작가〉구나 하는 생각을 깊게 했다. 선생님은 60년 동안 그 어떤 작가보다 치열하게 소설을 사랑했다. 선생님은 소설을 위해서는 이 세상의 모든 것을 다 버릴 수 있을 정도로, 소설 하나만을 붙들고 평생을 씨름하듯 올곧은 마음으로 살아왔다. 그런 선생님을 보면서 문득문득 〈소설가는 저래야 하는구나〉라는 생각을 할 때가 많았다. 어찌보면 켜켜이 쌓인 먼지 뒤집어쓴 채 세속의 한가운데 시시콜콜 오만 잡소리 다 들어가면서 헌거로이 앉아 있는 것 같으면서도, 소설을 생각할 때의 모습은 마치 〈소설道人〉이 된 것처럼 탈속한 일면을 보여주었다.

　그는 철저한 문학예술 지상주의자였다. 문학을 가장 윗자리에 놓았다. 종교나 정치, 경제보다도 소설 쓰는 일을 가장 가치 있는 〈영혼의 작업〉이라는 확신을 갖고 살아왔다. 선생님은 늘 종교가 인간을 구원하듯 문학도 인간과 역사, 사회까지도 구원할 수 있다고 믿었다. 동리 선생의 문학정신은 바로 인간정신 그것이었기 때문이다. 인간을 옹호하고 사랑하지 않은 문학이란 생명력을 유지할 수 없다고 생각했다. 그 때문에 어떤 정치적 이데올로기도 인간을 지배할 수 없다는 지론이었

　　　　　　　　　　　　　　그리움은 뒤에서 온다

다. 만약 문학이 이데올로기의 지배를 받는다면 그야말로 문학을 정치적 도구로 전락시키는 결과를 가져오게 될 것이라고 주장했다. 선생님의 순수문학이론도 신인간주의 주장도 바로 이 같은 배경에 근거하고 있는 것이 분명하다.

김동리 선생님은 발갛게 잘익은 대추를 닮은 아담한 체구처럼 욕심도 옹골찼다. 욕심이 큰 만큼 마음도 넓었다. 어지간해서는 면박을 주지 않았다. 감정을 쉽게 드러내지 않은 대신 오래토록 잊지 않았다. 아주 깐깐한 면이 있었다. 얼핏 보기에 인간사나 사물을 대충 보아넘기는 것 같지만 그렇지가 않았다. 결코 데면데면한 성품이 아니었다. 74년 초여름, 필자의 졸작 〈백제의 미소〉가 〈한국문학〉지에 당선되어 선생님을 찾아갔을 때, 먼저 술을 몇 잔 권해 취하게 만든 다음, 거의 두 시간 동안이나 작품을 분석하고 냉엄하게 지적해준 것을 보고 놀랐었다.

선생님은 무엇이고 마음속으로 하나하나 되작거려가며 꼼꼼하게 따지는 성격이었다. 심지어는 술에 대취해서도 누가 몇 잔을 마신 것까지 다 일일이 기억하고 있다가 〈자네는 지금껏 석 잔밖에 안마셨는데 왜 그러느냐〉면서 핀잔을 주곤 했다. 선생님은 늘 주량을 자랑했다. 선생님이 한창 건강이 좋았을 때는 소주도 대접으로 마실 만큼 주량이 대단했다. 술에 취하면 〈나는 술과 섹스 때문에 망했다〉는 말을 곧잘했다. 선생님은 두 살 때부터 술을 마셨고 어렸을 때는 얼굴이 불콰해질

정도로 술에 취해 거리를 비틀거리며 걸어다녔다고 했다.

　김동리 선생님은 평소에는 어지간해서 화를 잘 내지 않았다. 그러나 섯다판에서 돈을 잃을 때는 벌컥벌컥 화를 내고 욕설을 퍼부어댄 것은 잘 알려진 사실이다. 한 때 백철, 최정희 씨 등과 어울렸던 섯다판은 유명하다. 선생님이 화를 낼 때는 술에 취했을 때처럼 얼굴이 벌게져 고개를 좌우로 내저으면서 한껏 목청을 돋우었으며 말이 빨라졌다.

　선생님은 인간관리에서부터 가정문제, 소설 쓰는 일, 가르치는 일 모두 빈틈이 없었다. 어쩌면 선생님의 그 빈틈없음은 그의 소설의 튼튼한 구성력만큼이나 치밀하고 철저한 것인지도 모르겠다. 내가 숭실대학 대학원에서 2년 동안 동리 선생님한테 소설론 강의를 들은 적이 있다. 선생님은 소설작법을 이야기할 때는 어김없이 사건이 없는 것은 소설이 아니라고 강조하면서 〈사건과 구성〉에 대해 강조했다. 그러면서 소설의 구성력을 보면 그 작가의 성격과 작가로서의 능력을 알 수 있다고 했다.

　선생님은 한참 아랫사람들한테도 예의를 깍듯하게 대해주었다. 책을 내준 출판사 사람들한테 잊지 않고 답례를 하는 것도 알려진 일이다. 선생님은 선물을 보낸 다음에는 정확하게 받았는지 확인전화를 하는 것을 잊지 않았다.

　특히 제자들에 대한 관심이 많았다. 김동리 선생님의 제자들은 많다. 그러나 선생님은 소설을 쓰지 않은 사람은 제자로

그리움은 뒤에서 온다

생각하지 않았다. 그 대신 소설을 열심히 쓰는 제자에 대해서는 그 사람이 비록 선생님과 반대되는 문학노선을 걷는 제자라 할지라도 외면하지는 않았다.

선생님은 필자가 선생님의 추천으로 소설가가 된 후 자주 광주에 오셨다. 선생님은 광주에 오실 때마다 충장로를 걷기를 좋아했다. 선생님은 젊었던 시설 광주에 와서 묵었던 여관 골목도 둘러보고, 옛날에 만났던 사람들도 하나하나 기억해냈다. 영혼의 불멸을 믿고 싶어했던 선생님은 이제 〈소설신선〉이 되어 우리들 눈에 띄지 않은 곳을 찾아 소설 쓰듯 홀로 배회하는지도 모른다.

'무등산 도인' 의제 선생님

우리가 세상을 살아가면서 영혼의 깊숙한 곳에 오래 머무르고 있는 한 사람에 대한 기억을 떠올릴 수 있다는 것은 참으로 아름다운 일이다. 그 대상이 개인적으로 사랑하는 사람이어도 좋고 존경하는 공적인 인물이어도 좋다. 그러나 누구보다 위대한 업적을 남긴 예술가에 대한 추억을 간직하고 사는 것은 늘 그의 작품과 함께 할 수 있어 좋다. 그가 남긴 작품과 화두처럼 남긴 한 마디의 말로부터 무한한 예술적 영감이나 삶에 대한 깊은 철학을 얻을 수 있기 때문이다. 강하게 입력된 그 추억을 되살리는 일은 마치 아름다운 자연이나 명작 속의 한 장면, 혹은 좋은 영화의 주인공을 생각하는 것처럼 감동적이다. 그리고 그 감동은 무채색의 세상을 찬란하게 수놓아 우리들 삶을 풍요롭고 아름답게 만든다.

내 영혼 속에는 의제 허백련(毅齊 許百練) 선생의 생전의 모습들이 생생하게 각인되어 있다. 내가 이 시대에 아픔의 도시 광주에 살면서 남화의 마지막 대가였던 의제 선생을 만날 수 있었던 것은 큰 행운이었다. 아니 당대를 살아왔던 광주 사람들 모두의 행운이기도 했다. 우리는 암울했던 60·70년대를 광주에서 살면서 의제와 오지호는 큰 자랑으로 여겼고 그 자랑은 적지 않은 위안이 되어주었다. 광주역에 내려 택시를 타고

그리움은 뒤에서 온다

"의제 선생님한테 갑시다."라고만 하면 친절하게 춘설헌까지 모셔가곤 했던 시절이었다. 그만큼 당시 의제 선생은 서울의 어떤 재벌과도 바꿀 수 없을 만큼 광주사람들의 소중한 보배였다. 그만큼 한 예술가의 위대한 힘을 느꼈다.

의제와 추억만들기 다섯

나는 의제 선생을 통해 잊을 수 없는 다섯 가지의 추억을 간직하고 있다. 그리고 그 소중한 추억은 소설을 쓰는 내게 적지 않은 영향을 주었다.

지금도 광주 무등산에 오를 때면 의제 허백련 선생의 화실이었던 춘설헌(春雪軒) 앞을 지나게 된다. 그때마다 도인처럼 살다간 그의 모습이 문득문득 떠오르곤 한다. 그의 남긴 이야기들은 세상의 여러 빛깔들이 유난스레 다정하고 새롭게 느껴질 때마다 내 마음속에서 더욱 선명하게 되살아나는 것만 같다.

의제 선생이 세상을 떠나기 3년 전, 그러니까 1974년 여름이었다. 그 무렵 나는 중앙일보사로부터 〈허백련 일대기〉 집필 의뢰를 받고 취재를 위해 3개월 동안 날마다 무등산을 오르내렸다. 춘설헌을 찾아간 나는 무등산 증심사 골짜기가 다 말라버렸더라고 했더니 선생은 "무등산 골짜기에 물 흐르지 않으면 내 목숨도 말라붙어 없어지는 게지 뭐." 하면서 공허하고

씁쓸하게 웃어보였다. 그것은 의제 자신의 존재는 자연은 하나임을 말해주고 있다. 하늘과 사람의 하나됨의 철학인 것이었다. 그의 산수화에도 그 같은 철학이 잘 나타나 있다. 언젠가 나는 의제 선생에게 서양화와 한국화의 가장 큰 차이점이라면, 한국화가 자연중심이고 서양화는 인간중심이라는 점이 아니겠느냐고 했다. 한국화의 구도를 보면 산이나 강 등 자연이 화면을 가득채우고 있는 것에 반해 서양화는 자연은 배경에 지나지 않고 인물이 중심을 이루고 있는 점이 그렇다고 했다. 그러자 의제 선생은 한국화에서는 자연과 인간을 크게 구별해서 그리지 않는다는 말로 내 생각을 뒤집어 놓았다.

그날 나는 짧은 식견으로 춘설헌 큰 방 벽에 도배질을 해놓은 노자와 장자에 대해서 이야기했다. 의제 선생은 친분이 두터운 유영모 선생의 영향으로 노자에 대해 깊은 이해를 하고 있던 터였다. 최흥종 목사와의 노자 담론은 유명한 이야기로 알려져 있다. 그런 선생 앞에서 아는 체를 했으니 얼마나 가소로웠겠는가. 의제 선생은 한참 동안 귀를 기울이는 듯싶었다. 그리고는 "노장은 행학(行學)의 길이 아니니 너무 깊이 빠지지 말게. 다음에는 대학을 읽고 오게." 하는 것이었다. 의제 선생의 이야기는 노자나 장자를 공부하는 것은 좋으나 실천적 학문은 아니라면서 젊은이들이 배우고 실천하기 위한 것으로 대학을 권했다. 젊은 사람에게는 허무적 인생관보다는 현실적 인생관, 즉 실사구시 정신의 중요성을 말해준 것이라고 할 수

236

있다.

그 이듬해 초봄, 한창 춘설차 잎을 딸 무렵, 선생은 차나무를 여자에 비유했다. "차나무와 여자는 같다네. 차나무를 옮겨 심으면 죽고마는 것과 마찬가지로 여자도 한 남자한테서 다른 남자로 옮겨가면 죽은 목숨이 아닌가." 하면서 희미하게 웃어 보였다. 나는 이 말을 일부종사(一夫從事)를 강조하는 한갓 유교적 관념으로만 받아들이지 않았다. 여자의 정조를 말했다기보다는 한 인간의 근원적 존재와 여성성 또는 모성본능의 중요함을 일깨우고 있는 것으로 생각했다. 그리고 아무리 땅이 단단하더라도 차나무는 뿌리를 곧게 뻗는다는 직근(直根)정신을 말하고자 했던 것이라 느꼈었다.

언젠가 한번은 엉뚱한 질문을 한 적이 있었다. 그것은 필자가 의제산수에서 늘 이상하게 생각해왔던 의문이기도 했다.

" 선생님의 산수에서 강물 위에 뜬 배 그림 있지 않습니까. 그 배에 거문고를 뜯고 있는 노인이 있는데 왜 거문고를 배보다 더 크게 그리셨습니까. 그림대로라면 배가 가라앉지 않겠습니까?"

"이 사람아, 나는 배를 그린 게 아니라 거문고 소리를 그린 걸세. 그러니 거문고가 배보다 더 클 수 밖에."

의제 선생은 소리없이 웃음을 흘리며 말했다. 그제서야 나는 남화의 사의적(寫意的) 표현에 대해 막연하게나마 이해할 수 있었다. 소설의 묘사법에서 〈사실 이상의 묘사〉를 의미하

는 대목이다. 있는 그대로의 묘사가 1차원적인 묘사라면 보는 사람의 경험과 느낌, 그리고 의식, 혹은 현상학적인 의미까지도 동원해서 묘사하는, 보다 차원 높은 묘사를 말하는 것이다. 평생을 광주에 살면서 무등산 주변의 실경을 즐겨 그렸던 의제였지만 때로는 현실을 뛰어넘는 관념과 추상의 세계를 보여준 것이다.

선생이 세상을 뜨시기 얼마 전에 춘설헌에 갔을 때였다. 그는 무릎을 오그린 채 반듯하게 누워있었다. 그는 눈을 감은 채, 평소 즐겨 그렸던 잎이 파란 풍죽(風竹)가지를 오른손에 들고 열심히 움직이고 있었다. 지금 무엇을 하시는 거냐고 옆에 있는 사모님에게 물었더니, 선생님은 손이 굳어질까봐 걱정이 되서 대나무 가지로 머릿속에 그림을 그리고 있다는 것이었다. 그는 86세로 목숨이 다할 무렵까지도 붓 대신 대나무 가지를 손에 들고 창작의 집념을 버리지 않았다. 화가는 죽는 순간까지도 붓을 놓아서는 안된다는 투철한 예술가적 정신이야말로 참으로 아름답지 않은가.

나에게는 그러나 의제 선생 그림이 한 점도 없는 것이 안타깝다. 〈의제 일대기〉 취재를 마치던 날 나는 용기를 내어 그달치 월급봉투를 통째로 가지고 춘설헌으로 올라갔다.

" 선생님, 작은 소품이라도 한 점 그려주시면 가보로 보존하겠습니다."

나는 그러면서 월급봉투를 꺼내 놓았다. 옆에 있던 사모님

   그리움은 뒤에서 온다

이 슬그머니 봉투를 치마 밑으로 쓸어넣었다. 당시 신문사 한 달 봉급이라야 4반절짜리 묵죽 한 점의 운필료도 못되었다. 의제 선생은 한 달쯤 후에 들려보라고 했다. 그리고 한 달 후에 춘설헌으로 가서 그림을 받았다. 대봉투 안에 반절짜리 미점산수와 4반절짜리 묵죽 한 점이 들어 있었다. 나는 다른 그림을 내게 잘못 주신 것이 아니냐고 물었다.

"나는 문군이 어떤 그림을 좋아한 줄 아네. 글을 쓰는 사람이라 문기를 좋아하더구만."

의제 선생은 버릇처럼 빙긋이 웃으며 말했다. 여름산을 그린 미점산수에서는 남도의 밋밋한 황토산에 소나무가 들어찬 전통남화의 화풍을 잘 나타냈고 키 작은 무등산 오죽(烏竹)에서는 소소(簫簫)한 대바람소리가 일렁이는 것 같았다. 돈으로 따지자면 내 반년치 월급에 해당될 듯 싶었다. 나는 너무 감격하여 1km가 더 되는 시내버스 정류소까지 단숨에 뛰어내려왔다.

그러나 미점산수는 큰 애 입학금으로 없어졌고 오죽은 어느 날 느닷없이 친구 이성부가 들이닥쳐서는 그대로 들고 가 버렸다.

DJ 선생님을 보내며

아, 그리운 사람을 떠나보내는 마음이 이다지도 슬프고 허전할 줄은 미처 몰랐습니다. 마지막 가시는 길 가로막고 매달리며, 가지 말라고 가지 말라고 통곡하고 싶습니다. 존경하는 DJ 선생님, 선생님을 보내기가 너무 슬프고 허전합니다. 온 국민들이 연일 땡볕과 빗줄기 속에서도 추모의 발길을 멈추지 않은 것을 알고 계시지요. 세계인들도 선생님이 떠나시는 것을 안타까워하고 있습니다. 선생님이 눈을 감으신 후에야 선생님의 위대한 존재를 새삼 깨달은 사람들이 많습니다. 우리는 너무 큰 별을 잃었습니다. 이토록 사무치는 그리움과 비통함을 어쩌란 말입니까. 감미로운 음악도, 짱짱하게 쏟아지는 찬란한 햇살도 슬프기만 합니다. 온 세상이 짙푸름으로 꽉 차 있어도 모든 것이 공허하기만 합니다. 민족의 지도자를 잃은 상실감, 무력감, 허전함이 너무 커서 아무 일도 손에 잡히지 않습니다. 산천초목도 비통에 잠기고 새들도 세상을 떠나듯 슬피 웁니다. 땅도 울고 하늘도 울고 온 국민이 울었습니다. 그러나 선생님께서 이 나라를 위해 흘렸던 고통의 눈물만 하겠습니까.

이 땅의 민주주의를 위해 한평생 온몸을 불태웠던 민주투혼의 마지막 횃불이 사그라졌습니다. 아직은 우리 곁에 더 계시

그리움은 뒤에서 온다

면서 큰 가르침과 지혜를 주시고 평화 통일을 준비해야 할 분이 가시다니, 이 큰 상실감을 어쩌란 말입니까. 마지막까지도, 이 나라 민주주의가 퇴조하고 있다고 이명박 정권을 따끔하게 질책하셨던 큰 어른이 가셨으니, 이제 누가 있어 바른말로 잘못을 꾸짖을 수 있겠습니까. 누가 있어 통일의 희망이 무지개처럼 피어오르게 하겠습니까.

꽃피는 지난 봄, 고 노무현 전 대통령 영결식장에 휠체어를 타고 나와, 추도사를 읽고 싶다면서 오열을 참지 못하시던 모습 너무도 생생합니다. 정치적 분신을 잃으셨다면서 비통해하시던 모습 잊을 수가 없습니다. 아, 지난날을 돌이켜보면 암울했던 그 시절 굽이굽이마다 선생님의 모습이 떠오릅니다. 그 시절, 의분에 찬 얼굴로 흰 와이셔츠 소매 걷어 부치고 민중을 이끌며 독재타도를 외치던 모습이 눈에 선합니다. 우리를 일깨웠던 그 쩌렁쩌렁한 사자후 아직 귀청을 때립니다.

존경하고 사랑하는 DJ 선생님, 선생님에게는 대통령이라는 직함보다는 '민족의 지도자', '민주주의의 수호자'라는 표현이 더 어울립니다. 이 시대의 큰 어른, 우리 시대 큰 정치 지도자, 역경과 고난을 이겨낸 초인, 그 어떤 수식어로도 선생님의 거룩한 삶을 표현할 수가 없습니다. 선생님께서는 우리 시대 큰 별이셨습니다. 어둠의 시대를 밝혔던 그 별은 우리 민족의 좌표와도 같은 위대한 존재였습니다.

아, 님이시여, 어두웠던 역사 속에서 '행동하는 양심'이었던

님과 한 시대를 함께 할 수 있었던 것이 얼마나 큰 행운이었는지 모릅니다. 우리 생애에서 다시는 선생님 같은 분을 모실 수는 없게 될 것같아 더욱 안타깝습니다. 선생님은 온 국민이 군사독재의 질곡에 빠져 허우적거리고 있을 때 마지막 희망의 등불이었습니다. 우리는 선생님을 믿고 의지하며 보다 나은 세상을 꿈꿀 수가 있었습니다. 꿈꾸는 동안은 용기를 잃지 않았고 어떤 고통도 이겨낼 수가 있었습니다.

선생님의 꿈이 곧 전라도의 꿈이기도 했습니다. 전라도 사람들에게는 희망을 넘어선 구원의 마지막 밧줄과도 같은 존재였습니다. 대선에 낙선했을 때 선생님보다 우리들이 더욱 절망했습니다. 4번째 도전 끝에 당선의 영광을 안았을 때 선생님보다 우리들이 더 기뻐했습니다. 선생님의 대통령 당선은 우리나라 민주주의의 위대한 승리였으며, 슬픈 전라도의 신명나는 해한(解恨)이었습니다. 밤을 새워 개표결과를 지켜보던 시민들은 새벽에 금남로로 뛰쳐나가 목청껏 민주주의 만세를 외치고 〈목포의 눈물〉을 부르면서 서럽게 울었습니다. 생애최고의 축제였습니다. 그 감격, 그 환희를 생각하면 지금도 눈물이 나고 가슴이 뜁니다.

선생님은 준비된 대통령이셨고 성공한 대통령이셨습니다. 우리가 IMF 벼락을 맞았을 때 온 국민이 자발적으로 '금 모으기'를 하여 위기를 이겨냈지 않습니까. 그것은 국민들이 선생님을 믿고 사랑했기 때문에 가능했습니다. 선생님의 따뜻한

242 　　　　　　　　　　　　　　　　　　　　　그리움은 뒤에서 온다

햇볕은 냉전의 강물을 녹이고 통일로 가는 노둣돌을 놓았습니다. 그런가 하면, 많은 사람들의 비판을 받으면서도, 오랫동안 민주세력들을 핍박했던 사람들에 대해 정치적 보복 대신 관용과 포용으로 화합의 미덕을 보여주셨습니다. 선생님의 이와 같은 큰 정신과 철학이 영광스러운 노벨평화상을 안겨드린 것입니다.

아, 사랑하는 님이시여. 님께서는 한평생 가난하고 소외받고 억눌리고 짓밟히는, 사회적 약자 편에 서서 사랑과 용기로 따뜻하게 감싸주셨습니다. 갈등보다 화해를, 반목보다 평화를, 미움보다 관용을 실천하며, 따뜻하고 넉넉한 가슴으로 세상을 한품에 안고 살아오셨습니다. 이처럼 선생님의 삶이 너무 빛나고 거룩하여, 우리들의 상실감은 날이 갈수록 더욱 커져만 갈 것입니다. 그러나 님이시여, 남은 우리는 님이 떠나시면서 남겨준 남북과 동서 화합의 새로운 과제를 풀어나갈 것입니다.

선생님께서 마지막 남긴 글이 〈아름다운 인생, 발전하는 역사〉이듯이, 선생님의 인생은 희생과 고난과 역경의 십자가였으나, 그 길은 아름답고 영광스러웠습니다. 남은 우리들은 선생님이 이루신 가치와 흔적들을 소중하게 갈고 닦아 더욱 빛나게 할 것입니다. 인동초를 볼 때마다 선생님의 고통과 생애를 좌우명으로 새기며 살 것입니다.

제가 오래 전 인도에 갔을 때, 수많은 인도 국민들이 간디묘소에 참배하는 모습을 보았습니다. 그 때, 저는 마음속에 국부

를 모신 인도인들이 그렇게 부러울 수가 없었습니다. 그러나 이제 우리도 선생님을 국부로 모실 수 있게 됨을 행복으로 알고 살아갈 것입니다. 이것으로 선생님을 잃은 슬픔을 위로할 것입니다. 이제 이승의 번다함과 고통의 굴레 훨훨 벗으시고 하느님 나라에서 영원한 안식 누리소서. 부디 역사 속에 별이 되어 우리를 비추소서….

〈국민일보 조사〉

그리움은 뒤에서 온다

백야산 시절의 박현채 선생님

6월항쟁 직후 광주에는 서울로부터 상당수의 진보적 지식인들이 모여들었다. 민권변호사 이돈명 씨가 조선대학교 총장에 초빙된 것을 계기로, 박현채, 김홍명 교수가 부임해왔고 문병란 시인이 모교에 복직되었다. 또한 성래운 씨가 학장으로 초빙된 광주대에는 이종수, 조태일, 박지동 교수가 부임했으며 최하림 시인이 전남일보 편집부국장에 취임, 광주생활을 시작했다. 이 밖에도 소설가 황석영, 시인 황지우 등도 민주성지 광주에 둥지를 틀고 있었다. 이들 진보적 지식인들은 광주의 민주인사들과 어울려 광주가 분단극복과 민주발전소의 중심적 역할을 하도록 힘을 모았다.

이 무렵 순천대학교에 몸담고 있던 나는 전남일보 초대 편집국장이 되어 광주에 올라와 있었던 터라, 이들을 만날 수 있는 기회가 많았다. 특히 박현채 선생과 김홍명 교수는 창간 무렵 전남일보에 좌담회며 대담, 칼럼기고 등 많은 도움을 주었다. 재미있었던 것은 박현채 선생과 김홍명 교수를 한 자리에서 좌담을 할 때의 분위기였다. 다른 사람들과 같이 있을 때는 좌중을 휘어잡고 강한 톤으로 자신의 주장을 이야기하던, 자존심 강한 김홍명 교수도 박현채 선생 앞에서는 딴 사람이 된 것처럼 얌전해져서 입이 무거워지던 것이었다. 특히 박 선생

은 어떤 곤란한 주제에서도 양비론을 말하거나 애매한 태도를 취하지 않고 일도양단으로 명쾌하게 말하는 것을 좋아했다.

박현채 선생은 광주로 내려오자 내게 말을 놓았다. 서울의 공적인 행사 자리에서 만났을 때는 서로 양존을 했었는데, 광주에 내려오면시부터는 큰형님이 막내 동생 대하듯 대뜸 반말을 했다. 하기야 나보다 4살이나 연상이라 전혀 불만이 없었다. 오히려 이물 없이 대해주는 것이 좋았다.

조선대에서 '민족자본론'을 강의하고 있던 박현채 선생은 만날 때마다 약간 들떠 있는 것처럼 마냥 기분이 좋아 보였다. 오랫동안 일정한 직장을 갖지 못하고 여기 저기 대학을 찾아 떠돌음했던 선생이 비로소 조선대 교수라는 안정적인 자리를 갖게 되었으니 그도 그럴밖에. 주변사람들한테 들은 바로는 박 선생이 조선대에서 첫 월급을 받고 의료보험증을 받았을 때 좋아라 하며 자랑을 하더라고 했다.

박현채 선생은 학생들한테 인기 최고였다. 오랫동안 진보적 이론에 목말라 있던 학생들은 오랜만에 박현채 선생의 거침없는 강의에 매료당했다. 비로소 광주의 젊은이들이 사구체(사회구성체)의 불씨를 안게 된 것이다.

"자네 소설에서 홍수 때문에 알거지가 된 마을 사람들이 남은 식량을 모두 한데 모아서 가마솥을 걸고 같이 먹고 사는 대목이 나오는데, 그런 일이 있었는가?"

전남일보 좌담회 참석차 신문사에 온 박 선생은 내 방에 들

그리움은 뒤에서 온다

러 차를 마시면서 뚜벅 물었다. 졸작 〈타오르는 강〉의 내용을 두고 한 말이었다. 나는 우리 고향에서는 홍수가 지거나 가뭄이 들 때, 부자나 가난한 사람이나 갖고 있는 식량을 모두 내놓아 당산에 큰 솥을 걸고 같이 함께 먹고 살았다는 말을 했다.

"자네 고향이 어딘데?"

"담양 끝자락인 남면 구산리입니다."

"그래? 내 고향과 가까운 곳이구먼."

그 때 나는 박 선생의 고향이 동복면 독상리라는 것을 처음 알았다. 우리 마을에서 독상리까지는 반나절 길도 안 된다. 우리 마을은 담양의 끝자락으로 화순과 맞닿아 있었고 재 하나만 넘으면 동복 땅이다. 마을 사람들이 동복 장을 많이 이용하기도 했다.

"순 오지 촌놈이구먼."

박 선생은 고향후배를 만난 것처럼 반가워했다. 두 사람이 고향을 떠나지 않고 6·25 없이 그대로 살고 있었더라면 동복 장터에서라도 몇 번 만날 수 있었을지도 몰랐다.

그 후로 선생은 가끔 신문사에 왔고 푸짐하게 고향이야기를 하곤 했다. 고향이야기를 할 때는 눈언저리에 어둡고 촉촉한 그림자가 오랫동안 맴돌곤 했다.

"고향에는 자주 가나?"

"가끔 가는데, 어쩐지 전 같지가 않아요."

나는 50년 11월, 우리 마을이 백아산 공비토벌 작전지역이

되어, 토벌대에 의해 70여 호의 마을이 한꺼번에 불태워졌고 마을 사람들은 재 너머 화순 이서면의 경찰주둔지역으로 소개당했던 일이며, 그 때 우리 가족은 이서로 가지 않고 입산자 가족들과 함께 백아산으로 들어갔다는 이야기를 했다.

그 때까지만 해도 박 선생은 백아산 이야기는 한 마디도 꺼내지 않았다. 나도 박 선생이 한때 빨치산이 되어 백아산에 있었다는 사실을 전혀 몰랐었다. 그 무렵 나는 경영진의 반대를 무릅쓰고 여자 빨치산의 수기 "빨치산의 노래"를 전남일보에 연재하게 했다. 당시 전남일보는 진보적 시각으로 "광주 전남 현대사"를 연재하는 등 파격에 가까운 신문을 제작하고 있었다. "여순사건"을 "여순항쟁"으로 표현해 인쇄된 신문을 모두 폐기시키기도 했었다.

89년 가을쯤으로 기억된다. 일요일 저녁이었다. 나는 등산복 차림으로 책을 사기 위해 충장로에 갔다가 우체국 앞에서 박 선생을 만나게 되었다. 박 선생은 거나하게 취해 있었다. 나를 보자 특유의 해맑은 웃음을 웃으며 내 손을 잡더니 술 한 잔 하자는 것이었다. 우리는 우체국 뒷골목 허름한 식당에 마주 앉았다.

"오늘은 산에 안 가셨어요?"

나는 그 무렵 박 선생은 송기숙 교수랑 일요일이면 등산을 한다는 것을 알고 있었다.

"무등산에 갔다 오나? 가을 산은 역시 무등산이 최고야."

그리움은 뒤에서 온다

"백아산에 갔다 옵니다. 고향에서 가까워 백아산에 자주 갑니다. 작년 봄에는 화약창고가 있었던 작은동 화석굴에도 가봤고 지난주에는 문바위 옆 쇠판 구덩이도 올라갔는 걸요."

내 말에 박 선생은 한동안 말없이 내 눈빛을 살피고만 있었다.

"마당바위 밑 군부샘에는 물이 마르고 없데요."

그러자 박 선생은 군부샘을 어떻게 아느냐고 물었다.

"한 때 백아산에 있었거든요. 왜 백아산에는 빨치산 말고도 입산자 가족 등 민간인들도 많이 있었지 않아요. 마당바위에서 총에 맞아 죽을뻔 했답니다. 백아산에서 우리 마을 사람도 여럿 죽었지요."

"그래, 백아산 어디에 있었는가?"

"처음에는 원리에 있었지요."

"원리라면 광주부대가 있던 곳인데?"

"그걸 어떻게 알아요?"

내가 약간 놀라며 묻는 말에 박 선생은 희미하게 웃음을 떠올리더니 당시 백아산에 주둔하고 있었던 빨치산부대와 마을들을 줄줄이 말했다. 약수리에는 전남도당 위원장이 있었고, 전남도 당부는 용촌에, 수리에는 전남유격대 사령부가, 송단 2구에는 전남도당학교가 있었던 것도 말했다. 그는 51년 봄의 토벌작전 후로 도당 지휘부가 갈갱이로, 유격대 총사령부는 노치로 옮겨간 것까지도 알고 있었다. 그러나 나는 우리 가

족이 머물렀던 원리에 광주부대가, 고모가 살던 수리에 유격대 총사령부가 있다는 정도밖에 몰랐다. 당시 백아산에는 전남도당과 전남유격대 총사령부 외에, 화순 보성 유격대, 화순 탄광 유격대, 나주 동부 유격대, 영광 유격대, 광산 유격대, 장흥 광양 장성 유격대, 남양 유격대가 진주해 있었다는 사실도 비로소 알게 되었다. 그리고 화순탄광 유격대 가운데는 '항미 소년돌격대'원도 포함되어 있었다고 했다. '항미 소년돌격대'는 1946년 8월 화순탄광 노동자들이 반미를 외치다 죽음을 당한 사람들의 아들딸들이 아버지의 원수를 갚겠다며 1950년에 조직, 백아산으로 입산했다고 했다. 나는 그 때서야 박 선생이 빨치산이 아니었을까 하고 생각했다.

"나도 백아산에 있었네."

박 선생은 이윽고 자신이 소년 빨치산이었음을 말해주었다. 6·25가 터지던 해 내 나이 열두 살이었으니 그는 열여섯 살에 빨치산이 된 것이다. 하기야 우리 마을에서도 빨치산이 되어 백아산으로 들어간 소년들이 몇 명 있었다. 박 선생이 백아산에 입산한 것이 50년 10월이라고 했으니 나보다 한 달 정도 빨랐다.

"백아산에는 얼마나 있었는가?"

"50년 겨울부터 이듬해 여름까지요."

"그렇다면 51년 여름의 작선을 겪었겠구만."

"미군 제트기가 격추되는 것도 보았는데요."

그리움은 뒤에서 온다

"그날은 유난히 안개가 무겁게 낀 날이었어. 정말 끔찍했지. 그날 사백 팔십 명이나 되는 빨치산이 죽었어."

박 선생은 그 전투 이후로, 남한 빨치산은 이현상이 지도자가 되어 남부군으로 개편되었는데, 전남도당 박영발 위원장의 강력한 주장으로 무장투쟁도 당이 중심이 되어야 한다는 이유로 전남북도당만이 남부군에 편입되지 않고 독자적인 투쟁을 하게 되었다고 했다. 박 선생은 그러면서 1대 전남도당 위원장이었던 박영발에 대해서도 이야기했다.

"나도 박영발 위원장을 봤어요. 왜놈들한테 고문을 당해 다리를 절게 되었다면서요?"

그러나 박 선생은 51년 여름의 대대적인 토벌작전 이후에 대해서는 이야기하지 않았다. 박 선생은 51년 여름 대공세 때 비트에 은신해 있다가 포로가 되었던 것이다.

한 번은 신문사에서 무슨 연유로 전주에서 학교를 다니게 되었느냐고 넌지시 물어보았다. 선생은 광주서중 3학년 때 입산하여 2년 동안 백아산에 있다가 포로가 된 후, 전주고등학교에 들어간 것이었다. 선생은 빨치산 출신이 어떻게 고향에서 버젓이 학교를 다닐 수 있었겠느냐고 반문했다. 빨갱이를 모두 잡아 죽이자는 서슬 퍼런 시절에 고향에서 학교 다닌 것이 들통이 났다가는 살아남을 수 없었을 것이라고 쓴웃음을 지었다. 그 시절에는 누가 자신을 알아볼까 두려웠다고 했다. 한번은 서울대에 들어간 그해에 화장실에서 고향 후배와 맞닥뜨리

고 말았다. 그는 자신이 빨치산이었다는 것을 잘 알고 있는 후배였다. 당황한 박 선생은 다짜고짜 후배의 멱살을 붙잡아 끌고 화장실 안으로 들어가 문을 잠그고 자기를 보았다는 사실을 입 밖에 내면 죽여 버리고 말겠다고 협박을 했다. 겁에 질린 후배는 손을 빌며 이무에게도 알리지 않겠으니 살려달라고 사정을 하더라는 것이다. 박 선생은 서울대를 졸업하기까지 내내 자신의 빨치산 이력이 밝혀질까봐 늘 전전긍긍하며 지냈다고 했다. 그러면서 선생은 이제 과거를 두려워하지 않고 말할 수 있으니 얼마나 좋으냐며 환하게 웃었다.

지난주에도 나는 백아산에 갔었다. 한 때 난공불락의 요새였던, 문바위에서 보름재와 차일봉에 이르는, 화순 매봉과 곡성 매봉 사이의 능선을 걸으며, 가을 햇살처럼 해맑은 박현채 선생의 미소를 떠올렸다. 백아산 단풍이 핏빛처럼 붉었다.

그리움은 뒤에서 온다

실존주의 명강의 유공희 선생님

　광주고등학교 시절, 유공희 선생님은 너무 깔끔하고 빈틈없는 성격이라서 학생들이 가까이 다가가기가 어려운 분이셨다. 늘 핸섬한 신사복 차림에 짙은 갈색 안경 너머로 비친 깊고 날카로운 눈빛 때문이었는지도 모른다. 내가 그런 유공희 선생님에 대해 흠선(欽羨)하는 마음으로 가까이 다가가고 싶은 충동을 느꼈던 것은 2학년 때 문예부에 들어가면서부터였다. 당시 광고에서 현대국어를 가르친 분은 송규호·유공희 두 분이셨다. 송규호 선생님은 문예부 지도교사였기에 자주 뵐 수가 있었지만 유공희 선생님은 먼발치로만 바라보곤 했다. 더욱이 송규호 선생님이 1학년 때부터 3학년까지 내리 3년 동안 현대국어를 가르치셨기 때문에 나는 유공희 선생님으로부터 국어 수업을 한 번도 받아본 적이 없었다.

　그 때 우리들은 현대국어를 담당하셨던 송규호·유공희 두 선생님을 은근히 비교했었다. 송규호 선생님은 수필가로, 유공희 선생님은 문학비평가로 비쳐보였다. 송규호 선생님은 교과서 중심 수업보다는 문학이야기를 많이 해주셨고 막걸리 타입의 털털한 성격에 학생들과 어울리기를 좋아하셨다. 그런가 하면 귀공자 타입의 유공희 선생님은 한점 흐트러짐이 없이 엄격해 보여 저학년들은 접근하기를 매우 주저했다. 그런데도

내가 유공희 선생님에게 가까이 가고 싶었던 것은 선배들 영향 때문이었다. 선배들로부터 유공희 선생님에 대한 이야기를 너무 많이 들었던 것이다. 일본 메이지대 출신이라거니, 해박한 지식에 달변이고 술을 좋아하며 특히 실존주의에 대해서 폭넓게 알고 있다는 등등. 그런 연유로 나는 유공희 선생님의 수업을 받아보고 싶었지만 이루어지지 않았다.

유공희 선생님은 문예부 지도교사는 아니었는데도 글을 쓰는 학생들에 대한 관심이 많으셨다. 한번은 내가 광고타임스에 수필 〈자취생의 변〉이라는 글을 발표했을 때 복도에서 선생님과 마주치게 되었다. 선생님은 나를 불러 세우더니 "자네가 문순태인가? 자취생의 변 잘 읽었네. 리얼리티가 생생하게 살아있어서 좋았어."라고 칭찬해 주셨다. 나는 그 때 선생님이 내 이름을 기억해주신 것에 너무 감격했다. 이성부한테 뛰어가서 한껏 뻐기며 그 이야기를 했더니 "짜아식, 임마, 나는 시를 발표할 때마다 매번 칭찬을 들었어."라고 하면서 피식 웃었다. 선생님은 이처럼 학생들의 글을 읽고 나서 간단한 평을 해주는 것을 잊지 않으셨다.

3학년 때였다. 유공희 선생님은 송규호 선생님이 결근한 날 보강을 위해 우리 반 교실로 들어오셨다. 나는 놀라고 반가워서 엉겁결에 박수를 치고 말았다. 선생님은 칠판에 '실존주의'라고 크게 썼다. 그리고 한 시간 동안 실존수의에 대한 이야기를 하셨다. 키르케고르의 〈죽음에 이르는 병〉에서부터 사르트

254 그리움은 뒤에서 온다

르의 〈구토〉, 카뮈의 〈이방인〉, 카프카의 〈변신〉 등에 대한 이야기였다. 인생은 고통이라는 열차를 타고 절망이라는 터널을 지나 죽음이라는 종착역에 이른다는 키르케고르의 말이 명치 끝에 와 닿았다. 이날 선생님은 마지막에 "인간은 누구나 죽는다. 모두가 원 웨이 티켓 한 장씩을 들고 죽음으로 가고 있다. 그러므로 생은 무의미한 것인지도 모른다. 그러나 한 번밖에 살지 못하니까 아무렇게나 살자는 것이 아니라, 한 번밖에 살지 못하니까 의미있게 살자는 것이다. 이것이 실존주의의 진정한 철학정신이다."라는 말로 끝을 맺었다. 이 말은 지금까지 내 삶을 방향타 역할을 해주었다.

이 무렵 나는 시를 쓰면서도 틈틈이 소설 습작을 하고 있었기 때문에, 선생님의 실존주의 강의는 큰 감명을 주었다. 다음날부터 나는 당장 실존주의 작가들의 작품들을 읽기 시작했고 그들의 작품을 흉내 내기도 했다. 그 때 쓴 습작 〈깡통 차기〉와 〈흑 태양〉 따위가 그것이다. 〈깡통 차기〉는 한 젊은이가 통금시간 후에 경찰들을 피해 빈 깡통을 차서, 마찰음으로 밤의 정적을 깨트리며 도시의 골목을 방황한다는 내용이었다. 또 〈흑 태양〉은 사상범으로 체포되어 사형을 기다리는 두 죄수가 같은 포승줄에 묶여, 싸우며 갈등하다가 한 죄수가 먼저 죽자, 나머지 한 죄수는 죽음보다 더 두려울 정도의 원초적 고독감에 빠진다는 내용이다. 그 때 나는 송규호 선생님 모르게 두 편의 습작소설을 유공희 선생님한테 보여드리고 나서 한동안

선생님 주위를 맴돌았다. 두 주일쯤 지나, 복도에서 나를 만난 선생님은 "지금은 쓰기보다는 읽기에 더 치중하게."라고 짤막한 비평을 해주셨다. 그러나 나는 실망하지 않고 선생님 말씀대로 읽기에 충실했다.

내가 대학에서 철학과를 택한 것도 따지고 보면 유공희 선생님의 영향 때문이다. 선생님으로부터 실존주의 이야기를 듣지 못했더라면 분명 국문학과를 선택했을 것이다. 지금 생각해보니, 송규호 선생님한테서 글 쓰는 법과 열정을 배웠다면 유공희 선생님한테서는 작가정신을 영향받았던 것 같다.

아, 이청준, 그리던 어머니 곁으로

이형, 끝내 먼저 떠나고 말았구려. 그리도 그리던 고향과 어머니를 잊을 수 없어 서둘러 가셨나요. 이 세상에서 가장 무거운 '소설'이라는 짐 가벼이 내려놓고 선학동 학이 되어 훨훨 날아가셨나요. 투병 중에 낸 〈그곳을 다시 잊어야 했다〉는 소설 제목의 '그곳'이 바로 이곳이었단 말입니까. 이제는 이승의 모든 고통과 기억들 다 잊어버리고 떠나소서.

未白 선생 떠나는 마지막 모습 보기 위해 회진으로 가는 길 연도에는 배롱꽃이 붉게 피어 그렇게 슬프지만은 않았습니다. 천관산 바라보며 차를 몰면서 문득 이형과 함께 해온 시간들을 떠올려보았습니다. 돌이켜보면 나는 이형에게서 소설가의 위대한 정신을 보아왔습니다. 속세의 온갖 유혹 다 뿌리치고 오로지 소설 하나만을 붙들고 사는 이형이 늘 부럽고 큰 바위 얼굴처럼 자랑스러웠답니다. 우리는 토끼 띠 동갑에 광주의 같은 하늘 아래서, 무등산을 보며 문학 청년기를 함께 보냈지요. 나는 광고에서 이형은 일고에서, 문학의 꿈을 키웠지요. 어린 나이에 홀로 낯설기만 한 광주에 와, 외로움과 절망 속에서 문학을 택할 수밖에 없었다고 했던가요. 그 후, 우리는 광주에서 서울에서, 수없이 만났지만 한번도 내게 거드름을 피우거나 흐트러진 모습을 보여준 적이 없었지요. 언제 만나도 넉넉

한 한량의 모습으로 황토 같이 끈끈한 전라도 정이 넘쳤지요. 우리가 처음 만나 촌놈 이야기가 나왔을 때, 나는 중학교에 다니면서 털메기를 면할 수 있었다고 하자, 이형은 광주 서중에 들어와서 처음으로 기차를 봤다고 했지요.

94년이었던가, 노모님이 돌아가셨을 때 최하림 시인과 장흥 회진까지 문상을 갔었지요. 형은 뒤뜰에 열린 노란 유자를 하나 따주었지요. 바다와 접한 조그마한 마을의 낡고 초라한 시골집을 보면서, 나는 이형이 유년시절 얼마나 고달프게 자랐을까 상상이 되었습니다. 그 때 이형이 내 문학의 뿌리는 바로 고향과 어머니라고 말했던 것을 기억합니다.

이형은 누가 뭐라고 해도 가장 전라도적인 작가요, 전라도를 사랑하는 작가입니다. 그래서 한의 소리인 판소리와 남도창, 문기(文氣)가 물씬 묻어나는 남도 문인화 등 전라도 문화와 정서를 유별나게 좋아했지요. 형의 여러 작품 속에 점액질의 한과 구성진 남도 가락이 베어 있는 것도 다 그 때문이 아닌지요.

언젠가 형은 내게 "소설은 한의 씻김굿과 같은 것"이라고 한 말을 기억하십니까. 작가는 역사보다는 인간 존재를 현미경으로 들여다봐야 한다면서, 작가는 오직 붓끝으로 말해야 한다는 이야기도 했던 것 같습니다. 형은 진정한 소설가였습니다. 형은 소설가로서 누구 앞에서나 겸허하면서도 당당했습니다. 1993년 영화 〈서편제〉를 통해 전라도의 멋과 신명, 그리고 아름다운 자연경관을 전국에 널리 알리게 되었을 때, 광주의 기

258

관장들이 이형을 일류 요릿집에 초청해서 환영연을 베푼 적이 있었지요. 도지사·시장·법원장·검찰청장·교육감·정보부 지부장·신문사 사장들이 다 모였었지요. 그 때 나도 말석에 끼었었지요. 그 자리에서 어떤 기관장이 이형 앞에 무릎을 꿇고 존경을 표시하며 술을 따르자, 이형이 같이 무릎을 꿇고 술잔을 받는 것을 보았습니다. 그 때 이형의 그 의연하면서도 겸허하고 당당한 모습이 오래토록 잊혀지지 않습니다.

아, 형의 고향 회진 바다 모퉁이 돌자 진목리가 보입니다. 온 마을 사람들이 형의 떠나는 모습을 보기 위해 모두 나와 있었습니다. 고향에 사시는 형수님이 가장 서럽게 울었습니다. 서울에서 내려온 김병익·김치수·정과리·현길언·정찬·임철우·이승우·임동학·한강의 얼굴이 보이고 광주에서 송기숙·천승세·송수권·김준태·이명한·체희윤·박혜강·김현주·나정희 등도 왔군요. 한승원을 비롯 장흥 출신 문인들과 형의 소설을 사랑했던 많은 독자들도 자리를 함께 했습니다. 형은 많은 문인들에 둘러싸여 어머니 곁으로 갔습니다. 형의 소설로 만든 영화 〈축제〉가 자꾸 떠올라 결별의 슬픔을 조금은 달랠 수 있었습니다.

이날, 형이 떠나는 모습은 경건하면서도 축제처럼 아름다웠습니다. 어쩌면 작가에게는 생명의 유한은 의미가 없는 것인지도 모르겠다는 생각을 했습니다. 작품이 살아있으면 작가도 영원히 사는 것이 아니겠는지요. 앞으로도 이형은 세월이 흐를수록 더 큰 소설가로 살아남게 될 것입니다. 부디 편안히 가소서….

〈서울신문 조사〉

아름다워라, 仙鶴이여

　1년 전, 우리는 큰 슬픔 속에 미백 형을 떠나보냈습니다. 이 형 만나러 오는 전라도 길은 올해도 여전히 분홍빛 자미화가 슬픈 영혼처럼 바람에 날리며 우리를 맞았습니다.

　이형, 이 세상에서 가장 무겁다는 소설의 짐 부려놓고 고향에 돌아와, 갯나들 바라보며 청산에 누웠으니 편안하신가요. 하늘에 올라 안개 속을 거닐고 끝도 없는 곳에서 학처럼 자유롭게 노니느라, 속세의 번다함 다 잊으셨는지요. 그리도 곡진하게 그리던 어머니 옆에 계시니 마음 넉넉한가요.

　거자일소(去者日疎)라고 했던가요. 떠난 사람은 나날이 멀어져간다는 말은 사실이 아님을 우리는 지금 절감하고 있습니다. 1년이 지난 후 지금도, 이형을 잃은 우리들의 슬픔과 안타까움은 커져만 갑니다. 너무도 허전하여 그리움에 가슴이 아립니다. 이형이 떠난 빈 자리가 더욱 공허함을 새삼 깨닫게 됩니다. 싱그러운 7월, 사방이 푸르름으로 꽉 찼으나, 이형 없는 세상은 늦가을의 빈 들녘처럼 쓸쓸해 보이기만 합니다.

　이형이 떠나고 난 뒤, 정갈한 그 모습이 더욱 선명하게 떠오릅니다. 천관산이 솟은 남쪽 하늘을 바라볼 때마다, 문득문득 이형의 은빛 환한 미소가 눈에 밟히곤 합니다. 얼마 전에는 무등산 골짜기에 있는, 계산(谿山) 화실 무등초려(無等草廬)에

그리움은 뒤에서 온다

들러, 이형이 서울의 번다함을 피해 고향에 내려올 때마다 묵어갔다는, 따끈한 구들방에 앉아, 이형의 체취를 흠뻑 느꼈습니다. 계산은 학 한 마리가 날개를 치며 날아오르는 그림을 그려 벽에 걸어놓고, 선학이 되어 날아간 이형을 애달피 그리워하고 있더군요. 〈仙鶴標致, 聲開于天〉(아름답다 선학의 자태여, 그 명성 천지에 울리네)라는 화제가 가슴을 흠씬 적셨습니다.

그리움 속에 꽃은 피고 지며, 강물처럼 세월은 덧없이 흘러가지만, 이형은 그 시간 속에 영원히 머물러, 강물 위에 부서지는 눈부신 햇살이 되고 있음을 다시 느낍니다. 생각해보니 이형은 가신 것이 아니더이다. 예술가에게 생물학적 생명은 아무 의미가 없는 것인지도 모릅니다. 형이 쌓아올린 문학적 성과가 곧 불멸의 생명이 아니겠는지요. 정신은 이승에 맡기시고, 몸만 저승에 가 계시다는 것을 느낄 수 있습니다. 저승의 뒷문을 열면 이승의 앞문이 나타나고, 이승의 앞문을 열면 저승의 뒷문이 보이듯, 이형과 우리들의 사이는 손이 맞닿을 수 있는, 한 뼘도 안 되는 거리에 있는 것이지요.

이형은 한국문학의 대표적인 지성파 작가로, 한국소설문학에 빛나는 금자탑을 쌓으셨습니다. 형의 맑고 투명한 심성은 빛이 되고 향기가 되어, 삶의 고통에 지쳐있는 수많은 독자들에게 위안의 노래가 되고 있습니다. 특히 형은 고향을 어머니처럼 곡진하게 사랑하셨지요. 소설 속에 점액질 전라도 한과 남도가락이 흥건히 녹아 있어, 이형은 가장 전라도적인 작가

였습니다. 서편제 등 여러 작품을 통해 전라도의 자긍심과 애향심을 심어주어 전라도의 큰 자랑이었습니다. 그래서 우리는 이형을 잃은 상실감이 크고 세월의 빛이 바랠수록 이형의 향기 더욱 푸르러 그리움이 사무칩니다.

우리는 결코 이형을 잊지 않을 것입니다. 이형이 고통 속에서 남기고 간 찬란한 정신적 업적들 하나하나, 갈고 닦아서 더욱 빛나게 할 것입니다. 우리들 가슴 깊고 따스한 곳에서 뿜어져 나온 사랑으로, 이형을 영원히 기릴 것입니다. 미백 형, 이제 이승의 번뇌 다 잊으시고 부디 영원한 안식 누리소서.

〈이청준 선생 1주기 추도사〉

그리움은 뒤에서 온다

찬란한 색깔로 살다 간 진양욱

84년 12월 16일, 진양욱 화백의 돌연한 부음을 전해듣는 순간, 우리는 너무 큰 충격으로 가슴이 떨렸다. 우리는 그날을 잘 기억하고 있다. TV 화면 자막에 그의 교통사고 보도가 나가는 순간, 화가들뿐만 아니라 이 지역의 모든 사람들은 그를 잃은 슬픔과 안타까움에 깊은 탄식을 토했다. 그만큼 진 화백은 존경과 사랑과 기대를 한 몸에 받고 있었다. 만약 그가 그때 세상을 떠나지 않았더라면 그는 분명 한국화단에 큰 별이 되었을 것이기에 우리는 그의 죽음을 더욱 안타까워 하는 것이다.

그 무렵 진 화백은 화가로서 생애 최고의 행복을 느끼고 있었다. 서울 예화랑 초대전에서 예상 못했을 만큼의 좋은 평가와 함께, 여기저기서 다음 초대전 예약을 하자고 줄을 섰다. 그는 새로운 진양욱 시대를 열어갈 희망과 자신감에 부풀어 있었다. 어쩌면 그에게는 화가로서 참을 수 없을 만큼의 처절했던, 좌절감으로부터 완전히 벗어나는 새로운 출발의 기회이기도 했다.

1978년 미국 유학을 마치고 돌아온 진 화백은 사뭇 다른 모습의 화가로 우리에게 다가왔다. 그는 당시 미국 필라델피아 대학 교수로 가 있던 김흥수 화백을 통해 낯선 세계와 접할 수

있었다. 오랫동안 집착했던 남도 정서를 바탕으로 한 인상주의적 구상회화 화풍에서 벗어나, 다채로운 색채를 통한 새로운 미적 세계에 눈뜰 수 있었다. 그는 스폰지로 색채를 찍어내는 독특한 기법으로 색의 질감과 형태를 조화있게 조형화하는 감각적인 화면을 구성했다. 미국 유학시절 그는 김흥수 화백과의 인연으로 하동철·정관모 같은 화가들과 알게 된다. 그리고 귀국해서는 그의 새로운 스타일의 작품과 함께 저명한 화가들과의 인연으로 중앙화단의 주목을 받게 된다.

우리가 잘 알고 있듯이 미국 유학을 떠나기 전까지만 해도 그는 화가로서 깊은 매너리즘의 수렁에 빠져 있는 것처럼 보였다. 변화가 필요하다는 지적도 있었다. 진 화백 자신도 화가로서 많은 갈등을 겪었던 시절이기도 하다. 후배들은 앞다투어 국전에 잇따라 특선을 하는데 막상 그들을 지도했던 그가 낙선을 거듭하자, 술에 의지하며 갈등과 좌절감 속에서 고통스러운 나날을 보내지 않을 수 없었다.

그러던 그가 미국 펜실베이니아 아카데미 오브 더 파인아트 연수를 끝내고 1년 만에, 화려한 변신과 함께 귀국하여 우리를 깜짝 놀라게 했다. 모두들 은근히 그의 변화를 부러워했다. 그는 회색톤의 〈운주화 일우〉 등 가장 먼저 운주사 와불과 석탑을 소재로 선택하였다. 그것이 많은 화가들이 운주사에 관심을 갖게 하는 계기가 되기도 했다. 그는 13번의 입선 끝에 특선의 영광을 안았고 마침내는 대한민국 미술대전의 심사위원

이 되었다.

그런 진 화백이 예술가로서의 절정기에 접어들어 한창 화려하게 꽃을 피우려는 시기에 돌연 세상을 떠났으니 얼마나 애석한 일이었겠는가. 초대전 성공으로 행복감으로 충만된 진 화백은 아내와의 결혼기념일을 더욱 뜻깊게 하기 위해 서둘러 로열 XQ승용차를 뽑았다. 신마저 그의 행복을 시기했던가. 아내와 아들 시영을 태운 그는 장성 백양사에 갔다오다가 불의의 참변을 당하고 말았다.

진 화백은 1932년 전북 남원에서 가난한 농사꾼의 아들로 태어났다. 소년시절부터 혼자의 힘으로 거친 삶의 굴곡을 헤쳐나가야만 했다. 일찍 부모를 잃은 그는 한 때 이발소에서 머리를 감겨주는 일을 하기도 했고 권투선수가 되어 돈을 벌 생각도 했다. 그러다가 곡성에 있는 삼광원이라는 시설에서 기식을 하며 눈물로 곡성농고를 졸업한다. 고등학교를 졸업한 후 광주 무등원으로 자리를 옮겼을 때, 당시 조선대 교수인 오지호 선생과의 인연으로 조선대 미술과에 진학한다. 그리고 무등원에 있을 무렵인 1956년에 진양욱과 황영성은 운명처럼 만난다. 황영성은 그보다 일곱 살이 많은 진양욱을 형님이라 부르며 따랐고 진양욱은 황영성을 친동생처럼 찐덥지게 대해주었다. 훗날 황영성이 사범학교에 다니다 조선대 미술과로 진학하게 된 것도 진양욱의 영향이 컸다. 이 때 황영성이 본

진양욱은 보통 키에 깐깐하고 다부진 체격이었는데, 기분이 좋을 때는 권투선수 폼을 하고 가볍게 툭툭 잽을 넣곤 했다고 한다.

그 무렵 그는 오지호 선생의 배려로 조대부고에서 미술을 가르친 일이 있다. 오승윤과 송용이 조대부고 시절 그에게서 그림을 배웠다. 따지고 보면 유명한 조대부고 미술부의 뿌리를 내리게 한 사람이 진양욱이다.

황영성 화백이 회고한 것처럼 그는 꼼꼼하면서도 순박하며 저돌적인 성격을 갖고 있었다. 오지호 선생이 서울에서 임직순 선생을 조선대로 초빙해올 때의 이야기다. 임직순 선생이 밀린 사글세방값 내줄 돈이 없어, 광주로 내려갈 수 없다고 했다. 오지호 선생은 진양욱을 불러, 학교에서 마련해 준 돈을 주며 서울에 가서 임 선생의 방값을 치르고 오라고 했다. 이때 진양욱은 팬티에 주머니를 달아 돈을 넣어갔다. 임직순 선생이 이 것을 보고 감동했다고 한다. 그때 팬티 속에서 돈을 꺼내는 것을 본 임직순 선생은 조대로 옮겨온 후 학과의 모든 일을 진양욱 선생한테 맡겼다. 임 선생은 늘 "세상에서 다 못 믿어도 진양욱만은 믿는다."고 했다. 진양욱은 그 때뿐만 아니라 언제나 큰 돈은 팬티에 주머니를 달아 넣어두곤 했다. 누구보다 외롭고 가난하게 자라 서러움을 많이 겪었던 터라, 돈의 귀함을 뼈저리게 잘 알고 있있던 섯이다. 그는 절대 헤프게 낭비하는 일이 없었다.

돈이 아까워서 술과 담배도 멀리했던 그에게 술을 가르친 사람이 임직순 선생이었다. 나중에 진양욱은 두주불사의 술꾼이 되었다. 술을 마시면 권투선수를 꿈꾸었던 사람답게 저돌적이며 호탕한 기질이 허물없이 그대로 나타나곤 했다. 학생들과 야외스케치를 나가면 으레 학생들이 떼메고 올 만큼 취하게 마련이었다. 그 무렵 〈진양욱과 그 악당〉이라는 이름이 붙을 정도로 진양욱·황영성·최영훈은 거의 날마다 어울려 술에 취하고 예술을 이야기했다. 최영훈이 가지고 있는 사진 한장에서 그 무렵의 술취한 진양욱의 모습을 잘 보여주고 있다. 언젠가 임곡으로 야외스케치를 갔을 때, 운두 높은 여름 중절모를 비뚜룸히 비껴쓰고, 러닝셔츠 차림에 바짓가랑이를 정강이 위로 걷어올린 모습이라니. 조금은 거만하고 조금은 진지한 그의 웅숭깊은 모습이 눈에 선하다.

진양욱은 일을 벌리기 좋아한 만큼 추진력도 대단했다. 미술과를 미술대학으로 승격시킨 것도 그가 해낸 일이었다. 미술대학 승인을 얻어내기 위해서, 새벽에 당시 이규호 문교부장관 사택으로 쳐들어가 떼를 쓰다시피한 이야기는 유명하다. 결국 그는 초대 미대학장이 되었고 황영성이 교무과장, 최영훈이 학생과장을 맡아 트리오가 되어 조대미대를 이끌어갔다.

이 글을 쓰면서 필자 역시 만년 그의 그림에서 볼 수 있었던 화려한 색깔만큼이나 다양한 진 화백의 모습을 떠올려보았다. 그는 여전히 아름답고 컬러풀한 모습으로 우리 마음속에 살고

있다. 때마침 황영성·최영훈·진원장·김대원·임진모 등과 만나 소주잔을 기울이며 진양욱 화백을 회고하는 시간을 가졌다. 그에 대한 일화가 그칠 줄 모르고 이어졌다.

"역시 예술가는 많은 일화를 남겨야겠구만."

황영성은, 진양욱 화백의 53년이라는 짧은 삶 속에는 예술가적 고뇌와 좌절과 희망과 환희가 함께했음을 말했다.

다행인 것은 진 화백의 남은 세 자녀들이 잘 자라 주어 하늘에서도 무지개 같은 그림을 그리고 있을 아버지와, 그 옆을 지키고 있을 어머니 고 박경자 여사가 마음 놓고 이승의 슬픈 인연의 굴레에서 벗어날 수가 있을 것 같다. 음악을 전공한 큰딸 규리는 시집을 가서 잘 살고 있고, 첼로 공부를 한 작은 딸 채리는 대학교수로, 외아들 시영은 조선대에서 서양화를 공부하고 미국 유학을 갔다. 그동안 황영성 화백이 시영의 보호자 역할을 하여 아버지의 대를 잇게 해 주었다니, 얼마나 따습고 아름다운 일인가. 이제 시영이가 승어부(勝於父)하는 큰 화가가 되어, 아버지를 일찍 잃은 세상의 아쉬움을 한껏 덜어주기를 바랄 뿐이다.

사진에 미친 신복진

　그는 지금도 해마다 송홧가루 부옇게 날리는 5월이 되면 카메라를 메고 밖으로 뛰쳐나가고 싶어 한다. 그의 마음은 날마다 광주 금남로 한복판에 가 있다. 회갑을 넘기고 고희를 바라보는 나이인 데도 뜨거운 심장은 젊은 피 그대로이다. 흰 수염에 작업복 차림이며 더펄머리에 모자를 깊숙하게 눌러 쓴 그의 모습은 영락없는 전투적인 사진기자가 분명하다. 이 같은 그의 육탄적인 기자정신이 5월 광주의 역사적인 사진들을 만들어낸 것이리라. 그의 용기와 역사의식으로 무장된 기자정신은 아무도 흉내 낼 수가 없었다.

　1980년 5월, 광주가 신군부의 총검 앞에 무참히 살육당하고, 이 만행을 참지 못한 시민들이 죽음을 두려워하지 않고 분연히 일어섰을 때, 그는 시민들과 함께 역사의 한가운데에 있었다. 피로 물든 광주의 거리에서, 가슴 떨리는 진실만을 카메라에 오롯이 담았다. 슬픔과 분노가 두려움을 없애주었다. 그 때 그는 40대의 한창 나이로 세상의 이면을 꿰뚫어볼 줄 아는 안목을 갖추었고 어떤 경우에도 진실은 감출 수 없다는 것도 알고 있었다. 그는 당시 전남일보 사진부장이었다.

　석가탄일이었던 5월 16일까지만 해도 아무런 제재 없이 일상적인 취재활동이 가능했다. 16일 아침, 민주화를 부르짖은

학생 시위대와 경찰진압 광경이나 수천 개의 횃불이 무섭게
타오르던 도청 앞 분수대의 횃불시위도, 전남대학교 교수들의
민주행진도 취재에 제재를 받지 않았다. 취재 촬영이 불가능
한 것은 계엄령이 확대된 18일부터였다.

  그날은 일요일이었다. 오전 10시쯤 되었을 때 친구한테서
전화가 왔다. 다급한 목소리로 지금 금남로에 난리가 났다는
것이었다. 전화를 받은 그는 부랴부랴 카메라를 메고 시내로
향했다. 차량 통행이 끊긴 거리에 시민들의 모습도 눈에 띄지
않았다. 거리는 을씨년스럽도록 고즈넉했다. 여기저기 무장군
인들이 서 있었고 하늘에는 비행기가 낮게 떠 선무방송을 하
고 있었다. 금남로의 상황은 살벌했다. 전장터처럼 살기마저
감돌았다. 수십 대의 군 트럭이 바리케이트를 쳐놓았고 여기
저기서 학생들을 붙잡고 팬티만 입힌 채 꿇어앉혀 놓은 모습
이 보였다. 붙잡혀 있는 학생들을 촬영하기 위해 두려움 없이
다가가자 총을 메고 곤봉을 치겨 든 군인이 부릅뜬 눈으로 그
를 보며 손짓을 했다. 그는 도망쳐 금남로를 내려다 볼 수 있
는 동구청 옥상으로 올라갔다. 완전무장한 공수부대가 금남로
를 행진하고 있는 모습이 보였다. 그들은 화염방사기까지 메
고 있었다. 옥상에 몸을 숨긴 그는 미친 듯 카메라에 담았다.
붙잡은 학생들 옷을 벗기고 군홧발로 무자비하게 짓밟고 곤봉
으로 사정없이 후려치는 모습, 피를 흘리며 끌려가는 모습도
놓치지 않았다. 그는 계속 옥상을 옮겨 다니며 금남로와 충장

그리움은 뒤에서 온다

로 등 광주의 거리에서 있었던 끔찍한 일들을 망원렌즈를 통해 모두 카메라에 담았다. 착검을 한 공수대가 학생들 뒤쫓는 모습이며, 넥타이 차림의 중년 사내를 끌고 가는 장면, 공수대가 학원이나 개인집 혹은 상점에 마구 들어가서 다짜고짜 젊은이들을 후려치고 끌고 나오는 모습, 붙잡아 놓은 젊은이들을 트럭에 짐짝처럼 겹겹이 포개 싣고 어디론가 싣고 가는 장면을 모두 찍었다.

필자는 신복진을 주인공으로 쓴 단편 〈최루증〉에서 이때의 상황을 다음과 같이 묘사했다.

〈… 그날 그는 5층에서 카메라에 망원렌즈를 부착하여 창밖의 상황들을 조심스럽게 촬영했다. 그러나 5층에서는 가해자와 피해자의 표정이 선명하게 잡히지 않아, 1층 건물 입구로 내려와서 지하실 문턱에 몸을 숨기고 겨우 망원렌즈를 통해 피사체를 확인할 수가 있었다. 그리고 그는 지금 그 앞에 앉아 있는 점퍼차림이 착검한 총부리를 반나체로 꿇어앉은 젊은이의 가슴팍에 들이대는 모습을 찰칵하고 셔터를 눌렀고, 순간 그 자신은 셔터소리에 놀라 도망치듯 지하실로 숨어들어가 버렸던 것이다…〉

시민들이 본격적으로 항거하기 시작한 것은 19일부터였다. 시위대가 몰고 온 버스가 공수대를 향해 질주했고 뒤이어 2백

여 대의 택시가 돌진했다. 도청 앞에서 첫 발포가 있었던 날, 시위대는 장갑차를 몰고 와서 맞섰다. 이때부터 무장한 시민군들과 총격전이 있었고 공수대가 도청을 빠져나갔다. 도청은 무장한 시민군이 차지했고 금남로를 비롯하여 시내 곳곳에는 무장 시민군을 태운 버스며 트럭들이 돌아다녔다. 시민들은 날마다 도청 앞으로 몰려들었으며 도청 안에 있던 시신들이 무덕관으로 옮겨졌다. 주검의 모습은 얼굴 형체도 알아볼 수 없을 정도로 처참해 온몸이 떨렸다. 카메라를 잡은 손이 너무 떨려 셔터를 누를 수가 없었다. 어지간해서는 눈물을 보이지 않았던 그는 화장실에 들어가서 엉엉 울었다. 가슴에서 뜨거운 김이 솟구치면서 주먹이 불끈 쥐어졌다. 분노와 슬픔이 뒤엉켜 정신이 마음도 몸도 제대로 가눌 수가 없었다. 그는 세계를 향해 "광주의 진실을 보라."고 목이 쉬도록 외치고 싶었다.

이때가 더 촬영이 어려웠다. 도청을 지키고 있는 시민군의 모습이나 시신 발굴 등 시민군들의 활동상황을 촬영하기 위해 접근할라치면 '경찰 프락치'로 오인을 받기 십상이었다. 기자라면서 기자증을 보여도 강하게 거부반응을 보였다. 시민들이나 시민군은 그동안 군부독재의 시녀노릇을 해온 언론을 철저히 불신했다. 언론인의 한 사람으로 언론의 역할을 다하지 못한 것에 대한 자괴감이 뼛속까지 파고들었다. 기자라는 직업이 이토록 치욕스럽게 느껴진 적이 없었다. 하는 수 없이 소형 카메라를 호주머니에 숨겨가지고 다니면서 하프 사이즈로 찍

을 수밖에 없었다.

27일 새벽, 공수부대는 탱크를 앞세우고 기습 진입, 도청을 지키고 있던 많은 시민군들을 사살했다. 아침 10시, 그는 도청의 상황을 촬영하기 위해 초등학교에 다니는 아들 광호의 손을 잡고 집을 나섰다. 어린 아들의 손을 잡고 산보하는 것처럼 해서 도청 앞에 이를 때까지 아무런 제지도 받지 않았다. 도청 앞에는 시신이 널려 있었고 자식의 죽음을 확인하러 온 유족들 모습도 보였다. 그날 오후 군·경·민 합동 시체검안이며 총상과 타박상 등 시체 분류 장면을 공식적으로 촬영했다. 오후 느지막이 아시아 자동차 공장에 가서 시민군들이 타고 다녔던 수백 대의 버스와 트럭들이 질서정연하게 주차되어 있는 모습을 보고 놀랐다. 진압군이 들이닥칠 것을 미리 알고 있었던 시민군이 전날, 그동안 동원되었던 모든 차량들을 한곳에 모아둔 것이었다. 시위대가 외쳐댔던 구호들이 페인트로 쓰여지거나 반쯤 불에 타 검게 그을린 자동차들이 모두 그곳에 있었다. 그날 밤 오후 6시에는 전투병과교육 사령부 앞뜰에서, 소준열 전남지구 계엄사령관이 주최한 전남지역 언론인 초청 만찬회가 열렸다. 계엄군이 도청을 진압한 것을 축하하기 위해 열린 이 만찬회는 밴드까지 동원하여 밤늦게까지 계속되었다. 도청 앞에 많은 시신들을 즐비하게 뉘여 놓은 상황에서 이들은 술을 마시며 광주의 입성을 자축했다.

그날 밤, 그는 죽음을 무릅쓰고 찍은 광주의 진실을 어떻게

보존할까 걱정했다. 가족이 잠들기를 기다렸다가 신문지와 비닐로 필름을 싸고 또 싼 다음 항아리에 넣었다. 그리고 항아리 속의 필름들을 다시 꺼낼 수 있는 날이 빨리 오기를 간절히 빌었다. 한 때 그는 광주의 진실을 알리기 위해 이 필름들을 가지고 미국으로 갈까 하는 생각도 했다. 그러나 잘못했다가는 귀중한 필름을 빼앗길 가능성도 있겠다 싶어 포기했다. 더욱이 그 무렵에는 이미 정보기관에서 그가 5·18 사진을 찍었으리라 짐작, 감시하고 있다는 것을 알았다. 그는 5월 19일 광주에 온 외신기자를 만났고 광주의 만행 사진이 외신에 보도되었다는 것을 알고 있었기 때문에, 정보기관에서 곱지 않은 시선으로 자신을 보고 있으리라 짐작했다. 경찰과 보안부대에서 여러 차례 신문사에 찾아와서 5·18관계 필름은 모두 압수해간 상태였지만 귀중한 필름을 감추고 있다는 것을 알고 있을 것만 같았다. 하루하루가 불안했다. 며칠 동안은 집에 들어가지 않았다. 그러다가 80년 11월에 전남일보와 전남매일신문이 강제 통합되면서 해직당하고 말았다. 말은 하지 않았지만 해직 이유는 사진 때문일 것이라고 짐작하고 받아들였다. 신문사를 그만두고 금남로에 '영 포커스'라는 스튜디오를 열었는데 매일 보안대원이 사무실에 들락거리면서 그를 감시했다.

87년 광주의 6월 항쟁은 5·18항쟁의 연장선상에서 폭발한 것과 같았다. 광주의 6월 항쟁은 민간인이 주도했다는 데 더 큰 의미가 있었다. 그는 이미 기자가 아니었지만 카메라를 메

그리움은 뒤에서 온다

고 거리로 뛰쳐나갔다. 동료기자들이나 그를 아는 사람들은 "기자도 아닌 신복진이가 왜 사진을 찍지? 사진 찍어도 신문에 나오지도 않을 것을 왜 찍어." 하고 비아냥거렸다. 그 소리에 참으로 부끄러웠다. 그러나 그는 광주의 역사를 기록한다는 사명의식으로 그 부끄러움을 이겨냈다. 시위대로부터 경찰 프락치라는 오해를 받아가면서도 촬영을 멈추지 않았다. 80년 이후 87년 6·29선언까지, 광주의 민주화 운동 과정을 하나도 놓치지 않았다.

88년 6월 전남일보 창간준비 팀에 합류하면서 비로소 그는 항아리 속에 감추어둔 필름을 꺼내기로 했다. 그리고 전남일보 창간호 지면을 통해 가슴 조리며 오랫동안 항아리 속에 감추어졌던 광주의 진실을 세상에 알렸다.